纸飞机

2024
我们都爱短故事

秦俑▪主编

ZHI
FEI
JI

漓江出版社
·桂林·

编选前言

"我们都爱短故事"编辑小组

人生很短，故事很长。

2017 年初，微信公众号"我们都爱短故事"正式上线，由《小小说选刊》主编秦俑与他的七位朋友周洁茹、海飞、陈毓、邓洪卫、非鱼、夏阳、王溱共同发起创作，致力于打造最好的短篇叙事类文学公众号。运营七年来，这个文学公众号共推出百余位作者的优质原创作品逾千篇。

2019 年初，漓江出版社打破惯例，为一个小众的微信公众号出版年选本，而且将之纳入"漓江年选"系列图书，这是传统出版与新媒体、自媒体出版融合创新的一次有益尝试，也让"短故事"从手机搬上书架，由虚拟进入现实，完成了一次"逆潮流"的神奇嬗变。

《2024 我们都爱短故事》编选沿用之前体例，共分八辑：第一辑《阳光普照》，跟随时间的脚步，体验纷繁复杂的人生故事；第二辑《让我们活在电影里》，通过捕捉现实轮廓，探索个体感知的多样性；第三辑《群中不能无主》蕴含丰富的喜剧元素，在发笑之余引人思考；第四辑《你可见过刘若英》是对"爱"的深情书写，第五辑《二次呼吸》为科幻题材作品，第六辑《历史的天空》为古代题材作品，类型化创作渐入佳境；第七辑《小说的报复》，突出实验与创新，是我们长期倡导"新青年写作"的重要收获；第八辑《纸飞机》，给了年轻作者一方施展才华的空间。本书是《2024 中国年度小小说》的"姊妹篇"，相较而言，本书在选稿上更注重故事性、创新性与可读性，主要体现文学的想象力与艺术特质。

经过多年时间的沉淀与打磨，"我们都爱短故事"的定位越来越清晰，我们就是一群"讲故事的人"。就像我们在海报里说的："我们小众而不另类，精致而不做作。我们希望每一篇文字都青春焕发个性盎然，每一个故事都有温度有质感。"我们从不孤独，我们还在坚持。因为，我们知道，不管是刻在木牍上，印在书页里，还是发布到网络、手机上，只要还有人保持幻想与好奇，只要还有人相信真爱与善良，故事就永远不会消失，文学的阅读也永远不会过时。

天黑了，故事才刚刚开始。

亲爱的，如果你愿意，请闭上眼睛，跟随我进入下一段故事。

目 录
Contents

第一辑
阳光普照

第二辑
让我们活在电影里

第八辑
纸飞机

第一辑

阳光普照

三爷与鹰

关仁山

三爷老了，不愿意种地了，于是守着河滩，窝在泥铺子里熬鹰。他熬鹰的时候狠歹歹的，对鹰没有一丝的感情。

三爷常常拿两根红布条子，分别将自己新增的两只雏鹰（一只灰鹰和一只白鹰）的脖子扎起来，不给鹰东西吃，等鹰饿得嗷嗷叫唤了，三爷才变戏法似的，从床铺底下端出一个盛满鲜鱼的盘子。

鹰扑过去，吞了鱼，喉咙处就鼓出一个疙瘩结。鹰叼了鱼吞不进肚里，又舍不得吐出，憋得咕咕叫着。少顷，三爷慢慢走过来，攥着鹰的脖子将它拎起来，另一只手紧捏鹰的双腿，鹰头朝下，一抖，用巴掌狠拍鹰的后背，鹰嘴里的鱼就吐出来了。

就这样反反复复地熬着，三爷累得喘喘的，眼睛里充满莫名的兴奋，笑着说："都是块儿逮鱼的好料子。"

后来听说三爷熬鹰的时候，对灰鹰和白鹰的情感发生了变化，变化源于一场龙卷风。

龙卷风到来之前并没有一点儿先兆，记得傍晚时炊烟还是直直摇上去的，到后半夜龙卷风就凶猛地袭来了，还夹杂着大雨，风大到三爷想象不到的地步。

三爷住的泥铺子被龙卷风摇塌了，等三爷明白过来的时候，泥铺子已经哗啦一声倒塌了，他被重重地压在废墟里，好在没被砸坏筋骨。灰鹰和白鹰抖落掉身上的泥土，钻出废墟，惊惶地鸣叫着。

灰鹰如得了大赦似的，不顾老人就飞到一棵大树上躲避风雨。可白鹰没走，它知道主人还压在废墟里，围着废墟转了好几圈。

狂风里，白鹰的叫声是凄凉的，三爷被压在泥铺子里面，喉咙口塞着一块儿泥团子，喊不出话来，只能用身子拱。白鹰终于瞧见老人的动静了，一个俯冲飞落下来，立在破席片上，呼扇着湿漉漉的翅膀，刮着浮土。

天快亮了，三爷渐渐看到了外面铜钱大的光亮。他借由白鹰刮出的小洞，呼吸到了河滩上打鼻子的鲜气。

灰鹰还在树上待着。还是白鹰把起早种地的村人吸引过来，七手八脚地把三爷救了出来。三爷将白鹰拢在怀里，瘦脸上泛着明亮的泪光，感激地说："白鹰，我的心肝宝贝儿哩！"

过了好半天，灰鹰见老人活了，才慢慢飞回来。

三爷的泥铺子重新搭了起来。三爷说，白鹰和灰鹰都还好，还得熬下去，不能半途而废。三爷再次板起脸来熬鹰。

三爷本来还要依照过去的熬法，不知怎的他对白鹰就下不去手了。白鹰救过他的命啊。他看见白鹰饿得不行了，心就软了，心疼地抚摸着白鹰，故意让白鹰把喉咙里的小鱼咽进去。

白鹰不再挣扎，叫声也清亮悦耳了。三爷拍着白鹰亲昵地说："宝贝儿，委屈你啦。"再看灰鹰，三爷依旧照着过去的熬法，有时比过去还狠。

灰鹰也想吞吃一条小鱼，被三爷看见了。三爷狠狠地抓起灰鹰，一只手顺着它的脖子朝下撸，灰鹰"哇"的一声惨叫，像吐出五脏六腑似的，把小鱼从它嘴里吐了出来，连同喉管里的黏液一股脑儿流了出来。

白鹰幸灾乐祸地看着灰鹰。

半年过去，鹰熬成了。

熬鹰千日，用鹰一时。

一天，三爷神气地划着一条旧船出征了。到了老河口，白鹰孤傲地跳到最高的木撑上，灰鹰有些懊恼，也跟着跳上去，却被白鹰挤了下来。白鹰还用嘴巴啄灰鹰的脑袋，灰鹰反抗，竟然被三爷打了一下。

可是到了真正逮鱼的时刻，白鹰蔫儿了，灰鹰却行了，不断逮上鱼来。后来，我见到三爷的时候，三爷嘴里开始夸奖灰鹰。

一次，灰鹰眼睛毒绿，它按照三爷呼的哨，勇敢地扎进水里，很快就叼上鱼来，喜得三爷扭歪了脸相。

白鹰却很难逮上鱼来，只是围绕三爷扑脸地抓挠，三爷很生气地挥手将白鹰拨到一边去。

灰鹰也开始嘲弄起白鹰来，三爷慢慢地对白鹰淡了，甚至是嫌弃。连白鹰自己的饭食也靠灰鹰挣得，灰鹰在三爷面前占据了原来白鹰的位置。

不久，白鹰实在受不住了，在三爷脸色十分难看的时候，独自飞离了泥铺子。白鹰要自己生存。三爷惊讶了，发动几个孩子帮助他寻找白鹰。

从黄昏到黑夜，大家寻找着白鹰，三爷招魂的口哨声起起伏伏，可是依然没有找到白鹰。

这时，三爷的胸膛里像是塞了一块儿东西堵得慌。他说："白鹰，这个冤家，它不会打野食儿啊。"

一天黄昏，还是灰鹰帮助三爷找到了白鹰的尸体，白鹰饿死在一片苇帐子里，身上的羽毛几乎秃光了，肚里的东西被蚂蚁们掏空了。三爷捧起白鹰的骨架，默默地很伤感，抖抖地落下老泪。

此时，灰鹰正雄壮地飞在我们的头顶。

河上有风（三题）

非　鱼

余某申

我是在医院认识余某申的。

一个宿舍的师弟打篮球，撞到了膝盖，医生说半月板撕裂，需要住院。我正好临近毕业没多少事，就和其他师兄弟承担了照顾他的任务，就这样认识了同一个病房照顾儿子的余某申。

一位清清爽爽的老太太，面目和善，说话轻声细气。我第一次看到她时，她正在给病床上哼哼唧唧的男人做按摩。男人白胖，五十岁出头的样子，一直在喊疼。

余某申让他声音小点儿，说病房里还有人呢。他撒娇，妈，就是很疼。余某申冲我们笑笑，拿他没办法，多担待啊。

那个下午，余某申一直在病房里忙碌。端水、按摩、喂药、切水果、检查液体、接尿、清洗……但她始终不急不躁。快吃饭时，来了一对稍年轻点儿的夫妻，喊她妈，喊床上的男人大哥。他们来送饭，让她回去休息。

弟弟和弟媳妇麻利地给大哥盛好饭，弟媳妇喂饭，弟弟陪妈妈坐在陪护沙发上聊天，问大哥下午怎么样，晚上他来陪床，有没有需要交代的。余某申说，你哥下午表现可好了，是吧宽儿？嘴里含着一口饭的宽儿嘿嘿笑，妈，还是我乖吧。

看得出来，这个宽儿，脑子可能有点儿问题，可在一家人眼里，他是那么好。我悄悄对师弟说，你也要乖啊。他用那只好腿踢了我一下。

第二天早上还不到七点，余某申拎着两个大的布包又来了。她让弟弟赶紧回去洗漱，说饭在锅里，吃了去上班，白天就不用来了。她给宽儿洗脸、洗手，喂他吃饭、吃药。

查房的时候，医生和护士一进来先喊她，护士长。她笑眯眯地答，来查房啊，宽儿这都挺好的。

病人的液体扎上了，很快师弟和宽儿都进入了睡眠，宽儿还发出高一声低一声的鼾声。

余某申洗了两个苹果，递给我一个，小伙子，吃个苹果。

阿姨，您以前是护士长？

退休前是内科的护士长，就这个医院。跟这个医院有感情了。

我看他们都认识你。

他们认识我可不是因为我是护士长，是我来的次数太多了。你瞧，我这宽儿，本身就有病，后来又中风了，住院；摔倒了，住院；心动过缓，住院；最多一年住了八次院，他们就都认识我了。这回，年三十准备吃饺子呢，他张罗着要跟他弟喝酒，去拿杯子，又摔了，大年初一来住院，住到这会儿。余某申说。

哎哟，那可真够您累的。我说。

这有什么累的，以前上班也是干这些活儿，更何况还是自己儿子。

那个早上，我听着余某申慢慢地淡淡地说起自己的家事，说自己的小儿子和儿媳妇如何孝顺，小孙女如何懂事，这么多年一直帮着照顾他们的大哥，从不嫌弃。我想起在村里的母亲，每每提起自己的两个儿子也是这样，哪个都好，从小好到大，就连我早早出去打工的弟弟，她也认为他聪明、能干，知道在外面辛苦赚钱补贴家里。

我给余某申说我的母亲、父亲、弟弟。她说，多好啊，跟我们家一样，两个儿子，互相有个照应。你看这宽儿有病了，小里两口子就顶上，要不我一个人忙不过来的。

晚上，小里又来陪他哥。他是真有耐心啊，像余某申一样，熟练地给宽儿按摩、喂饭、喂药、擦洗，在他哥喊疼的时候哄哄，直到他哥睡觉。

我和他聊起余某申。小里说，我妈是世界上最伟大的母亲，真的。

1957年，我姥爷带着一家人从上海来建黄河大坝，后来我妈护校毕业就在这家医院当了护士。我爷爷也是这家医院的医生，他和我姥爷都是从上海来的。我爸那会儿在新疆当兵，他们牵线我爸我妈认识。可还没结婚呢，我爷爷突然病了，就住在我妈负责的病房。我妈一个大姑娘，日夜照顾我爷，接屎接尿擦身子喂饭，啥都干。我爷爷还是去世了，就死在我妈当班的时候，死前一直拉着我妈的手晃啊晃，说不出来话。我爸部队有任务回不来，我爷爷的后事是我妈和我姥爷给操办的。

后来，我爸和我妈结婚了，有了我哥和我，我爸还在部队，家里家外依然是我妈一个人。好不容易等我爸转业回来了，一家人开开心心还没过两年，我爸又病了，跟我爷一样的病。我妈又照顾了我爸三十一年。我爸去世了，我大哥身体又不好，不停住院。

兄弟，我很少说起这些，我妈不让说。她说都是过去的事，人要学会往前看，不能老惦记过去的芝麻绿豆，得多记着好。你说，我妈是不是世界上最伟大的母亲？

我点头，是，阿姨实在了不起。也许世界上所有的母亲都是一样伟大，只是伟大的方式不同。

再见到余某申在病房里忙碌，我会过去帮忙，她也会在我回学校时，帮我照看师弟。

闲着的时候，实在忍不住，我说，阿姨，你真的很了不起，一辈子太辛苦了。

余某申依然是细声细气，微微笑着。说，有什么辛苦的。人一辈子可不就是遇到啥事说啥事，能高高兴兴地看着两个孩子长大，一家人和和睦睦的，比啥都强。

我说，是。

想到我曾遇到的在大桥上徘徊、哭泣、焦虑的那么多人，那么多问题，放在七十五岁的余某申身上，就是一片轻飘飘的雪花而已。不用风吹，雪自己就化了，消失了。

祁某戌

我到现在也不知道我的出现对祁某戌能起到多大作用。

这是我第一次收费咨询，祁某戌在网上联系到我，给我转了三百块钱，备注是：咨询费。这让我高兴了很长时间。三百块，是知识的价值，是我的一个开始。我想象着以后很多的三百、三千，甚至三之后的一连串零。那些零，跟在三的后面，立马威风起来，让我也抖擞起来。

我换上西装，这是为入职面试准备的，可目前为止一次也没用上。室友说我的衣服像偷的，不太合身，还像卖保险的。我才不管那么多，这些在已经到账的三百块钱面前都不重要。

见面的地点是祁某戌选的，河对面的山上，那已经是山西了。他说，那儿有个亭子，可以俯瞰黄河，可以遥望城市。可我忽略了一个问题，我怎么才能到那儿？共享电动车显然不能出省，出租车，太贵。真是昏了头，要是打车，我的价值就只有二百六或者二百七了，那不行。

我给他打电话，说不好意思，要不换个地方。他问我在哪儿，我说在桥头。他犹豫了一下，说我去接你。

祁某戌的长相像他做事的风格，脸是方的，浓密的头发也理成方的，从侧面看过去，他的头简直就是个正方体。

过河，左拐，再右拐，绕过两个山头，汽车到达了他说的亭子。我是第一次来，一站到亭子前，我就理解了祁某戌为什么选择这里。太开阔了，远山、大河，被一湾碧水包围的城市一下子全在眼前铺开，我不由得深吸一口气。

祁某戌站在我身旁，看着远方，没有表情。

想咨询什么？我问他。

原本有很多问题，可真站到这儿，看到你，似乎又没有什么要说的。

总得说点儿什么吧。

每天说得太多了。台上台下，人前人后，天天都在说话，可最后发现二十几年了，我似乎什么也没说。祁某戌缓慢地说。

语言本来就不可靠。我说。说完又后悔了，我们的交谈也是通过语言，也是不可靠的吗？

我同意。他似乎并未在意。可什么又是可靠的呢？文字？我讲的话里一大半都是文字在先，还经过了好多人的修改、打磨，力求准确，可它们又经了我的嘴，变成我的语言，那到底是他们的文字不可靠还是我的语言不可靠？

我看着他，不知道如何回答。我的知识储备里没有这样的辩证哲学，我自己的思考显然也达不到这个程度。能感觉到我的脸在发胀发红，手心在冒汗，三百块的咨询费更像是非法所得。

还好，祁某戌一直没有看我。过了很久，他说，坐下说。

我们在亭子里坐下，斜对面的方式，既方便交谈，又避免了尴尬。

其实，我也知道约你来解决不了什么问题，但我就是想找个人聊聊，实在是没有合适的人，在网上看到你在心理咨询班授课，就找到你。但没想到你这么年轻。

我笑笑算是回应。

二十三年前，如果没有那个"下意识"的冲动，也许一切都会更好一点儿。那时候，你应该才两三岁吧？他说。我还在厂里当工程师，每天面对的是机器、图纸。我喜欢那些钢铁造的大机器，还有用这些机器造出来的更小的零件，再组装成另一台机器。你肯定没见过，那个厂子已经倒闭了。你看河对面那个尖顶的高楼，那就是我们以前的厂子。

说远了。我们厂里的设备出了故障，请厂家的工程师来维修，一个印度人，我配合他。那天在车间，天车吊着的一卷钢材钢丝绳突然断了，我听到巨大的响声，扭回头，就看到有东西朝我们飞来，我下意识地推了他一把，我俩同时摔倒在地。我醒来时，在医院，身边围了一群人。

后来，他们告诉我，那个印度工程师受了点儿轻伤，在医院住了一段，已经回国了。

原本很简单的一个动作，一个下意识，在我出院后却改变了我后半生的走向。

不停有记者来采访，那个动作被我一遍一遍回忆、讲述。我不想说，可厂长说这是任务。铺天盖地的新闻之后，是一个又一个报告会、表彰会。有人给我写好了稿子，我只需要照着念。那个人、那个故事，是我又好像不是我。还没等我冷静下来，我就被调进了机关，慢慢得到提拔。从此，我再也没回过厂里。

我天生嘴拙，人也木讷，不喜欢和人打交道，可我不得不天天与人打交道，不停地沟通、协调、汇报、听人汇报。我更喜欢那些生硬的机器，它们是恒定的，死的，不变的，没有任何潜台词和话外音。

我就这样度过了二十三年。二十三年，我疲惫不堪，经常一夜一夜睡不着，脑子里乱哄哄。

我无数次后悔那个下意识的动作。其实，我不推他，他伤得也未必会有多严重，可我偏"下意识"了，"下意识"救的偏还是个印度人。

这些，无法为外人道、家人道。可我，总得道啊，要不我会憋死。

祁某戌的声音越来越低，其实他所说的我真的不能完全理解，和一个一次都没有面试过的人谈这个，我觉得他有点儿矫情了，更何况，他的岗位是无数人梦寐以求的，包括我。但我还是说，我懂。

那就好，那就好。他说。

返回的路上，他没有说话，我也没有，他在桥头停车，我下车。

桥上几乎没有风，闷热，要下雨了。

姚某巳

从二号码头一路向西，沿河的生态廊道经过几年打造，花草树木加上蓄水期的一河清水微波荡漾，仲春时节，暖风轻拂，风中裹挟着草木的味道，让人有一种一瞬间一辈子的感觉。

河水可以一辈子不老不倦，可花草树木不行，人也不行。

以前，我喜欢沿河向东，因为疫情，黄河大桥被封，在桥头望去，看不到一辆车一个人的大桥上冷冷清清。慢慢地，就习惯了向西。

这一段时间，我既焦虑不安又无所事事，几乎每天都会穿过天鹅湖找个没人的地方坐一会儿。好在，如果不是周末，这样的地方很好找，比如周公岛上的那个小亭子。

今天，当我到达那里时，亭子已经被人占领。是个女人，就叫她姚某巳吧。

我准备离开，换个地方。可她在哭，断断续续的，声音很轻。

看看四周，没发现其他人。我问她，需要帮忙吗？

她摆摆手，不用，不用。很显然，她喝多了。

姚某巳靠着柱子，手里握着一罐啤酒，地上躺着两个空啤酒罐子。一个独自在大白天喝酒的女人，要么满腹心事，要么像我一样无所事事。可她属于哪一种呢？

离开小亭子，我在空旷的岛上漫无目的地走，想象着她的故事，直到黄昏一点儿一点儿降临。一天之中，我最喜欢的就是这个时候，太阳落进大河，所有的事物被染上一层金色，昼与夜慢慢地交接。我重又回到小亭子，那里是观赏大河落日的最佳地点。

很遗憾，姚某巳还在。看到我，她似乎也愣了一下。我俩都有些尴尬。

这次我没有马上离开，而是站在亭子的一角，迎着风，远眺大河。

你今年二十几了？她突然说。

我扭回头，看她盯着我，我说，问我？二十五。

比我女儿还小一岁。真好啊。

无疑，这是一个很好的开头。谁会介意和一个母亲一样的女人聊天呢？

别人养的是孩子，而我养的是仇人。她摇晃着站起来，扶着红漆斑驳的柱子，发出一声长长的叹息。

我都不知道该拿她怎么办。她说。你能告诉我，你们这个年龄的孩子都在想什么？做什么？

我面临研究生毕业，天天在想工作，赚钱。我说。

你会恨你的家人吗？

那不会。我爱他们。

我女儿会，她恨我。姚某巳提高了声音，激动起来：她现在在哪个城市上班，在做什么，我都不知道，她从不跟我说。过年，她也不回来，就像我从来没养过她。

她失踪了吗？我问。

失踪？她才不会。她在我的微信里，支付宝里。就为了要钱。

姚某巳在小亭子里焦躁不安地转圈。她的长发和长裙随着她的走动，也在风中摆动。

从她十二岁那年我跟她爸离婚，我就一个人带着她，从另外一个城市到这个城市，我想换个环境，我们娘儿俩重新好好地生活。谁知道她又早恋，还旷课，学习成绩从前几名变成后几名。姚某巳的酒可能还没完全醒，她转了一会儿，又坐下了，用双手捂住了脸，长发披散下来。

我心想她赶紧长大吧，长大了就懂事了。可她越长和我离得越远，她的房间不能进，她的所有事不能问，一问就和我吵架。你敢对你爸妈这样吗？敢吗？

那不敢。

都是啥命啊！凭什么我这一辈子过得这么难，一路都是坑坑洼洼？凭什么？我想尽办法赚钱，她说我是为自己。我就她一个女儿，她除了要钱从不打电话发微信，还说我为了自己。她说我为了自己出风头，我喜欢在那些男人面前卖弄，耍手段，满足我的虚荣心。她怎么不想想，我一个单身女人，带着她，怎么能把她养大，还要吃好的穿好的用好的，什么都想给她好的，可最后，还……

她手机响了，突如其来的铃声打破了黄昏中小亭子里忧伤的氛围。她的声音尖厉而迅疾，判若两人。咋了？又缺钱了？不是刚给你打了一千？我会印钱吗？行了行了，别说了，我回头打给你。

姚某巳挂了电话，冷笑一声。哼，是我女儿，除了要钱，她是不会想起来她还有个妈的。

也许，你女儿并不是真想要钱，她只是不知道怎么和你交流，所以找个借口？我试探着说。

是吗？可能吗？她一下子站起来，猛向前走了两步，又停下。

我是学心理学的，不排除有这种可能性。毕竟她是你女儿，你是她亲妈。

真的？这么多年，因为她，我过得太憋屈了。说老实话，刚离婚那几年，我一心想过上好日子，要比以前好。跟她爸赌气，不让他见她，不跟家里联系。总有一天，我要活得漂漂亮亮地再回去。可老了老了，也没活得漂亮。女儿指望不上，那些男人，也没一个可靠的。去年新冠那会儿要是死了都不会有人知道……她的声音低下去。

你说，我女儿不停打电话要钱，是不是真的在关心我？我想起来，从去年到今年，她要钱从不说要多少，随便我给。

可能，你们的性格太像了。所以，你可以试着改变一下交流方式。我说。

会吗？但愿吧。可会吗……她喃喃道。

姚某巳的酒应该全醒了。我离开的时候，她站在亭子外面的山尖上，头发和裙角被风吹起，远远看去，剪影一般，很美，如同河面上一只被称作老等子的苍鹭。

回力鞋或一次危险的经历

安石榴

那时候他还是个毛头小伙儿，依仗两只乒乓球拍——一只有胶粒没有泡沫，一只有泡沫但没有胶粒，这样两只拍子，打进了林业局乒乓球代表队。他是队里最小的队员，离十八岁还差那么几个月，在林场开"太拖拉"，有个不一般的外号：熊猫。队里其他队员可都不是一般炮儿，全有名头，其中有一个曾经是上海少年官乒乓球比赛冠军，刚来林场不久的知青。还有一个来自杭州——她是这么说的，当时队员们正在登记一些表格，有专人登记，自报家门就行了，登记的人一项项问，年龄、成分，她回答：28，资本家。从此，熊猫心里就把她叫28了。她不是知青，她分配到林业局的时候已经大学毕业了。熊猫觉得28很漂亮。她看起来文文静静，不声不响，但你绝对不会去挑衅她，一丝一毫的轻慢都不会有，她就是有那么一种凛然正气。28就是那样，有一种奇怪的吸引人的地方，虽然他说不清楚，但是非常喜爱，以至于，他都不觉得暗地里叫人家28是个不礼貌行为，他没有想这些，只想着，我找对象就找这样的，就找这样的。这是熊猫的想法，爱情来了的时候却也没有任何预设。熊猫还真的谈起了恋爱，姑娘是林场小卖店唯一的售货员小芳。他和小芳对上眼的时候，完全不记得28的存在。一旦归队，乒乒乓乓练将起来，熊猫满眼又是28了。

这一年林业局组织的职工乒乓球赛安排在镜泊湖边上的一个疗养院。赛场上当然十分紧张，谁不想赢呢？但业余时间相当放松，不知道是不是和美丽的风景有关。他们三五成群沿着湖边走一走，或者跳上小木船在凝碧的湖水中划出一条白浪。也可以早饭前坐在林边倒木上读读书——28就是这么做的。有一次熊猫问这位姐姐读的什么书，想借来看一看。28拒绝了。旁边的男队员都笑他，他自己并未觉得有什么尴尬的，他毫不在意，一点儿都不生气。他其实连书名都没看到，那本书包上书皮了，用报纸包的。28没给他书看，但是一转身，送他一支钢笔，一支精巧的派克笔。熊猫大大方方收下了。那位曾经的少年宫冠军也在场，立马瞪大了深凹的眼睛，想用自己的英雄笔和熊猫换。熊猫拒绝了，那真是拒绝得十分果断。

这次比赛他们获得团体第三名。成绩蛮不错。每个人奖励一双回力鞋——这简直太称心了，想想吧，哪个男孩子不希望有一双回力鞋呢？熊猫选了一双44码的，他自己42码。28一眼就看透，提醒他鞋号不对。熊猫说他要把它送给最好的兄弟小庄。两个人有多好呢，这么说吧，熊猫一个人是不是能和小芳谈上真不一定，熊猫带着小庄连续三天去小卖店，他们只问价并不购买，这也就罢了，两个人还隔着柜台把上半身探进小芳工作的空间，把小芳逼迫得像个纸片一般贴在身后的货架上不敢呼吸，直到答应和熊猫谈对象为止。当然熊猫并没有把后面这个故事讲给28听，听熊猫要把自己心爱的奖品送给朋友，28的脸上绽放了一个温暖又爽朗的笑。

熊猫觉得自己还有一件事，但他没有想清楚是什么事，他就琢磨，一直琢磨。离开前的傍晚，他终于想明白了，他要买一份礼物送人。想明白这件事之后，熊猫真的好舒心。

疗养院有一个很带劲儿的小商店，里面有不少林场小卖店里绝没有的东西：羽毛球拍呀，泳衣呀什么的。售货员是一个干瘪老头儿。熊猫在商店里一直转，四处看，等到唯一的顾客走了之后，才上前把店里一件正红色三角裤买了下来。这条三角裤漂亮极了，镶着一圈窄窄的似有似无的尼龙花边，也是红色的。

当天晚上熊猫非常兴奋，就是高兴吧，觉得礼物选得好玩儿，还挺调皮的。一时没控制住情绪，他一个人跳上一只小船划了出去，划得很远。当他发现不对头的时候，他的小船被各种水草绊住了，绊得死死的。而他离岸远极了，岸上的房子漆黑一片，隐藏在松林中，人们都睡了。熊猫想这要是船翻了掉水里，死了都没谁知道，这种事不是没发生过，去年这个季节就曾经淹死了一个姑娘，疗养院院长亲口说过的。不过熊猫也不怕，他觉得死亡这事儿和自己无关，就是拼命往外划、往外挣。终于划出来了，他还没忘了回头一看，嚯，这么美吗？有一只大大的月亮，而湖上清灰一片！清灰一片哪，别的地方可不是那样，都黑漆漆的，只有湖上！那真是玄而又玄的事儿，就在这当口，28爽朗凛然的样子在他的脑子里一闪而过。

回家之后，熊猫把回力鞋送给小庄，红色三角裤送给小芳。小芳第一次都没敢接受，第二次才通红着一张脸匆忙藏在自己的绿色军挎包里。

局队没有集训的时候，熊猫和他们都见不上面。他如果和他们见面就必须搭上三个小时的运材车去山下，林业局所在地机关的单身宿舍。大概是1974年秋季的一天，熊猫去看他们，他没有见到28，那位前少年宫冠军告诉他，她离开了。熊猫问去了哪里？回说去香港了。还加了一句，永远不会回来了。熊猫那一刻心头一颤，又一恍惚，那感觉仿佛她去世了，而不是投奔自己的父亲去了。这个感觉在今后的几十年都存在，只要一想到这个人，就是这种感觉。

鱼滋味（二题）

侯德云

红烧鲤鱼

老五第一次吃红烧鲤鱼，是去省城读大一的年底。跟女孩一起吃的。女孩叫艾红。

艾红跟老五同寝室的老三，是高中同学。巧的是，艾红和老三，老五以前都认识。是高二那年暑假，参加全省夏令营时认识的，同吃同游近十天，临别，老五跟老三还留了通信地址。

艾红来看老三，遇见老五，显现出重逢之喜。老五不好意思不陪她。一生二，二生三，三生万物。三次之后，艾红再来，老五要是不陪，艾红和老三，都心里长草。

有段时间艾红每个周日都来。艾红就读的医学院，离老五的学校不远，她喜欢早起，常把老五堵在被窝里。

寒假前不久，艾红又来。老三不在。老五事后得知，老三那厮是故意躲开的。老三为自己辩解，说他看得出来，艾红看他是假，看老五是真。

中午，老五照例请艾红去食堂吃饭。搁现在，得请艾红下馆子才行。可是那会儿，他哪敢下馆子。

老五走出宿舍楼才发现，下雪了，很大。气温比头一天下降许多。老五裹紧身上的军大衣，加快脚步。

饭后，艾红提议去青年公园踏雪。老五想了想，也好，老是跟艾红待在寝室里，也不是个事。

出校门，往青年公园去。街道上铺了厚厚的新雪。新雪滑，得放慢脚步，提着心行走。走至半路，老五想到，傻不傻，哪有冒雪踏雪的。踏雪要等雪霁，冻上一夜，隔日再踏，每一步，脚下都咔吱咔吱，一路咔吱下去，才叫境界。

老五这边正在心里头咔吱，那边艾红喊他，快点儿。

几步之外，一辆公交车进站，艾红站在车门外，冲老五招手。老五紧走几步，随艾红上车。车上人多，老五紧握吊环，低头，问挤在胸前的艾红："公园快到了，干吗上车？"

艾红说："不想去公园了，咱去郊区的财经学校，看我同学。"

老五怔住，却一时找不到合适的话来应对艾红，心说，你看可以，我去做甚？

公交车比乌龟还慢，还一站一停，一个红灯一停，简直了，老五心里煎熬得要命。

天色暗下来。公交车还在途中磨叽。老五恨老三，艾红是你的同学，你不照应着，害我这般受罪。老五在心里头扇了老三一个耳光，接着又扇了一个，正要扇第三个，听见艾红在他下巴底下说："我不想去财经学校了，你去吧。"

这扯不扯，哪有这么耍人的。老五下车，一言不发，往来时方向去。他在心里赌气，打算就这么一直走回学校。艾红跟在他身后。老五知道艾红跟在他身后。他不想理她。

不知走了多久，艾红追上来，扯住老五，说："咱们一起吃个饭吧，等你磨磨叽叽赶回学校，食堂肯定没饭了。"

老五止步，扭头，犹豫一瞬，冲艾红点点头。天实在太冷，大衣领口飕飕飕全是寒风，脚冻得猫咬狗啃，找个地方暖和暖和，再汤汤水水地吃碗牛肉面，挺好。

前边不远有一家饭店，不大，挂两个幌子，在白色的世界里红得耀眼。进店，选一张长条桌坐下。没到饭口，店里没别的客人。一个男服务员，也可能是老板，过来，问：“二位想吃点儿什么？”

老五抢先说：“两碗牛肉面，再来一壶开水。”

艾红说：“拿菜单给我，点菜。”

“好咧。”老板声音欢快。

艾红点菜，老五喝水。水温正好，把老五的五脏六腑，细细地熨了一遍。

艾红点了五道菜，其中一道，是老板推荐的红烧鲤鱼。

老五暗暗叫苦。他打定主意要请艾红吃一顿便饭，然后躲着她，再不来往。可是现在，咋整？

等菜的空当，老五一支接一支抽烟，想把自己藏进烟雾，让谁都看不见。

艾红叫了半斤瓶装老龙口。省城流行喝它。艾红能喝酒，老五没想到。

五道菜上来，长条桌满满当当。红烧鲤鱼有一尺半长。老五以前见过一尺半长的鲤鱼，但不是红烧的。

开席，一口酒下肚，两人这才开始说话，主要是艾红说给老五听。

酒精是个好东西，它让人脸红，还让人话多。艾红红着脸，跟老五嘚啵嘚啵讲起她爸。老五从老三口中得知，艾红她爸是营城的副市长。艾红在老五面前，没说她爸是不是副市长，只说有一回她爸把一个单位的头头骂得晕头转向，隔日那头头提着礼品来家里向她爸道歉，礼品里藏着一万块现金。说到这里，艾红哧哧地笑了，老五却吓得心颤，妈呀，一万块，那时刚毕业的大学生，月薪还不到八十。

老五突兀地冒出一句：“你爸受贿了呀。”

艾红闻言，脸上的酒红唰一下褪去，默一瞬，说：“我去卫生间。”

老五眼见艾红走出饭店，心里不由得咯噔一声。

艾红一走，老五便撂了筷子，不吃不喝，只抽烟。他在等待艾红。他不能不等她。他等她十分钟，十五分钟，二十分钟，突生一念，问自己，她是不是不会回来了？

　　按老五的脾气，应该结账走人。可他不能。这一桌菜，他估算一下，三十块下不来。别说三十，他兜里连十块都没有。他只能等待，等艾红回来，或者不回来。

　　不知多久，艾红回来了，面无表情，一头雪花。

　　艾红进门时，老五已成功地把自己隐藏在烟雾里。

　　艾红在老五对面坐下，没等她开口，老五呼一下起身，把兜里的纸币和硬币都掏出来，元，角，分，一一摆到餐桌上，说："我所有的钱都在这里。"说罢，老五从桌上抽出一张五角的纸币，说："这是我回校的车费。餐费差多差少，麻烦你给补上。"

　　老五说罢拂袖而去，到门口才想起没穿军大衣。

　　出乎老五的预料，下个周日，艾红又来了，只是比以往时间稍晚。老五没跟她说话，擦身，晃着膀子走出寝室。

　　老五中午到食堂，见老三和艾红正在吃。老三喊老五过去，老五假装没听见也没看见，径直去了旁边的桌子，坐到同寝室老二的身边。

　　老二用筷子指指邻桌的艾红，向一桌人低声宣讲红烧鲤鱼的故事。众人哄哄一笑，都扭头朝艾红那边瞅。艾红往这边瞟一眼，低头扒饭。

　　艾红从此在老五面前消失。

　　老五从此不吃红烧鲤鱼。

酱焖河鳗

　　老五的初中同学兼高中同学，给老五打电话，说想见他一面。两人有二十几年没见，当年的小范已鬓角花白，成功地演变成老范。

　　从老五的瓦城，到老范的金城，行车不足一小时。就这不到一小时，却将两人隔绝了二十九年。老五陡然想到这个问题，心里纳闷，这是为什么呀？

老范驾一辆丰田来见老五，伴手礼是两盒牛肉。牛肉呈薄片状，好看地卷曲着，特别适合下火锅。老五回他一饼普洱。

旧历年底，天黑得快，才下午四点多，路灯就亮了。老五寻思，带老范去吃饭吧，边吃边聊。

在瓦城，老五和老范还有一个共同的同学，绰号牛掰。早年，老五跟牛掰有过一饭之缘。酒至半途，牛掰醉到桌子底下，冲老五很牛掰地嚷嚷："咱以后要常聚哈，常聚。"老五嫌牛掰酒德不佳，便疏于联系。

老五将老范引到一家名叫胡同里的农家菜馆。老五是这里的常客。土炕，以及四壁的旧报纸旧年画，散发满满的怀旧气息。菜品也不赖，生炒鸡，大鹅炖土豆，花鲢炖豆腐，酱焖河鳗，都是招牌。

老五点了酱焖河鳗。老五点这道菜，是想唤醒老范的陈年记忆。老五这辈子吃的第一道酱焖河鳗，是老范他妈的手艺。老五在海边长大，对淡水鱼没兴趣。老五是从酱焖河鳗开始，才对淡水鱼有了好感。

说来话长。

高考结束后，老五心里火烧火燎，焦灼地等待录取通知。老五的同学也都差不多。离得近的同学，今天你来我家，明天我去你家，说东道西，消耗时间。时间这东西很怪，有时它是金子，比如高考前的每天，都是"一寸光阴一寸金"，但有时它连废铜烂铁也不如，废铜烂铁还能卖几个零钱，可高考后到录取前这一段，它能做个什么？

不如废铜烂铁的那段时间，老范到老五家来过两次，老五到老范家去过三次。从老五居住的卡屯到老范居住的泡庄，将近十公里。老五顶着烈日，步行来往，脚下起尘，额上蒸汗，不嫌累也不嫌热。

老五最后一次去老范家，是在他接到录取通知的第六天。再过一周，他就该启程去省城了。他觉得这事，该让老范知道。

老五拿到录取通知后的六天里，家里出了三件事。第一件事，老五他爹每日傍晚，都要到屯中弯弯曲曲地转一转。以前他从不在屯中遛弯儿，那六天里，他天天遛。他向整个村庄宣示，他是一个大学生的爹，而且是屯中的唯一。第二件事，老五他爹带老五去集市卖西瓜，为老五筹集学费。老五口渴，他爹敲开一只最小的西瓜，递给老五。西瓜不熟，有股尿臊味儿，老五啃得潦草，随手将瓜皮扔到路边。老五他爹狠扎老五一眼，将瓜皮捡起，按到嘴巴上，啃来啃去，直到把老五的眼圈啃红。第三件事，老五他妈跟家里的芦花鸡结了仇。按老五他妈的说法，那个挨千刀的，腔眼里夹了一只蛋，三天不下，不知是个啥意思。老五他妈气不过，用手去抠鸡腔眼，抠出一泡黄水和几片鸡蛋皮。隔日，芦花鸡死了。老五瞅着死鸡，眼圈又红。

老五想把家里的三件事，也跟老范说说。

老五走得早，天刚亮就动身。他怕去晚了，老范会离家外出。他有过扑空的经历。还好，老五到达时，老范刚吃过早饭，在院中喽喽喽漱口。两人叽嘎一阵，抢着说话。老范的录取通知也到了，如愿以偿，上了师范学院。两人都开心。

半上午，老范提议，去夹河捉虾，好不？

泡庄水多，到处可见水泡子。一条狭窄的河流，夹河，从村西流过。老范和老五，两人提了拉网和塑料桶，去了夹河。老范说，夹河里虾多。

两人将拉网撑开，沉入夹河，一边一个，逆流，慢慢拖拉，不多时就网出半桶河虾，跟齐白石画的一模一样。老五奇怪，怎么没有鱼？谁知最后一网，有了，就一条。灰脊背，白肚皮，圆身子，有两尺半长，在网中蹦了又蹦。未几，那条鱼又在河边的草丛里蹦，大概是想蹦回河里去。

老五喜得大叫，海鳗！进而想到，河里怎么会有海鳗，该叫河鳗才对。

河鳗在草丛中蹦了一阵，慢慢消停下来。老五和老范，两人合力，将这条身子黏滑的家伙捧到桶中。

当天的午饭，有两道主菜：酱焖河鳗，炸河虾。老五和老范喝了酒。喝的是大连白，商店里售价，一瓶一块零一分。

吃酱焖河鳗时，老五想起爹的西瓜皮和妈的芦花鸡，心头别有味道。老五对老范说，我爹我妈，跟这条河鳗一样，也在草丛里蹦。老范没听懂，眨巴几下眼皮，说起别的。

胡同里的酱焖河鳗没有勾起老范的回忆。老五几次把话题往夹河边上引，都引不过去。老范驾车，不能喝酒，却比喝了酒的老五能说。老范说他这些年的经历，说得泪光闪烁。开始老五不明就里，听一阵，懂了。老范多方投资，均告失败，眼下急需用钱，这次来瓦城，他已见过牛掰。他没说牛掰借给他多少钱，只说牛掰够朋友，没有袖手旁观。老范一说牛掰够朋友，老五便明白他话中的意思。老五眼前又幻现了那条黏滑的河鳗，在草丛里一蹦一蹦，蹦得让人心乱。老五觉得眼前的老范，就是那条河鳗，他自己，也是。

老五搛一筷子河鳗塞进嘴巴，品品，全是酱味儿。

辛一丁的春天

陈　毓

　　如果不是流水线上的工作意外伤了手，辛一丁要在千里之外的康城打工到何年，还真说不准。不得已回到流水镇的辛一丁，在返乡的第二天，感到自己和故乡都回不到从前了。至于回不到从前的什么，辛一丁想，那可不是三言两语能说清的。他望着故乡蓝到叫他心里空荡荡的天空，努力想要找到一点儿踏实感。

　　距离辛一丁的宅屋半里地，有座高坟，至于哪个皇，哪个妃，没人说得清，也没人想要探究。辛一丁小时候最喜欢在坟地逮麻雀捕兔子，高坟长满荒草，是麻雀和兔子的乐园。

　　辛一丁回来，发现兔子天堂麻雀乐园变了。高坟里的皇妃有了名姓，有了故事和传奇。据说皇妃的人生故事精彩跌宕，简直可以写成一本书，编排成电视连续剧。县上组织专家论证后决定实施旅游大开发，这不，已经游人如织了。正是花开时节，简直接待不暇。旅游车辆摆满道路两边，就算马路再宽，也只是个停车场。

　　来旅游的人把传说当历史，那个拔掉了荒草的高坟用青砖新垒，青砖之间用白粉镶嵌，又从别处移来大树栽上，说要营造高古气象。

　　传说皇妃生前美艳动人，据说今天夸赞女人的词语就是从那个皇妃的美中得到灵感和启发的。于是来旅游的女人纷纷把坟上的白粉抠走，传说用这些白粉搽脸，可以颜如玉。尽管过不久就要重新给坟头补填白粉，但旅游开发公司的人从不懈怠，也不厌倦，说这多好，说明我们的项目招人待见。

正是春天，田野春意涌动，菜花黄了，麦苗青青，李花白，桃花红，大地是花的锦绣毯子。辛一丁站在自家院门口，眼见一辆辆车往高坟那边开过去，不久，前面的窄路就堵成了停车场，远远还有车流滚滚来。辛一丁看着，灵感突至，他立即返回院子拿来铁锹和锄头，把自家门口的地铲掉一大片，快速整理出一个临时停车场。辛一丁积极招呼后面的车停过来，倒是开车的人不放心说，你这地里能停车呀？辛一丁说，停停停，只管停，你没见前面堵成啥样了，给十块钱，你爱停多久停多久，就百步路，你走着过去，看景了，健身了，两全其美。

来人放心停稳车，夸赞辛一丁活道，问辛一丁家里经营农家乐不，他们看过高坟，过来吃饭。

辛一丁说，成，你来。

这天的辛一丁给自己找了个新的经营方向。他立即打电话把老婆立春从田里喊回来，吩咐立春和面洗菜，家里地里有啥弄啥，有人要来吃饭。

辛一丁说，开农家乐开农家乐。

"辛一丁的春天"的木头招牌第二天就挂到院子门口。接下来的两个月，"辛一丁的春天"名号下，有了"辛一丁"农家土鸡蛋、"辛一丁"红薯粉条、"辛一丁"春笋、"辛一丁"香醋……总之你想要什么，辛一丁都能用一个"辛一丁的春天"为你呈现，反正都是农家自产的物品，游客不就图个"农家自产"嘛。

乡人夸辛一丁，辛一丁说自己只是算账快，善组合，比别人稍早几分钟罢了。你就拿我这个临时停车场说吧，这片地，种麦子，种油菜，能长出一个临时停车场的收入吗？钱是标准。辛一丁说。

家里的农家乐忙不过来的时候也雇人，隔壁的二奶奶，帮个厨，来一天算一天钱。起初二奶奶不高兴，说，谁不给谁帮个忙啊，帮个忙也要临时算账，那我往后喊你帮忙，也要掂量着给钱？

辛一丁说，一码是一码嘛，到时候您用我再说，不是还没到那一天嘛。

一次次地付了钱，二奶奶现在是比任何时候都乐意给辛一丁这边帮厨。辛一丁对立春说，这就是变化。

生意眼见着路子宽起来，辛一丁又想用"辛一丁的春天"推销农家圈养羊，本地羊肉有名，辛一丁想把羊肉当成一个产业。"辛一丁的春天"把羊肉根据羊的身体部位分级包装，有腊羊腿、腊羊肋骨、腊砧板肉、腊手撕肉，在盒子上写长长的说明文字，说这是文化。比如本地人喜欢的砧板肉，就是羊大腿最完整的部分，用文火煮透了，在案板上凉微凉，快刀切块，装盘，蘸上汁水，多么美味啊。手撕的部分呢？是骨头和骨头间的肉，带着骨香，但肉碎，所以分成小袋包装，是肉中的零食，加上手撕的乐趣，有品咂的意味在里面。

当然不可能自家出产。于是组合，于是合作。辛一丁首先拉出乡里的大婶大姨，一切能扯出关系的亲戚，他和他们签约。签约当然也是一个陌生的词语，但辛一丁依然想到钱，搬出钱就不陌生了。一头用传统方法喂养的羊能卖一千七百多块，辛一丁先给要签约的大婶大姨九百块，就这样说定了，你帮我在你的羊圈里喂羊，我年底收了你的羊，再根据羊的重量和你核算付清该付的余款，你没有风险，你只需要好好养羊就行了，还有啥问题呀？我看没有。

这就是辛一丁，以及他的"辛一丁的春天"。

阳光普照

岱　原

　　我们的话题终于和工作不再挂钩。辣条开始讨论路边的广告牌，比如对面服装店的蓝底白字看上去很俗，天地食府连专用 logo 都没有，都很失败。沿街统一规划的灯箱简直就是灾难，一条街都没了个性。这样的讨论就好比打开了一扇语言的大门，我发现上班时沉默的辣条并不寡言少语。一瓶啤酒一个话题就能导向他灵魂的另一面。上班时我对他喋喋不休，这个时候我却只能选择沉默。他对到处都是火柴盒式的楼房充满厌烦。他说菜市场杂乱的雨棚更有艺术气息。他谈起后现代，再扩张至贝聿铭。他的语言让我再次对他深深打量，这种打量让我觉得他吐出烟圈时都透着德拉克洛瓦的浪漫气息。

　　最后他还是落地了。当我们咽下最后一根肉串，喝下最后一滴啤酒后，辣条用一种近乎讨好的眼神看着我，他说，柴刀，我想请假。好吧，或许他请我吃饭真正的目的就在这里。我说，辣条，这个事并不难，你不需要绕这么大弯子，你打个招呼就可以了。辣条看了看我，说，我不是请一天假，我是每个星期都要请一天假。

　　海皮亚厂并不是我人生中需要浓墨重彩去记录的地方。在我南方打拼的万千经历中，它只是我记忆里一个小小的驿站。在这个厂，我是车间里的一个小组长，这是世界上最小的领导，我手下管着十几号人，而辣条是我十多个手下中的一个。

　　时间需要回到二十年前，当年的私企一个月的工作时间有三十天，所以员工们偶尔请假很正常，但辣条一个星期请一天假的要求还是把我吓到了。一个星期休一天，相当于一个农民工在给自己争取公务员的休假待遇。我沉默了很长一段时间，辣条也陪着我沉默了很长一段时间。他知道我要考虑工作任务的安排，需要调配其他人手来完成他缺席时的工作量。当我确定我做出的决定不是酒精上头后的一时冲动后，我抬起了眼皮，这时我看到了辣条的眼睛。是的，无论多少年过后，我都无法忘记那种眼神里的真诚。这个真诚让我觉得，一个人做出决定并不一定都得理性。我改变了最初的想法，我对辣条说，好吧，我尽力而为。

我尽力了，事实证明，我这个尽力也给自己带来了苦恼。在辣条请假的日子里，我需要把他的工作量平摊到其他十几个人头上。一旦辣条不在，其他人则需要多上近一个小时班才能弥补辣条缺席落下的生产任务。我开始听到抱怨，一个员工甚至在我的办公桌上敲了一拳头。他说，你不能由着辣条乱来，一个星期一天假，他以为自己是谁？国家干部？在我的记忆里还保留着辣条请客时烤肉串弥漫的孜然香味儿时，我对这样的责难只能睁一只眼闭一只眼。

四个星期，五个星期，辣条的缺席并没有让人产生习惯。有些麻烦是联动的，一天，车间主任问我，他说那个工位怎么经常空着，是不是需要再招一个新员工？

当年的南方工厂什么都可以缺，就是永远不缺干活儿的人。一个工厂炒一个人或者招个人比吐口唾沫都容易。这是一个很不好的信号，我把它转告给了辣条。我说辣条你再这么下去可能工作不保。你得告诉我，你生活中到底出了什么事，需要这么接二连三地请假？恋爱了？还是这边的亲人出了什么状况？我尽量委婉地问，我询问的时候才发现自己对辣条请假的原因一无所知。辣条并没有正面回答我，他搓着手，有点儿拘谨。这个……他欲言又止，末了才蹦出一句，以后会告诉你的。

辣条的遮遮掩掩让我有一种脊背发凉的感觉。我甚至联想到一些新闻里不好的报道，否则，辣条的闪烁其词到底指向何处？我决定私下打探一下原因，我不想等到哪天辣条主动告诉我，我打探的目的除了好奇还有一种对朋友负责的态度。现在回想，我那天的跟踪也是一个谋划已久的行动。

我忘了那天是不是礼拜天。因为一竿子撸到底的工作时间让我对星期这个概念比较模糊，我只记得那天天气非常好，没有雨，云朵在蓝色的基调里搭配得很合理。我穿过街道时能感觉到空气的温软。当时，辣条慢悠悠骑着单车在我前面。他背着一个大包。那个大包将他的背影遮得严严实实。这装束乍看上去就像一辆自行车驮着一个正方形在前进。我几乎不用保持距离他也无法觉察到有人跟踪。我们穿过喧闹的街道、杂乱的菜市场，横跨污水沟的小桥。辣条没有停下来的迹象。当我们穿过工业园区的时候，我发现我们已经走到镇子外面了。那是一条向东的路，越走越偏。到最后连水泥都没有了，黄土和沙石在一片杂乱的环境里画着一条痕迹向前。

在一个岔路口，我把辣条跟丢了。我弄不清他去了哪里，他忽然就不见了，我撞大运似的在两条路上乱串。前后消磨了一个多小时，才在一片小树林旁看到辣条的自行车。它被锁在一株碗口粗的树上，人已经不知去向，只有路边倒伏的青草指明这里曾经有人经过。

我怀着忐忑的心情穿过小树林，我不清楚自己会面对什么。小树林的昏暗放大了我的焦虑。直到最后，一股清新的水汽扑面而来，我发现自己来到了湖边。那是一大片水，在响亮的日光里纵深向前。我从来不知道，小镇旁边还有这样的风景，水天相接，气势宏大。

在湖边我看到了辣条。开阔的环境里，他的身影显得渺小且孤独，他在水边支起一块画板，地上是调色盒——他在绘画。一个人要怎样用心才能找到这样一个所在？不过，多日的困惑一扫而空，事情没有我想象中那么糟糕。当我走到他身边时他才发现了我，他腼腆地笑了笑。他说他很不希望我看到他不务正业的样子。我也笑了笑，我不知道该说什么，我给他递了一支烟，我很想告诉他，我不认为他这是不务正业，我还想说在今后的日子里，只要我还是小组长，他每个星期请一天假肯定不是问题。但是，这么感性的话我说不出口。这一刻，我只能静静地坐着，看他绘画。

在画布上，我看到远山的淡影，粼粼的波光，若隐若现的建筑，一截木头在水里腐烂……当然还有阳光，那是画布里往外溢出的力量，在云层之后，在波光之上。

或许，生活中不仅仅有工作，还应该有其他。我想说的是，阳光普照，时光正好。

林校操场

西小麦

2002 年，我 15 岁，在林校操场放飞过一个风筝，燕子形，夜市买的，15块钱。风筝线太短，下午两点和魏洁一起刚把它放飞，两点十分，线断了，燕子飞走了。我们站在原地，看它越升越高，跃过操场对面大酒店的屋顶，不见了。我收回绳子，连手圈一块还给她。她气急败坏地捶我的胸口，拳小，力度不足，软绵绵的，说，你刚送我的礼物。那时候还没有"小拳拳"的烂哏，只觉得她颇为可爱。魏洁出生于 1987 年 9 月，处女座，小我大半年，我是射手座。她经常研究星座，说射手座是花心大萝卜，能一次处好几个女朋友。我调侃她说处女座真是处女吗？她哑口无言。对于 15 岁的这种玩笑，自己还没有成人后的那种猥琐感，男男女女之间更多的是一种青涩到底的纯洁，处女和处女座对我来说，仅仅是一种说辞，没有太多的言外之意。她说，自己特别爱干净，喜欢整洁，甚至有点儿强迫症，处女座大概都是这样。我看看自己的袖口，满是油渍，索性弯回四根手指将其挡住。我们后来坐在操场的看台上，聊完星座之后，我对她表白，我说得直接，没有任何套路。我说，你真漂亮，我喜欢你。她没有迟疑，说，我也是。我问她，也是什么。她说，你傻啊，我也喜欢你。她扔下手里仅剩的风筝线圈，拉紧我的手。我看着线圈顺着台阶一层层滚落，线头仍旧留在脚下，扯开的线缓慢拉长，安静地割开了大地。

那个下午格外漫长，直到手心都是汗，谁也没想到要松开对方。我问她关于杨凯的事，她一遍遍澄清，好像那个名字是一种背叛，杨凯在追她，但她不会答应，因为他总是拿袖子抹自己的鼻涕。我又把袖口藏得紧了一些。魏洁问我，你躲什么。我说，没什么。我妈早上炸油条的时候我会帮忙，在教场街和傅公街交叉口，我们四点多就出门，支好摊子，一口大油锅，一个面板，半袋子面粉。有时候四点半就有人了，赶上岱庙城墙修缮的工程，戴安全帽的人比较多。等我妈弄好了面团，拉成扁长状，我就开始拿夹子夹面下油锅。干到六点半，面粉几乎都让我妈团完，我就开始往学校跑。因为校服出门时我就穿好了，袖口总是会弄上些油，但我从不用袖子抹鼻涕。我不知道怎么跟魏洁解释，还好她没看到。我补充说，杨凯学习挺好的，我比不上他。魏洁说，以后放学就在这儿，我给你补功课。我笑了，说，我抄作业行，其他不好说。她又捶我。我问，听你的，补到什么时候？她拉我站起来，看了看远处暗红色的晚霞，说，补到燕子飞回来。

　　林校操场年前就封闭了，裂口的塑胶跑道常年无人管理，随着风吹日晒、雨雪浇灌变得满目疮痍，从马路对面打眼一看，像无数将要饿死的雏鸟张嘴对着天空。我带女儿去过一回，我把她扛在肩头，跟她说，爸爸以前在这儿练跑步，抄作业，还放过风筝。女儿一脸不屑，说这破地都是坑，没有幼儿园的操场好。我把她放下来，她不知道从哪里找来一根小木棍，照着塑胶跑道的一处裂口扒了起来，没一会儿便玩得不亦乐乎。现在的小孩，童心都被刻意的价值观掩住了。因为穿得薄，女儿直流鼻涕。我摸口袋，除了手机，什么也没拿。看着她不停地吸溜鼻子，我蹲下，拿袖子给她抹了一把。也是在这个时候，我又想起了魏洁。初中毕业，她考上了一中，我上了二流中学，距离七八公里。刚开始我会在每天晚饭的两个小时骑自行车找她，背包里总会带着两块五买的菠萝面包，二流中学最出名而又好吃的自产面包。不到半年，她吃着面包对我说，她觉得学习比其他一切事都重要，她的父母指望她考上重点大学出人头地。我全明白了，推着自行车往回走，晚自习没上，一直把自行车推到林校操场，坐在台阶上看天空。月亮是一把镰刀，总感觉那个燕子形的风筝还在上面，什么也没有结束，但就这么结束了。第二天我妈没出摊，一早她就被叫到学校。

从办公室出来，我妈就说了一句话，以后你别跟我炸油条了。我就站在办公室门口一把鼻涕一把泪，我伸出袖子，只抹了眼泪。

女儿叫我，我低头看。她从大裂口里拽出一块布，撕不动。我让她躲开，我两手使劲，把它完整地扯了出来。是一个燕子形的风筝，没有龙骨，只剩残破的布，暗淡发黄。女儿兴奋地大叫，是风筝，风筝。我站起来，把它展开，说，是小燕子风筝。女儿跳着问我，爸爸，能飞吗？我笑了笑，说，能，等着。我拿着风筝跑上了看台，手里拿着燕子的脖颈，从最高一阶往下跑，女儿在操场上拍手看我。我跑到最低一阶时跳起身子，把那块破布扔到了天上，有一瞬间，它遮盖了冬日的太阳，像极了 21 年前的那个下午，可是它不会飞太远，总会在你意想不到的时刻提前落地，变得真实而又残酷。在风筝落地的那一刻，女儿说，真的飞起来了，好漂亮。我把她抱起来，笑了笑，用袖子再次抹掉她温润的鼻涕。

穿越隧道

西小麦

前面还有几个山洞？女儿问我。我盯着洞顶不停划过的环形灯条和巨大的风机，隐隐约约听着隧道里如风一般的提醒喇叭。倒车请注意，女儿说，倒车请注意。我仔细听，播放的实际内容是保持车距，减速慢行。这是最后一个山洞了，前面就到家了。我说。

过节回老家待了两天，连续做了同一个清晰的梦，颜色、声音、气味，老人坐着的床，床上蓝白相间的床单，靠墙的深蓝色背包，背对老人的两条背带，压在鞋盒子上面的一副老花镜。老人瘫坐在床沿上，身子前倾看着我。我坐在一张方桌前，方桌侧挨着那张床，方桌上是玻璃板，板下压着很多泛黄的老照片。整个房间只有一半，另一半全在记忆里，一股温暖的味道在我和老人之间。他穿着板正的深蓝色中山装，扣子系到脖颈，双手搭在紧靠床沿的方桌玻璃边。他问我，你爸妈还好吗？他又问我，你姐还好吗？我没有回答，伸出手握住他的手。他的手不像记忆里那么干瘪，鼓囊囊的，热的。我紧紧地握着他的手，不知道如何回答。他的眼睛很大，脸上的斑也是富有生机的，他一笑，什么都在笑。我在等他问我，你还好吗，我一直在等，他一直在笑。先是身上的颜色淡了下去，蓝色变得灰起来，我依旧紧紧地抓着他的手。老人开始飘浮，像一个气球，慢慢地离开床，向着天花板的角落飞去。

醒来雨还在下，天气阴冷，房间里的一切都变了。鼓裂的瓷砖已经换成了木地板，母亲在拖地，她抱怨那只带回来的小猫打翻了水杯。父亲还在睡，他的鼾声从来都那么大，我不知道他是真的在睡，还是用声音隔绝现实。他买的零食放在桌子上，昨晚女儿吃了一根麻花才睡，她满心欢喜。桌子上本来还有包锅饼，我昨晚给扔了，发霉了还在吃，说是没觉得有怪味儿。他们好像在等我说些什么更重要的事情，老年人的婚姻破碎得极为离谱，不亚于冲动的年轻人。他们在等我评判，主持公道。两个脸上布满褶子的老人带着半个多世纪的艰辛依旧在不停地彼此冲撞。我无法做出回答，对于他们来说，我并不关键。气氛像是舞台上刻意喷射的云雾，大家都在表演而已。晚饭母亲给他做了烧大肠、白菜猪血，他只是吃。我说别老吃这些东西，高血脂，对身体不好。他点头，很快吃完就拿着碗筷去了厨房。女儿在屋里跳来跳去，小猫在跑，老婆在收拾床铺，是一个家的温馨模样。

昨晚姐夫又喝多了，等我们从他家走后，他把拖把摔到院子里，把气撒到花盆上，君子兰被连根拔起。母亲经常看到他偷偷喝酒，大概也不是因为爱酒，是爱那个酒后连自己都可以抛弃的勇敢而疯癫的自己吧。姐姐打来电话，说儿子在发烧，三十八度，嘴里起了水疱，而姐夫在院子里乱砸，她不想过了，准备带孩子走。我接了电话，只是听，那些怨恨和无奈的声音作为背景，画面中央是在他们家里吃的那些菜，有糖醋里脊、红烧肉、酸菜鱼，电视机里在播放动画片，碗筷碰碗筷的声音很悦耳。

我们还在隧道里，车还在开，女儿和老婆都睡了，小猫从后座跳过来，卧到我的腿上，发出咕噜咕噜的声音。

我喜欢猫，什么样的猫都喜欢。我经常喂的流浪猫肚子大了，我蹲下身子喂它，我摸着它的肚子，也许要生两个，或者三个。那天有雨，它是淋透的，肚子瘪了，小猫不知道生到了哪里。我穿着拖鞋，打着伞去找，积水漫过脚面，落叶和塑料袋有时候会缠进鞋里。我看了墙根和草丛，从南走到北，我收了伞站在雨里，觉得一切不太真实，生命不太真实，到处都是声音，是诉说、愤恨、不满、疲乏与虚伪。小猫都死了，在一辆SUV的发动机上，听说是车主开出去买菜回来后下车听到了叫声，打开引擎盖后，它们很快便没了声响，她和女儿一起把它们丢进了垃圾桶。猫还会来，在我脚边蹭着裤脚，我想跟它说说话，可又不知道说什么。听说猫没有记忆，它们仅仅活在当下，发生的幸福和悲苦都已经在雨停时过去。吃吧，我最后说，吃猫粮吧。它很听话，把自己彻底埋进碗里。

隧道很长，我持续踩着油门。我仿佛看到了尽头的光，那里没有雨，太阳斜在左上方，把大地照得锃亮，孩子们在游乐场里无秩序地跑，不会担心被谁威胁或抓走，老师和长辈不会凶任何一个人，薯片是不限量的，糖果同样。大人们在车边坐着抽烟，偶尔谈起已故的老人会倾斜身子表示抱歉。所有人的脸上都平滑紧致，没有可藏匿苦恼的沟壑。

小猫也睡了，不再咕噜。车内变得异常安静，我仔细听着隧道里播出的喇叭声，它在说，倒车请注意，倒车请注意。我笑起来，知道自己又变得不真实，是困意或者幻想开始入侵。过了这个山洞就可以回家了，人们都在老旧的床边坐好了，等着我聊些什么。有人拿出压在玻璃板底下的老照片比对，感叹，你这小子都这么大了，照片上还是个露鸡儿的娃娃呢。大家哄笑，老人捋着胡子。时光就这样被扣留。

隧道还在，没有尽头，车一直开着。过了这个山洞，就到家了。我对自己说。

假 发

张宇弛

都说远亲不如近邻，这个近邻其实是我的远亲。

表舅妈和我家住一个小区，我喊她舅妈。只因表舅走得早，这门亲戚似有似无。我没仔细梳理过两家之间的关系，应该没出五服。反正都住在一个院子，隔了几栋楼。我妈见着舅妈总要叫一声"表嫂"，可语气、表情和邻里之间打招呼没有任何区别，甚至带着一丝不情愿。

我妈总说舅妈是上海人，怪异。说起来，舅妈在小区一众花甲老人中确实显眼，她似乎并不习惯把年纪写在表面，不会像其他老人那样，一到六十就不再添一件新衣服。舅妈其实也不买新衣，只是她的衣服永远不显旧，她的鬓角也总打理得一丝不苟。用我妈的话说，讲究，讲究得怪异。我不觉得怪异，我挺乐见这种讲究。

我喜欢听舅妈叫我"囡囡"，用软软的沪音。好听的声音会让人联想到她年轻时的样貌。后来我常去舅妈家做客，从相册中得到了肯定答案。去她家做客的次数多了，举手投足间，我就有了舅妈的影子。直到现在，我依然被我妈诟病，说我吃螃蟹都快吃到指甲缝里去了。显然我妈是在夸我吃得细巧，吃的时候照顾到了蟹钳的每一个角落。那时候，舅妈教我吃螃蟹。吃完，她将手指凑到我的鼻尖——天哪，竟然闻不到什么腥味。当然，关于吃螃蟹的技法，我一直瞒着我妈，也瞒着别人。

舅妈有两个儿子一个女儿，逢周末他们回舅妈家团聚。我从未与他们碰面。

作为一个外人，或者说远亲，我与舅妈的人际关系更随意些，来往从不挑日子。工作日的傍晚，可能带着水果，大多数时候空着手，我敲开门，没有一句客套，熟练得像到了自己家。舅妈也从不苛责我破费。我拿来橘子的时候，她就会挑一只好看的，剥开，挑出橘络，随后一瓣一瓣填进嘴里。吃完橘子后舅妈会替我梳头，她总说："囡囡啊，少熬夜，头发又是结又是叉。"

舅妈总能为我盘出各种好看的发型，如同相册里她的照片。她自己只梳头不盘发，因为四十岁后她一直留着齐耳短发。舅妈将照片中她的样子照搬到了我身上。从此我也变得讲究了。

那天，舅妈为我设计了一个新发型，然后愣愣地看着镜子。我问她："舅妈，怎么了？"舅妈没回答。镜子中的我，满头明艳，映衬着舅妈失落的眼神。明明新发型很成功啊。舅妈的手从我的发梢挪开，慢慢移回她的鬓角。

"囡囡，有空陪我回一趟上海吧。"

那是我第一次去上海，也是舅妈最后一次回上海。舅妈带着我逛了许多景点——城隍庙、静安寺、外滩等。午后，我们在和平饭店喝了一杯咖啡，晚上游黄浦江。抿着咖啡，吹着江风，我听舅妈说照片中的故事，将故事与眼前的景色对应起来。

我们去了徐家汇。在徐家汇商场，舅妈给我买了一件深色旗袍。她自己买了一顶假发，真发做的假发。假发只需要两只卡子就可以稳稳地别在头上，几乎可以乱真。

整个行程，舅妈没让我掏一分钱。我只是陪同，享受了一趟免费的旅行，得到了一件免费的衣服。我不打算告诉我妈关于旗袍的一切，省得我妈认为我也是个怪异的人，甚至认为这份怪异是舅妈传染给我的。

从上海回来不到一年，舅妈病了，我只要有空就会去看望她。病情加重后，看望变成了照顾。我能从舅妈的眼神中看出期待，期待周一我敲开她家的门。这隐约让我感觉到，舅妈周末过得似乎并不愉快。

干脆，我要了一把钥匙。

幸好我有钥匙，那天，打开门时，我看到舅妈不知何时已从床上滚落，她躺在地上大口喘着气。舅妈撑起虚弱的身体，气息微弱地说："囡囡，你来啦。"

　　这是舅妈对我说的最后一句话。

　　病房中，舅妈插着管子，毫无生气。我轻轻抚摸着舅妈的鬓发，眼前的她既熟悉又陌生，怪异得看不出半点讲究。舅妈似乎感受到了我手指传来的温度，眼皮动了动，很努力地睁开。舅妈抽动着嘴角，似要对我说什么，却说不出。稍微缓过点神，舅妈双手举在空中，胡乱挥舞。我好像懂了，我赶紧跑向护士站，找护士要来纸和笔。

　　等我回到病房时，病房站满了人。舅妈的儿子、儿媳和女儿、女婿都来了。大哥朝我点点头，略表感谢，语气、表情和邻里之间打招呼没有任何区别，甚至带着一丝不情愿。大姐几乎是抢夺一般从我手中拿走了纸和笔。随后，我像是一个外人那样离开病房，他们似乎并不情愿让我在场。可我实在渴望知道舅妈最后写了点什么。我趴在病房门上，他们挡住了视线。我极力望向舅妈，看她是否写了点什么。

　　答案是否定的。

　　灵堂上，我问遍了当时在场的每一个人。答案一致，舅妈什么都没写就走了。大姐甚至问我："我妈生前是不是带你去过上海？她没交代什么吗？"在得知舅妈曾送给我一件价值不菲的旗袍时，大姐的表情复杂，一堵高墙瞬间竖起，隔挡在我们之间。我像是个小偷，不，比小偷还要恶劣。小偷至少没有别人家的钥匙，而我有。

　　尽管如此，三天后，我仍穿着旗袍，盘着发，来到了火葬场。送别大厅中，舅妈静静躺在水晶棺材里。我作为远亲，走在人群中间，绕遗体一周，作最后告别。水晶棺材里，舅妈表情怪异，似带着一些遗憾。她脱形的脸颊上淡淡施了粉，满头银发梳得整整齐齐。

　　糟了。

　　刚走出大厅，我猛然想起了什么，立即奔向旧物集中焚烧点。亲属们不明就里，跟在我身后。我冲向火堆旁，拦下工作人员，从他们手中抢下包袱。包袱抖落开来，掉落了一些舅妈的衣服以及日常用品。

只听见大哥站在我身后，对着大姐小声说："怎么回事？旧衣服不是你打包的吗？我也在场，藏着什么东西漏了吗？"大姐没回答，伸手要从我手中抢下包袱，仔细查找。我和她争夺着，大哥也上前拉扯我的胳膊。

拉扯中，包袱皮被撕破。所有人都惊呆了：没有金，没有银，没有存折，也没有房契。

——只不过一顶假发，轻轻飘落。

第二辑

让我们活在电影里

黄河故事（二题）

非　鱼

大河奔流

"爷，别去了。"黄淼抱着黄德水的一条胳膊。

"为什么不去？没有这样欺负人的！我看谁敢拆我的船，跟他们拼了！"黄德水赤着上身，酱赤色的皮肤下青色的血管暴起。他身上只穿有一条铁灰色的短裤，脚上是一只沾满了泥巴的拖鞋，另一只不知去向。

"爸，你说句话啊！"黄淼眼看拉不住爷爷，只好向闷头抽烟的黄清柳求救。

黄清柳不抬头，也不说话。

通知是三个月前下来的，黄清柳最先看到，他压根没当回事："哼，又是走个过场。"这样的过场来过很多次，谁会当真呢？他看了看四号船旁边的铁丝围栏，顺手倒了一小盆玉米进去。围栏里有三只灰雁和几只大鹅、鸭子，还有七八只鸡。没有大客户的话，一周够用了。他骑上摩托车去市里买晚上烧烤要用的豆角、韭菜、茄子、香菇、鱼豆腐。他嘱咐他爹，不要自己去收网，等他回来再收。

清理，拆船？开什么玩笑！一条船好几十万，你一张纸说不让干就不让干，说拆就拆？拆拆试试！骑在摩托车上的黄清柳觉得可笑。

三号船、四号船都是他们家的，旁边的几条船是他堂兄弟和另几个同村村民的。二十多年前，当他爹拖着一条小船从信阳来这里打鱼时，他老大不乐意。南湾湖那么大，鱼那么多，非要跑到这里讨生活，黄河鲤鱼比大白条、胖头好吃啊？谁知道，这一来，一家人竟硬生生在黄河岸边生活了二十多年。爹靠打鱼给他娶了媳妇，靠开"鱼码头"饭店养活了一家大小，小船换大船，大船换了更大的船。

黄河是你家的？那是大家的！谁来也不好使，不好使！

初夏，正是"鱼码头"生意最好的时节。还没有泄洪，水位到达了每年的最高点，河水清清。如果客人愿意，船可以开到河中心，客人们在二层甲板上尽情饮酒狂欢，或者吹着黄河上的风，对月感怀。

黄德水和黄清柳每天下网、收网、买菜、做菜。鱼是主打菜肴，搭配炖灰雁、烧鹅块、老鸭汤、焖罐肉，再加上烧烤、凉拌菜，生意火爆，起码得提前三天订座。生意这么好，每天好几千元的进账，他们谁也没把拆船的通知当回事。

生态环境局的工作人员来了一次又一次，他们拿出国家、省、市关于黄河生态治理的文件，一遍遍向黄清柳解释政策。

黄清柳翻看着文件，听着工作人员解释各项补偿措施，他明白，这回来真的了，他要早做打算。可他爹黄德水不管那么多，跟他们吵："老子几十年辛辛苦苦攒下这两条船，说不让干就不让干，说拆就拆？来，来，要不你们把我也拆了！"

工作人员来一次，黄德水跟他们吵一次。终于，生态环境局下发了最后通知，给出了半个月的清腾时间，到期后要么把船拉走，要么就地拆除，清理垃圾，彻底解决占用河道及其相关的污染问题。

进入汛期，泄洪之后的黄河退到了离原来的岸边上百米远的主河道，只剩下窄窄的一道黄色在奔腾。船的四周，水退去后留下各种垃圾，有风刮来的，有上游漂来的，还有船上产生的。那些鸡鸭鹅的粪臭气也散发出来。

黄清柳蹲在船头，他动摇了。太脏了，以前没有人提醒，他不觉得；经过这反复的提醒，他发现确实挺脏——一蓄水，垃圾都在大河里漂荡。

黄淼回来过暑假，他第一个支持拆船。"爸，这是国家大政策，全国都在治理生态环境，秦岭多少别墅都拆了，何况你和爷爷天天在河里下网也不安全。"

最后，黄清柳签了补偿同意书，开始搬家。他打算拿着补偿款去市里重新开家"鱼码头"小饭馆。黄德水拧着脖子骂他："败家子！软骨头！"

拆船的机器开来时，黄德水非要去跟工人拼命，黄淼硬拉住了他。

黄德水伸着腿坐在岸边，欲哭无泪。他眼看着一辈子积攒的家业顷刻间被拆得七零八落。他何尝不知道有补偿？何尝不知道是为了大家好？可他是真舍不得，舍不得船，舍不得离开这条河啊！

那天晚上，黄德水、黄清柳、黄淼爷孙三代人在黄河边一直坐到深夜。黄淼说："爷，别生气，治理黄河，这是必然的。上游规模上万头的养猪场、养牛场都拆了。"黄德水说："用你说？读了几天书？就你知道！"黄清柳还是一声不吭。

一周之后，原本属于"鱼码头"饭店的那片河湾，已经完全没有了往昔的热闹。船不见了，垃圾不见了，那里长满了苍耳和葎草，一望无际，如大草原一般。

一年之后，黄清柳在市里新开的"鱼码头"饭馆生意火爆。

两年之后，沿黄生态廊道建设基本完成，已经大学毕业的黄淼开车拉着黄德水和黄清柳沿河兜风。

河水轻轻拍打着堤岸，岸边是画着红黄蓝三色的黄河旅游公路。几千只红头潜鸭挤挤挨挨地从公铁两用特大桥下游过，它们的身旁，是那些小小的黑黑的骨顶鸡，红嘴鸥则占领了原本属于"鱼码头"的那一片河湾水域。

黄德水说："这不是白天鹅啊。啥时候来了这么多没见过的鸟？"

黄淼说："爷，去年就有了，今年更多。"

爷孙三代人坐在河边，看着夕阳慢慢落在河对面的中条山上，把山峦和天空染成美丽的橙红色。

大河奔流，万古不息。

大桥与爱情

河上微风轻拂，河水拍打堤岸，发出哗哗的脆响。

邝伟坐在岸边，他的心情很复杂。

向南一千米，是他和同事们亲手建起来的大桥——蒙华铁路三门峡黄河公铁两用大桥，横跨黄河，公铁两用。三年前，他跟随大桥局来到这里。在这片陌生的土地上，他奋斗了一千多个日夜，从桩基施工开始，到下钢围堰、起桥墩、钢桁梁顶推……作为现场监理，他一天天盯着，眼看着一个个桥墩在黄河里高高立起，一段段桥面顶推连接。现在，大桥主体建设工程就要结束，他们要回家了。

邝伟应该高兴才对，可他总是难过，尤其在黄昏来临时。

他看到过很多河，监理过大小好几座桥，唯有这里让他放不下。

这是黄河啊，这是如此壮观的一座大桥！每天傍晚，看着它在河面上的剪影，他就感到幸福和满足。

可是，仅仅如此吗？

当然不。因为尔雅，那个像白天鹅一样美丽的姑娘。他要走了，她怎么办？

邝伟和尔雅是在市里组织的青年联谊会上认识的。他作为大桥建设分局的团委书记，组织项目部的男单身职工参加。尔雅是大学校团委的，负责与他对接。

那天晚上，联谊会为八对青年搭起了进一步发展的桥梁。邝伟和尔雅成为"编外"的第九对，但他们的关系并不是从那天晚上开始的，而是从邝伟邀请尔雅参观施工现场开始的。

尔雅站在七十米高的桥墩上，远眺黄河落日，蜿蜒中闪烁着一河金色。有风吹过，她心里突然涌出一些感动。邝伟站在她身边，和她一起远眺黄河落日。

两个人谁也不说话，一些美好的东西在慢慢生长。

几乎每打下一个钢围堰，邝伟就会给尔雅拍照："你看，黄河水就是这样被拦住的。"尔雅惊呼："太不可思议了。"每竖起一个几十米高的桥墩，邝伟也会给尔雅拍照："这是第二十五个。"随着桥墩竖起得越来越多，桥面一点点延长，邝伟和尔雅的感情也在一点点增进，升温。

甜蜜而浓烈的爱情，让他们暂时忘却了一个很现实的问题：施工结束后，他们怎么办？

现在，到了再也无法回避的时候了。他们的工程结束了，下一个项目部就要进驻，邝伟的一些同事已经逐渐撤离。

他很迷茫，纠结。他们怎么办？一个家在东北，一个生在中原；一个随河走，一个守校园。未来？好像是一个死结。他一天比一天难过。尔雅，那么好的姑娘。他不知道她怎么想，他不敢问。

黄昏退去，黑夜来临。邝伟在黑暗中给尔雅发微信："我们，分手吧。"

尔雅很快回复了三个字："凭什么？"

是啊，凭什么？邝伟字斟句酌，也无法想出理由，最后只发了两个字："爱你。"

"你在哪里？我要见你。"尔雅说。

"不用了。过几天我就要走了。"

尔雅的微信没有再回复一个字。邝伟猜，她一定在哭，或者在骂他，用最恶毒的语言，甚至在摔东西。逝者如斯夫，时间总会治愈一切。

邝伟继续在河边坐着，听水声，听蛙叫，回忆他与尔雅在一起的点点滴滴，心揪成硬硬的一团，直到夜深。回到宿舍，他一口气喝了半瓶白酒，倒头睡去。

第二天一大早，邝伟宿舍的门就被拍得山响。他晃着身子打开门，第一眼，看到的是尔雅，她瞪着好看的眼睛，一脸怒气。她的身后，站着三个人。

他的酒醒了。是来兴师问罪吗？行啊，打我一顿好了，也许心里还会好受点。他挺了一下腰，看着尔雅。

"让开！"尔雅推了他一把，直接进了房间，她身后的三个人也跟着进了屋。

她的家人？他愣怔了一下，赶紧跟过去，想倒水，拿起杯子，看见床上一团乱，又去收拾被子，还没收拾好，觉得屋里空气不好，又丢下被子去开窗户。小小的房间，被他一个人弄得"兵荒马乱"。

"行了，别忙了，你坐下。"尔雅发话了。邝伟老老实实地坐在一只小凳子上，低着头。

"你们俩的事，我们都知道了。"年龄最长的老人发话了。

"这是我爷爷。"尔雅说。

邝伟看一眼爷爷，又低下头。

"孩子，别紧张，我们今天来，是表明一下家里的态度。至于你和小雅的事，你们自己定。"爷爷说。

"我——"邝伟不知道如何说。他爱尔雅，很爱很爱，但他不能继续爱。他的脸红了一下，然后表情变得很难看。

"孩子，知道我老家是哪里吗？我也是东北的。一九五六年，建设三门峡大坝的时候，我可是第一批从学校报名，唱着歌来的。那时候，指挥部就一帐篷，那可是新中国成立后黄河上的第一个大型水利工程，工地上每天都热火朝天的，四面八方的人都奔这儿来。到现在，你看看，还是这黄河上，你们建的这大桥，又能跑火车还能跑汽车，小伙子，你们不简单啊！"

"爷爷，说正事。"尔雅急了。

"好，好，说正事。就一句话，我们全家支持你们。大桥就是见证，对不对，老婆子？"爷爷扭头看奶奶。

奶奶笑了，很慈祥："对，你说啥都对。当年你就是这么跟我说的。"

几个人笑起来，邝伟也笑了。

尔雅瞪他一眼："还好意思笑！"

邝伟说："爷爷奶奶面前，再感动我总不能哭吧？"

小树林里唱戏的老头儿

邓洪卫

我从来没注意到那儿有一片小树林。

也许我以前看到过，但晃了一眼就过去了，从没留意。

那也算是城市的中心区域，在体育馆的旁边，离鹤翔公园不远，周边有超市、酒店、银行、居民小区。

是他的声音把我拽过去的。

高亢粗犷的唱戏声，随着音箱伴奏的混响，一股脑儿冲出小树林，钻进我的耳朵。

那天我闲来无事，就信步走了过去。

小树林中的空地上，果然有一位老人，中等身材，臂膀宽厚，身材壮实，头戴着棉绒的鸭舌帽，帽檐下一张大脸。上身穿皮马甲，内衬毛衣，鼓鼓揣揣，外套卷着放在花坛上。花坛下是他的音箱，带拉杆的。他背对着花坛，面冲树林，手持话筒，摇摇晃晃，唱得投入。阳光在他身上跳跃着，如舞台的灯光，照得那张大脸黑里透红，油光闪闪。

我走过去，坐在花坛上，跷着腿听。

一曲终了，我鼓掌叫好："唱得真好，有味道。"

"瞎唱。"

"你唱的是《珍珠塔》里小方卿的唱段。"

"你是懂行的。"

"我还喜欢听《河塘搬兵》里杨六郎唱的,'大哥长枪、二哥短剑'那个。"

"杨家将的戏。"

他在音箱上捣鼓了几下,熟悉的旋律就出来了。

他手持话筒,立即进入状态,唱了起来:"八千岁,你不提搬兵……"

唱完了,他问:"你喜欢听淮剧?"

"是啊,小时候经常听,好多年不听了。"

"会唱啊?"

"不会,我五音不全。"

"只要学就能唱。我小时候,村里有宣传队,我就跟着学,就会唱了。后来进了厂,做了中层干部,鼓动厂长成立宣传队。厂长开明,搞企业文化嘛,就批了。我兼任队长,上班归上班,下班后聚在一起唱唱玩玩,逢个什么节日,办个晚会,那才叫热闹!有时还参加县里的会演、比赛,还能得奖。厂长也很开心,说这氛围好,凝聚了人心,使大家团结一致,有集体荣誉感。后来呢,换了个厂长,嫌闹腾,就解散了。虽说宣传队解散了,但大家私下还会凑在一起唱。新厂长认为我是老厂长的人,看我别扭,总想法整我。有一回,他陷害我,要免了我的职。当时我也不想干了,想走人,可哪想到,宣传队的老伙计们联合起来,大闹厂长办公室,厂长吓得没敢动我。再后来,厂子倒闭了,大伙儿都下岗。我呢,大小是个中层,想办法换了个地方,混着等领退休金,再不能跟原来厂里的伙计一块儿玩了。其实他们下岗不关我半点儿事啊,就是不好意思。不过话说回来,他们也难,忙着找活路,没时间唱啊跳的。"

"你很怀念老厂子啊。"

"那当然啦,那时候真好玩啊!"

"现在不好玩啊?"

"自个儿玩呗,自个儿跟自个儿找乐子呗,总觉得差那么一点儿味儿。"

"你那是什么厂子?"

"在射阳,老厂子。现在退休了,老伴儿也没了,就过来跟儿子过,帮着带孙子。休息天，他们都在家，我就出来吼两嗓子，解解闷。"

"公园里不是早早晚晚有唱戏的啊？跟他们玩去啊！"

"玩过，不晓得为什么，总是想着厂子里的宣传队，烦躁，不玩了。不过，去年过年，我实在忍不住，牵了头，把过去那帮人聚起来，在老家唱了一出，唱完我请他们吃了顿饭，好歹我有点儿退休金，不花掉干啥呀？"

"聚齐了吗？"

"哪聚得齐？有的不在了，有的联系不上。好歹来了几个，就演起来了。唱的是《沙家浜》，你猜我演哪个？"

"胡传魁。"

他一跷大拇指，说："你懂行。虽说几十年没一起唱了，可一唱起来，真是没的说。我挺着肚子，晃晃荡荡，那动作、那唱腔，引得下面一片叫好，都说老队长才艺不减当年。"

他迈大步，晃膀子，唱起来："想当初，老子的队伍才开张，拢共才有十几个人、七八条枪，遇皇军追得我晕头转向。多亏了阿庆嫂，她叫我水缸里面把身藏……"

他拿出手机，让我看剧照——带彩妆的，特写，他的形象比胡司令还胡司令。

我心一动，问："有'阿庆嫂'的吗？"

他在屏幕上滑了几下，滑出个全景照来。我看了很失望，说："怎么是个男的？"

他说："以前的'阿庆嫂'没来，就临时抓了个差。"

我开玩笑："在厂里，'阿庆嫂'是不是跟你好？"

他笑了，说："那时候纯洁，不像现在人想得这么复杂。"

"对了，跟厂长闹的时候，是不是'阿庆嫂'闹得最厉害？"

"嗯，她沉着机智有胆量，那厂长还真被她闹得没主张。"

"你们现在有联系不？"

他摇摇头，看着小树林，说："联系不上了，都不晓得她去哪儿了。"

一阵冷风袭来，落叶沙沙。

我们就这样聊着，不知不觉十一点多了。我说："我先走了，老婆在家把饭做好了，我得回去。"其实我想跟他多聊聊，可头回见面，说多了显得不成熟。

他说："好，我儿子媳妇今天都不上班，饭菜也差不多了，我再唱一段就回。"

他还叮嘱我："以后还来玩啊！兄弟你是个实诚人，懂戏懂人情，咱们聊得来。"

我说一定还来。

我绕了一圈，到体育馆下面。那儿有个饭店，叫"打酱油公社食堂"，挺火，经济实惠，味道不错。店里的装修风格和摆设，都是怀旧风。我婆娘今天不在家，我懒得回去掀锅摸灶。

我找了个空位坐下，扫码点餐，还要了一小瓶白酒。我就着刚才听来的故事和热腾腾的菜，喝着小酒，有滋有味。忽然看到门口有一人进来，正是小树林里唱戏的老头儿，他拖着音箱，往里张望。

我赶紧低下头，不想让他看到，可我眼角的余光分明看到他走过来了。

我暗自想，他妈的，这事搞复杂了。

公园角落里的孤独歌手

邓洪卫

我和女朋友到鹤翔公园遛弯，总能听到那个孤独的歌声。

鹤翔公园在瓢城北部，不大，重修过数次，没修出什么特色。来的人还是很多。没办法，周边没有什么像样的公园，不像样的也几乎没有。

来来往往的人，幽灵一样在夜色下游荡。腿在自己身上，心思却在别处，耳朵也给了各种声音。

空地上，有人翩翩起舞，或广场舞，或交际舞。广场舞节奏强，音乐轰天响；交际舞舞曲舒缓，情意绵绵，这拨人也是散得最迟的。别的场子耍一阵就散了，他们不到十点不收场，走时依依不舍，估计到家、到床上、到被窝里，脑子里依然响着旋律，心里还在跳啊跳。

游廊下，有人激情放歌，或美声，或京剧、淮剧。也许是音箱的原因，传出来的声音如牛哞，如狼嚎，正应了那句俗话："七个和尚八个腔。"

我跟女朋友就在这里穿梭，漫无目的，东瞅瞅，西看看。我说："到老了，咱们也来唱，也来跳。"女朋友不屑地说："有什么好唱的？有什么好跳的？安稳点儿吧。"我说："唱啊跳的就不安稳了？"她说："想健康长寿，心情舒适，到农村去买套房，侍弄个园子，种种瓜果蔬菜，搭个棚子养养鸡鸭鹅。对了，一定要多养几只猫，我带着它们在乡村道路上随意漫步，自由自在。"我说："这个主意好。"

我们转圈，转到西边的小路，那孤独的歌声就从黑暗的角落里冲过来。清唱，没有音乐伴奏，没有话筒音箱。歌声时断时续，像被人勒着脖子，像喉咙里塞着棉花，像一只狗在喘息，像一头病驴在呻吟。

我的头皮过电一样发麻，心里有一只公鸡在啄来啄去。

他几乎每晚都在这儿唱，我们每次来都能遇到。我们看不到他。他可能隐于树后，也可能就在一片树丛中站着。天太黑，我们看不清。

他唱的多是老歌。

他唱："没有花香，没有树高，我是一棵无人知道的小草……"

他唱："你到我身边，带着微笑，带来了我的烦恼……"

他唱："轻轻地，我将离开你，请将眼角的泪拭去……"

他唱："酒干倘卖无，酒干倘卖无……"

他唱："昏睡百年，国人渐已醒……"

他唱："我的中国心……"

翻来覆去，就是这几首歌，好像脏了的磁带，声音变了形，扭在一起，有时呜呜地像哭。

有人往那边看，嘀咕道："哪个呀？唱得这么难听！"

也有人说："病得不轻。"

女朋友说："他为什么天天在这儿唱呢？就没有别的事吗？"

我想了想，说："他跟我年龄相仿，差不多六十年代末、七十年代初生人，因为他唱的多是八十年代流行的歌。他是单身，也许结过婚，离了，也可能一直单着，但他肯定爱过，有喜欢的姑娘，那姑娘由于各种原因离开了他。他唱的多是伤感的歌，当然也有不伤感的。他没有朋友，你看他几乎天天晚上在这儿唱，不间断。要是有朋友，晚上就会有饭局，去喝喝酒，也可能到歌厅去唱，而不是在这干号了。还有，他可能没有正经的工作单位。有正经单位的话，同事间不可能没有走动，晚上不可能没有一点儿活动，而且极有可能要加班——现在有几个单位不加班能完成工作的？他没有，什么也没有，所以天天晚上来。我不知道他下雨天来不来，我们下雨天从不出来散步的。对不？"

女朋友说："你分析得有一定道理，真不愧是作家。"

我说："他家离此不远。一般到这公园的，都离此不远，没有人愿意穿过几个街道跑多少里路往这破公园跑。但他怕人认出来，就躲在角落里唱，隐在黑暗中唱。他毕竟还没有完全脱离现实之境，还知道不好意思，他是个好人。虽然他唱得那么难听，但不怪他，他是天生的破锣嗓子。"

女朋友说："我觉得他唱得挺好的，真实，不装，超凡脱俗。"

我沉默了。

这时，黑暗中的歌声又响起：

    天上的星星一堆堆

    月下情人双对对

    望着那妹妹我的心捶捶

    幸福的歌声漫天飞

    …………

有一天，我们来遛弯，竟然没听到那熟悉而难听的声音。那晚我们多转了几圈，直到很晚也没见他来。

第二天，我们早早就来了，可一直到将近十点也没见他来。

一周过去了，我们没看到他。

一个月，两个月，一年，两年，我们再没有看到他，我们倒有些失落了。

几年后的一天，黑暗的角落里又响起歌声。

还是那几首老歌，翻来覆去地唱。

你知道吗？那是我。

我听到小路上有人议论："哪个呀？唱得这么难听！"

也有人说："病得不轻。"

或许，我的女朋友也在其中。或许，她真的去乡下了。

我在心里笑，不管他们，只是唱，没心没肺、昏天黑地地唱。

可是，有一天，这公园又要改造了。这回是要彻底关闭。

我去哪里放飞我的歌声呢？

让我们活在电影里（三题）

李广宇

写剧本的老孙

认识老孙已经超过十年，那时他还是小孙。我在报社的时候，他在某部门当公务员，等我离职以后，他还像图钉一样扎在那里，除了被喊成老孙，其他都没有变化。老孙平常的工作就是给单位写材料，那种干巴巴的文字写得腻烦了，他也写点儿散文，只当调剂。

等我开始拍电影时，他突然来了兴致，非要给我写剧本，我问他能写什么，他就掰着手指跟我说，官场、穿越、爱情，哪个我都可以写啊！我笑，说，那你先写写看。当时只是随口一句玩笑话，没想到老孙却当真了，几天后就给我发来一个剧本。剧本很糙。我不知怎么答复他，便放下去忙别的。当时跟剧组，经常不开手机，等打开手机，总有老孙发来的短信，追问剧本的事儿，实在令我不胜其烦。

写剧本，看着很简单，其实挺不容易的，不但有结构上的技巧，还有对故事内涵的挖掘和深化，常写公文的老孙实在不适合写剧本。这话不好直接说，我退回了他的剧本，只说，再试试。之后他不断发来长长短短的剧本，无一例外都没法拍摄。有一次他急了，电话里跟我吵，说了很多气话。放下电话，我松了口气，以为老孙会就此罢休，谁料那天晚上他就跑来我家，非要请我吃饭，赔礼道歉，还要拜我为师。

算起来老孙跟我差不多年纪，还这般执拗于一事，真令我感动。拍电影和写剧本对我们这些中年大叔来说，都仿佛是重新开始的人生，追求的执念里，满含的是对庸常生活的不满足，以及于平凡人生的角力与挑战。

那一次，喝多了酒，我说了很多体己话，也算是鼓励他。看他一脸茫然，我于心不忍，直接给他指定了下一个剧本的内容，我说，你只要把这个故事写出来就行，我帮你改。

约好三天以后交剧本，谁知老孙那边一直没动静，我打电话过去，是老孙妻子接的，说老孙受伤住院了。去医院看他，他腿上绑了绷带，人却有精神，跟我说，他设计了一个特别棒的剧情——男主角站在奔驰的火车旁边，仰天大哭。他比画着，我打断他，问，你怎么受伤的？他有点儿不好意思，说，去火车站找灵感来着，不小心从站台上摔了下去。我笑，说，写剧本也没必要这么拼啊。他却认真，说，不去现场怎么知道列车呼啸而过的那种感觉？！老孙瞪大了眼睛的表情有些孩子气。

老孙的剧本拍了一个十分钟的短片，片名为《遥远的站台》。拍摄那几天，老孙一瘸一拐地跟剧组，一句台词一句台词跟演员较真儿，比我还上心。短片剪好了，第一个发给他，等深夜给我打电话，带着哭腔问我，这真的是我写的故事吗？我很肯定地说，是的。顿了一下，我又说，写得非常好。

以前老孙跟我们喝酒，难免抱怨单位领导的种种，比如他们领导不喜欢老孙写散文、写小说，阻止的理由竟然是要保密。那时老孙总想请长假去西藏旅行，他们领导却让他连续加班，只因为他是单位里毫无背景的一个。那时我们都劝他忍耐，何必为了写作或者一时兴起的旅行而失去了稳定的工作呢？这么劝了很多年，直到我们都变老了。

人这一生里总是面临很多选择，适合与不适合只有在时间的长河里才见得最终，只是短暂的生命由不得我们迟疑，就好像老孙，如果他真的执着写作，会是很好的作家，真的执意旅行，会有更美好的人生解读，但他都放弃了，错失人生种种际遇，该是一种怎样的遗憾。

"如果站台真的那么遥远，不如我们今天就出发。"这是老孙剧本里的一句台词，很好，我喜欢。

像在电影里一样活着

那天和摄影师一起往回走，他背着摄影机，提着器材箱，我扛着三脚架。天寒地冻的，两个人都不想说话。上午的场景在海边儿，太冷了，管道具的小张在海边生了篝火，一场戏断断续续地拍，主演是个又瘦又高的女人，换了裙子，来来回回走了半个多小时，冻得鼻涕一把泪一把，听我说要再来一次，人就疯了一样地骂，发誓再不干这种没钱又遭罪的活儿了。起初我们都劝她，直到我火极了，狠训了她几句。

我们拍的是一个挺文艺的短片，没钱，只有梦想，只有激情，可一遇到挫折的时候，每个人心里的怒气就会被激发。分手的时候，摄影师小心翼翼地问我，怎么办？我说，还得继续拍。他看我的眼神都变了，分明感觉不可思议。

那天晚上我去找女主角，当面道歉，请她一起吃饭。她喝多了，毫不留情地骂我，其实她跟我拍了好几部长长短短的电影了，一直很默契。她骂的话我都默默地听着，心里是真的觉得很有歉意。

那时候，在我们生活的城市里，与我们一样在拍电影的人很多，每次参加圈子里搞的电影节，我们这个团队的平均年龄最大。大家都是有家有口的人，忙里偷闲聚在一起，只因为一份对电影的爱——谁也不知道未来会怎么样，谁也不去想还有什么未来，大家只是埋头去做一点儿事儿，这和年轻时追求的成功很不一样，那时焦急万分，如今心平气和却一直在默默努力。

过了几天，女主角给我打电话，说在医院里，得了很重的肺炎。我放下别的事情去看她，在病房里遇到她的丈夫。她丈夫和我很熟，也支持妻子的拍摄，有时需要服装，还都是他帮忙买的。这一次看我却皱了眉头，一声不吭。女主角见我，却笑，说她没事儿，只是拍摄要拖延一段时间。等我出来的时候，她丈夫跟我来到医院院子的花坛边儿，递给我一支烟，我们两个人就凑在一起抽烟，到最后也没说别的。

离开医院没多久，女主角给我打电话，问我她老公说了什么。我说，什么也没说啊。她就笑，说，他说了什么那都是他说的，反正我还会给你当女主角。听这话，我的眼泪差点儿掉下来。

记得很久以前，我们拍片，用过好几个女主角，那时选人看的是脸蛋，这很不靠谱。有一次拍恐怖片，弄了一大盆新鲜猪血，剧情里要浇在女主角身上，可当时那个女孩死活不同意，说多了，还摔门而去。就在我一筹莫展的时候，现在的这个女主角站了出来，那时她当剧务，跑前跑后的，谁也没太在意她。

每个人都希望自己的人生有那么一点点的意外和曲折，就好像电影里的人生一样，或悲或喜，有着与众不同的曾经。以前学电影编剧的时候，老师就讲，电影是一个梦，拍电影是在制造一个梦。那时还不理解，等自己写了故事，拍了电影，才知道电影里的梦是多么美丽，它令我们忘却现实生活里的琐碎、庸常和卑微，让我们在另一个世界里扮演自己，舒展人生，并成为传奇。

像在电影里一样活着，该是多么美好的期待。

永远的路人甲

老赵去北京的前夜，我们几个给他送行。他有点儿激动，话都说不完整，我们也不打断他，他想说什么就说什么。以前大家凑在一起拍电影的时候，老赵从来都是路人甲，连一句台词都没有的那种，到了现在，我们都想给他一次当主角的机会。

老赵不是我们这个圈子里的人，只是偶然才和我们混在一起的。那时候，我们几个中年哥们儿百无聊赖，又不甘心就此成为沉默的大多数，于是商量拍电影。老赵是送朋友过来的，一起吃饭，听我们山呼海啸地聊，他一声不吭，等饭局结束，低声问我，你看我能不能演点儿什么？我说，没问题。

老赵人长得糙，虽然他在日企里当副经理，但换下工作服，就像地道的农民，所以他能演的角色差不多都是形象很差、面目狰狞的那种，打手、赌徒、催债人或者假土豪，老赵却拍得认真，从来不觉得自己可有可无。有一次拍恐怖片，饰演看门人的老赵要从楼梯上滚下来，看老赵也不年轻了，我打算改剧本，老赵却不同意，说，没事儿，我受得了。那天老赵摔得鼻青脸肿。

一开始拍电影没钱，有时还要自己掏钱买盒饭，每次老赵都会抢着出钱，我们过意不去，他却摇头，说，这钱大家一起喝酒是花，大家一起做事也是花，价值不一样。他的话让我们特别感动。时间久了，其他几个朋友就怂恿我，让老赵当回男主角。

后来真有了一个机会，拍《火车，火车》的时候，我让老赵当男主角，可一进画面，我就知道他不合适。呆板、木讷又紧张，像块木头一样。拍到一半儿，我终于忍不住发了脾气，老赵就那么站着，小学生似的一脸委屈得快要掉眼泪了。

老赵跟我说过，他喜欢黄渤，喜欢王宝强，他们演的电影他都看过，还拷进电脑，一格一格地看、研究。他说，我以后要真去演电影，就演他们那种类型的。但我觉得老赵并不适合演电影，虽然他那么热爱演戏。

秋天以后，拍电影的几个朋友又聚到一起，喊了老赵，才知道他已经辞掉了工作，说是要去北京学习，问他学什么，他兴奋地说，学表演啊。原来他报名参加了一个表演班，要在北京待一年。老赵说，那个班和大导演都有联系，我可以去当群众演员。

人过中年的老赵为了演电影而去当"北漂"，换作别人是多么想不通的一件事儿。但对我们这些了解他的朋友来说，却只有实实在在的佩服与祝福——我们都是中年以后才想起心里还有一点儿梦想，那一点儿梦想再次燃起了全身心投入的激情，这种被唤醒的快乐真是很难用言语来描述。

放大到人生里，哪个人甘心一辈子做路人甲？只是庸常的生活，常常令我们内心的怯懦和懒惰泛滥，令我们甘愿忍受没有梦想、没有追求的庸庸碌碌。见多了"为了别人如何如何"的中年男女，他们以此为借口藏身安逸，拒绝改变，这种状态本身就是对自己成为人生主角的放弃——同在一个美丽的世界里，要么成为自己生活的主角，要么努力证明你曾经为成为主角而努力过。

　　送别那天老赵喝得多了一点儿，兀自站起来，说要给大家表演一段，大家静下来，老赵跳上椅子，开始大段背着《火车，火车》里的台词。那一场离别宴上，他成了唯一的男主角。那真是一个人的好戏啊。

晚熟的人

何君华

　　娜仁花是白音花草原上相貌最丑陋的女人，但她也是白音花草原上心灵最纯洁的女人。每天早晨天不亮，她就会给我端来熬制的新鲜奶茶，而一旦天色暗下来，她则会蹲下身子为我脱去沾满泥土的靴子。就是这样一个贤惠善良的草原女人，还要被不怀好意的人调笑羞辱——"喂，呼日勒，你是哪根神经搭错了，看上了那朵花？"

　　娜仁花在蒙古语里是太阳花的意思，他们故意把娜仁花的名字说成那朵花，明显是为了羞辱她。

　　我捡起路边草丛里的一块牛粪扔向说话的人，嘴里同时骂道："滚一边去！"说话的人自讨没趣地跑开了。

　　我是个盲人，虽然眼睛看不见了，但我有着惊人的嗅觉和听力，我知道哪块草场适合放牧细毛羊，也知道哪棵草下面藏着牛粪。我还知道，刚才我捡的那块牛粪是块新鲜的湿牛粪，一块湿牛粪湿乎乎地粘在那小子身上，够他受一阵子的啦！

　　是的，我是个瞎子，在我眼里，不，在我心里，娜仁花就是白音花草原上最美丽的女人。我在一望无垠的白音花草原上放牧时，只有娜仁花愿意坐在我身边跟我说话。

　　白音花草原太孤独了，在白音花草原上放牧的牧人太孤独了。如果没有人陪我说说话，我简直要发疯。好在有娜仁花，好在有娜仁花陪着我，有时候其实我们也并不说话，我们只是坐着，彼此都不开口，但我知道她在那里，我就觉得心安。

娜仁花也是个大姑娘啦，可是她还没有嫁人。提亲的人踏破了她家的门槛，可都是来为她的两个妹妹提亲的，没有一个是相中她的。现在她的两个妹妹都嫁人了，她仍然守在她家的毡房里——再没有提亲的人上门啦！

一家仨姑娘，两个水灵灵，偏偏老大……真叫人觉得奇怪呢！

有一天，我终于忍不住问娜仁花："娜仁花，你愿意嫁给我吗？"我没有听见娜仁花的回答，但我感觉她分明低下了头，也点了点头。

原来，娜仁花早就对我芳心暗许了，我怎么现在才张口，将她生生熬成了一个老姑娘——我怎么这么晚熟啊！

第二天，娜仁花就进了我家的门，成了我媳妇，成了我的女人。

我知道，在白音花草原，没有比娜仁花更美丽的女人了。我知道，在这世上，也没有比娜仁花更美丽的女人了。我是天生目盲，我从未见过这个世界的样子，也从未见过娜仁花和任何其他女人的样子，但我断定如此。

我们婚后的日子依旧平静如水地过着，就像婚前一样，我们一起在白音花草原放牧。有风吹来，抚过草原上的牛和羊，抚过我和娜仁花的脸颊，也抚过我们流水的日子。

事情的变化发生在旗人民医院的大夫下乡义诊那天。

"你是天生目盲吗？"一个温柔的声音问我，我知道问话的人一定是一名美丽的女医生。

"是的。"我回答她。

"你坐过来，我给你检查看看。"女医生说。

我感觉我的下巴和脸颊被顶在了一种冰凉的仪器上，接着，似乎有一缕光照进了我的眼眶——我从未见过这种光亮的东西。

"不是什么大问题，我们可以通过手术让你恢复视力，也就是让你看见东西，"女大夫肯定地说，"这样的手术我们经常做，不过在这里可做不了，我们需要专业的设备和手术间。如果你相信我的话，来旗医院眼科门诊找我吧！"
我听到了女医生在一张纸上沙沙沙写字的声音。

我还听见了自己突突突的心跳声，以及娜仁花突突突的心跳声。我想，她一定是跟我一样，在为我能够恢复视力感到激动和高兴吧！

但我感觉气氛有些不对，哪里不对我也说不清，好像气氛没有我想象中的那么欢喜吧。

"你真的要去做那个手术吗？"夜里娜仁花在被窝里问我，她没有像往常一样搂紧我。

"是呀，"我激动地说，"我迫不及待地想要看看你，也看看这个世界！"

"我很丑，"娜仁花说，"我怕你看到我的样子……会失望。"

"怎么会呢？"我坚定地说，"你是我心目中最美丽的女人——永远！"

我摸到了娜仁花脸上晶莹的东西，我知道娜仁花醒着，她整整一夜未眠，我也整整一夜未眠，我将她抱紧，直到天亮。

我知道娜仁花担心什么。

"要不，还是不做了吧？"我说。

"做，今天我就陪你去。"娜仁花坚定地说，是一种极欣喜的语气，这让我觉得对于即将发生的事她甚至比我还要期待。

娜仁花紧紧地攥着我的手，领着我站在路边等去旗里的班车。有风吹来，抚过草原上的牛和羊，抚过我和娜仁花的脸颊，也抚过我们流水的日子。

小 丑

胡 玲

在 A 城，我是最出名的心理咨询师，每天找我看病、咨询心理问题的人络绎不绝。在我的开导和治疗下，很多患者走出了心理阴影，重拾欢乐和信心。

这天早上，我刚上班，就迎来了第一位患者。他高高的个子，浓眉大眼，身材和长相都十分完美，堪比明星。但他的脸庞、眼睛、眉毛、嘴巴，甚至脸上的每一个毛孔，都透着深深的疲惫和憔悴。假如，我有他这样的身材和容颜，我肯定每天都会笑，人啊，永远都不会满足。我想。

他紧锁着眉头，长长地叹了口气，像一团烂泥瘫软地坐在我办公桌前。"胡医生，我快要发疯了，最近几年，我倒霉透顶，没一件事情是称心如意的，烦恼和焦虑总是包围着我，折磨得我吃不下饭，睡不着觉，我感觉我快要发疯了。"他捂住头，痛苦地闭上双眼，脸部扭曲。"胡医生，怎么办？我该怎么办？"

"有什么烦心事？跟我说说吧。"

"太多太多了，一时半会儿也说不完。"他用力捶自己的头，一副崩溃的样子。

"你冷静点儿，深吸一口气，放轻松，给我说说看。"

"我想在这座城市有个像样的家，最好是临湖，有很大的落地窗，可以看到小区公园的全景，可我买不起新房子，每天蜗居在破旧的老房子里，特别压抑。"

"房子和家并不能画等号。有些人，拥有很大很豪华的房子，他们依然没有家的感觉。也有一些人，他们住着租来的房子，房子里有亲人，有温暖和亲情，他们也会觉得幸福。"

　　"我的工作也不顺心，在公司，我兢兢业业干了十几年，至今还只是个办公室主任。很多和我资历差不多的同事已经是经理、副总，他们嘴巴甜，喜欢拍领导马屁，所以有什么好事，领导就想到他们。同事们也是势利眼，看谁有钱有势就亲近，像我这种人，他们压根懒得正眼瞧一眼。上班对于我来讲，就是一种痛苦的煎熬。"

　　"很多苦恼都源于你想得太多，多关注自己，少研究他人，你无法改变他人、改变环境，但是你可以改变自己，不妨好好提升自己，自己强大了，谁能看不起你？或者，你换个工作，换个环境也能换份心情。"

　　"我也想换工作，但我学历不高，也没有什么人脉关系，怎么找得到满意的工作？现在社会竞争太强了，很多博士生还找不到工作呢。没工作了，我吃什么？住什么？喝什么？我只能在那儿拼命耗着，再难挨，也得咬牙挺着。提升自己？我哪有时间和精力？"

　　我叹了口气："看来，你的问题很严重。你背负了太多压力和负面情绪，需要好好释放一下。平时多跟家人沟通交流，把你的苦衷和心里话倾诉出来，有家人的安慰和鼓励，你会轻松很多。"

　　"我父母总拿我跟邻居的儿子比较，说人家怎么优秀怎么出色，让我多向人家学习。我的女朋友也是，从她看我的目光中，我看到了嫌弃和鄙夷，最近一段时间，她经常拿着手机，我怀疑她在跟别的男人聊天，可我不敢质问她，我怕我一戳穿，她就会离开我。本来我们的关系就已经很脆弱了。"

　　"酸甜苦辣，都是生活，你只关注灰暗消极的一面，永远也无法快乐。在这座城市里，很多人生活得还不如你呢，那种苦，就像泡在黄连水里一样，但人家照样咬着牙用力地活着。"

　　"我的苦恼你是不会懂的，如果，我像你这样功成名就，我也不会有任何烦恼。"

"其实，每个人都一样，在人前满脸欢笑，光鲜的面具之下，暗藏着辛酸和泪水，外人看不见而已。成年人，要学会自我调节，静静崩溃，默默自愈。"

他脸上浮起一抹苦涩的笑意："你说的这些话很像鸡汤和大道理，人人都懂，要真正做到却很难。"

"我介绍一个人给你认识，他每天要面对一大堆负面情绪和负面事件，为了提高自己的心理抗压能力，他专门去做兼职小丑，即使受到观众羞辱、嘲笑和异样的眼光，他仍然笑，就算笑不出来，也逼迫自己强颜欢笑，我的很多病人去看了他的表演后，突然释怀了很多。"

"他在什么地方？"

"市民广场正门口，他每晚都在那里表演。"

"那我一定要去看看，或许看到他，我的心里会稍微平衡点儿。"说完，他像一缕清瘦的残烟，飘出了我的诊室。

夜幕降临，市民广场门口，一个小丑被一大群人围着，一阵阵欢笑声不时从人群中爆发出来。小丑穿着金色亮片的夸张衣裳，戴一顶高高的圆帽子，穿一双特大的红皮鞋，脸上涂满厚重的白颜料，嘴巴血红，不时摆出各种夸张的动作，逗得周围的人捧腹大笑。

人群中，突然出现了一个熟悉的面孔——早上的那名患者。他像根树桩一样杵在人群中，眼睛定定地盯着小丑，脸上没有一丝表情。

小丑更加卖力地表演起来，把手中的彩球一个个抛向天空，然后慌忙去接，像猴子接树上落下的苹果一样滑稽。突然，小丑一个趔趄，重重摔在地上，疼得龇牙咧嘴，含在嘴里的假血喷洒了一地。终于，一丝淡淡的笑容慢慢浮现在患者脸上。

浓妆之下，没人能看清小丑的真面目。没错，我就是这个小丑。

石头剪刀布

莫小谈

天公不作美。

在距半山腰的山舍茶庄还有三里的路程时，天突然下起了雨。她竟然犹豫不决，进退两难。此时，那里的宴会应该快开始了，主角自然是虎子哥。

她抬腕看了看表，这块表是丈夫送她的礼物。屈指一算，她与丈夫相遇已有七年。在这七年间，家里的生意越来越好，丈夫的应酬越来越多，而她的生活却越来越糟，单调，无味，如同嚼蜡，没有一点点激情。如今看来，他们共同度过的两千五百多天像极了一段单曲循环，就连前奏都显得潦草不堪。

那天，她在天桥上摆摊儿卖药材，不知是谁喊了一声"城管来了——"，她一下子慌了阵脚，于是随着"溃军"一路奔逃，不知跑了多久，停下一看，却见一个同行紧跟其后——这便是她和丈夫的第一次相见。

妹子，跑得够快呀，总算追上你了。男人打趣她。

谁稀罕你追。她回了一句话，不甜不咸。

反正是追上了，不如跟我走吧。他耍赖。

想得美，不出一棵灵芝的价钱，凭啥跟你走？

好，说好的二十块，不许议价。

她突然后悔了，她知道眼前的这个同行售卖的灵芝进价也就二十块。更让她后悔的是，当这个男人拿出二十块钱牵她的手时，她居然心动了。

不行，石头剪刀布，赢了，再跟你走。她也耍赖。

好，一言为定。

就这样，二十块钱，外加一次游戏，她儿戏般将自己"卖"给了眼前的这个男人。

当然，这些过往她没有向虎子哥提及过，也犯不着对他说。反倒是她上班时的大事小情，总会有一搭没一搭地对丈夫讲起。

今天这个饭局，是专程为虎子哥准备的，送行，毕竟是大单位抛来的橄榄枝，诱惑力自然大，搁谁，谁都会这样选，可以理解。出发前，她对丈夫如是说。她已经记不清这是第几次在丈夫面前提及虎子哥了，当时丈夫正在分拣药材，他的手在空中顿了一下，差点儿将木鳖子放进装有番木鳖的箱屉内。

应该去。丈夫说。

婚后，她便不再练摊儿，她主内，操持着家，丈夫主外，打理着生意。不得不说丈夫是商界奇才，生意被他经营得异常红火。而她呢，整天窝在沙发上刷剧，生活淡如白水。她不习惯坐享其成，她要出去工作，钱不钱的不重要，就图一乐。

丈夫同意了。

一个懒洋洋的午后，书店里静悄悄的，仅有的几名顾客或坐或倚，随心翻看着手中的图书。她在码货。忽然，货架顶端的一盒音像碟掉在地上，"啪嗒"，这声波在偌大的书店里荡了一下，显得有些突兀。她快步走来捡起音像盒，是冯小刚的作品《非诚勿扰》。她本想把它归回原位，才发现自己的身高够不到架子的顶排。正要搬旁边的梯子，虎子哥走了过来，他说，怪沉的，我来。

入职之初，她曾问过虎子哥，主管，咱书店为什么要售这种早已过时的音像制品，谁还会买？虎子哥说，怀旧的人，复古风的店主，都是它的主顾。

虎子哥送她回家，路上聊起电影《非诚勿扰》，她说，秦奋为了忽悠范先生投资，自称研发的"分歧终端机"能解决世上所有的分歧，其实不过是在密闭空间内玩"石头剪刀布"。她讲得投入，动情，眉飞色舞，开心得像个情窦初开的少女。

虎子哥歪着脑袋看她的神情，一直含笑。她也笑。

笑着笑着，她的脸色慢慢沉了下来，忧郁地问虎子哥，如果有人用"石头剪刀布"的游戏解决了个人的终身大事，你信不？

你是说剧中女主角吧？虎子哥问。

她没有回答。

哎，对了，这部剧女一号是谁演的？虎子哥问。她居然一丁点儿印象都没有。

我这个人吧，理性，从不追星，不像那些小年轻，把注意力都投放到演员身上。她解释道。虎子哥不认同她的观点，说，往往感性的人才会沉浸在剧情之中，被剧中人物牵绊着思绪，从而忽略了演员。

你说，虎子哥的这种观点对吗？她问丈夫，我到底是理性的还是感性的人呢？丈夫望着她问，你和那个虎子哥还谈了什么？

没了，就这些。她回答，不然呢，你希望我们聊什么？丈夫没有回答她的话，只是说，明天要出一趟差，南方的金银花该收了。

她越发觉得与丈夫的交谈索然寡味，本就没指望他能说出个一二三来，无非就是夫妻间的日常聊天，我这么一问，你那么一答，无所谓对错——嗯，你是理性的人，或者说，嗯，你本来就是个感性的人。然后我再问，你知道《非诚勿扰》的作者是谁不？你答，冯小刚。我说，又不是问你谁是导演，问的是原作者是谁。你答，不知道。我就说，这都不知道，是台湾作家陈玉慧，她还创作了一部作品叫《爱分离》，最近很火，书店都售罄了，根本买不到。但这种想象中的对话场景并没有发生，丈夫的一句"要准备出差的材料了"，中止了他们的谈话。

网购的《爱分离》总算到货了，这是她为虎子哥准备的送别礼物。

那天，虎子哥在办公室宣布了自己的决定，说要去省城工作，以后见面的机会就少了。她的心里咯噔一下，空落落的，像失重的降落器一下子撞击到湖面上，"咕咚"一声响，一个浪花翻滚起来，随后是无尽的波，一波荡了出去，又荡起另一层的波。

大家都在为虎子哥准备礼物，她猛然想起前几天与虎子哥的一段对话：虎子哥说，《爱分离》没货了，早知道自己留一本了，收藏起来。她接过话茬，说，回头我买一本，借给你看。

恐怕全市的书店都没货。虎子哥说。

我网购一本，送你。她答道。

雨，还在下。几个路人也挤进路边雨棚内避雨，有人议论说，下得好大，往前的山路更滑，这鬼天气可别进山。又有人说，可不是嘛，前一段有个驴友雨中登山，滑到山涧里了，还出动了消防员。

她彻底犹豫了，开始后悔自己没早点儿出门，不然早到了山舍，也不至于在这半道上作难。这时，丈夫打来电话，问她到西山没。她说到了，在脚下。

山舍里的宴会快开始了，虎子哥给她发信息，问，你到哪儿了？

到山脚下了。她说。

丈夫又打来电话，问带伞没。她说，没。

山舍里的宴会开始了，虎子哥给她发信息，问，下雨了，你带伞没有？

没，走得急，忘记了。

丈夫给她发信息，说，出门的时候让你带把伞，就是不听。

虎子哥打来电话，说快点儿呀，都等你呢，麦克风都给你打开了，咱俩合唱。一群同事起哄道，合唱合唱合唱……

雨，小了些，她赶到山舍。进门的当儿，丈夫打电话过来询问她，到了吗？

到了。她回答。

虎子哥端来一盘水果给她吃，说，来，我们合唱一曲吧。同事们闹哄哄地齐声喊道，合唱合唱合唱……

曲终，她取出礼物给虎子哥，说，送你的，一本书。有一位同事又起哄道，送书必须签名噻。虎子哥也说，就是，签个名吧，留个念想。

盛情难却，她照做了。她撕下书的包装膜，翻开封面，在扉页上工工整整地签下自己的名字。此刻，她才注意到作者写在内页的寄语：相爱只是双倍的孤单，分离又何曾自由？

她怔住了。

宴会在欢快的氛围中结束。她回到家中。丈夫已经沉睡。

第二天，她像往常一样到书店上班，却见一堆同事吵闹着瓜分虎子哥留下的物品，总也分不公。于是，有人提议说，还是石头剪刀布吧，谁赢谁先挑。

同事们怂恿着她也参与其中，她却淡淡地说，我不会，你们玩儿吧。

吃面条的男人

刘晶辉

妻打来电话的时候，他在吃一碗面。

"李光！你到底什么时候才肯在离婚协议书上签字，给个痛快话行吗？"

"我吃完面给你打过去。"

"现在说不行吗？拖了多久了？有意思吗？"

"人多，乱。听不清了，听不清了。我吃完面给你打过去哈，就这样，就这样小棠。"

他不顾电话那头妻的怨气，先挂了电话。

妻并没有再打过来。

这家饭馆不大。饭馆里没有几个人，很安静。他要了一小碗刀削面，他饭量小。面做好端过来，他一看，这面做得太油了，和他常去的那家不一样。他不喜欢吃太油腻的东西。他一下子没了胃口。重做一份盖饭什么的？他怕老板觉得他矫情。而且他打赌，就算做了，大概率也是油油的，不好吃。出去换一家店？太麻烦了。面已经端了过来，冒着热气，如果干看着不吃，显得太怪异。他注意到老板从柜台那边朝他看了好几次了。

只好装装样子。他抓起筷子，开始捞碗里的面条。他就那么一根一根地捞碗里的面，捞起来，抖一抖，尽量把油抖下去，然后再吃。大约吃了十根面条的时候，他接到了妻的电话。

他不知道自己在拖什么。妻对他早已经没有了感情。他问过原因，妻说，生活没有激情，仅此而已。他这个人太无趣，他的妻忍了他八年，终于忍不了了。双方都没有任何过错，仅仅因为没激情，就要离婚，他接受不了，他不甘心。俗话说，平平淡淡才是真，不是吗？他刚才对妻说，吃完面打给她，他知道妻一定会等，但他不知道该怎么办，不知道一会儿该怎么说。

他盯着碗里漂浮的油花，觉得它们瞬间变得可爱起来。

他重新开始吃这碗面。

实在是太油了，他一边吃，一边反胃。不吃面，他不知道自己该做什么。假如妻又打过来电话，他不知道怎么解释。现在，他真的在吃这碗面，即便女人打来质问，他也有了正当的理由，他甚至可以拍个视频给妻。他可以大声吸溜面条，让妻知道自己并没有撒谎。

很快，这碗面被他吃光了。他并不饿。如果是以前，他最多吃半碗。吃完面，他从餐桌上的纸抽里扯出一张纸巾，擦擦嘴，然后他把两根筷子整整齐齐地架到碗上。他故意做得很慢。他依然觉得反胃，但眼下他顾不得这个了。

他取出手机，准备给妻打过去。他们已经分居半年，于情于理，他不该再拖着女人。手机仿佛有千斤重。他想了一会儿，又把手机放进口袋。

他把筷子从碗上取下来。他双手捧住碗，开始喝里面的面汤，慢慢喝。

更加强烈的恶心感袭来。他把碗放下，招呼老板帮他倒一杯水。他喝口水，把恶心的感觉往下压压，重新开始喝面汤。

面汤很快也被他喝完了。说不上来是什么感觉。想吐，但不能，他又喝了几口水。

必须要给妻打电话了。他决定告诉妻："好，我同意签字，明天咱们就把该办的手续全办完。"没什么大不了的，他告诉自己。他打开手机相册，浏览他和妻以前的照片。照片中，女人和男人的笑容是那样灿烂。他划拉着这些照片，手在颤抖。爱她就要放开她，不是吗？他再次暗示自己。他想起他和妻上一次聚会，他说："我想再抱你一次。"妻犹豫了一下，答应了。今天，无论如何，他要放开她了。

他打开通讯录，找妻的号码。他的通话记录都是随时清空的。他很久没有主动和谁打电话或者接到过谁打给他的电话了，除了妻。妻每次都是抱怨，打完电话他立刻会把通话记录清空。他不想看那个记录，一看到，就仿佛看到妻在冲他发火。

找到妻的号码了。他的心跳开始加快。

"先生，您吃完了吧？"老板过来收拾碗筷。

"是啊，我吃完了。"他用最平常的语气回复老板。

老板见他吃得很干净，讨好地说：

"咱们家的面条很好吃吧？您以后常来！"

他抬起头看老板，挤出笑："好吃。"

"老板，再给我来一碗吧。"老板转身欲离去时，他鬼使神差地说出这句话。说完，一阵更加强烈的反胃感袭来，他觉得真的要吐了。

老板惊讶地重复他的话：

"再来一碗？"

"是的。"他无比艰难地说。

面　试

王瑞琪

"魏茗，你的情况我了解得差不多了。那么，聊聊你的期望薪资。"

说话的人是云姐，她看上去约莫四十岁，利落的短发一丝不苟地别在耳后，就像是从企业宣传片里走出来的 HR。

看样子，面试进入尾声了。魏茗小心地报出一个斟酌过的数字。云姐低下头，打量了一眼她的简历。随后，云姐笑了。

"我认为问题不大。"她听见云姐这么说。

魏茗松了口气，终于不再局促。云姐的回答让她自信起来，她微微挺直自己的背，就着这点自信观察起云姐。这时她发现，云姐的脸颊异常瘦削，眼窝处透着一丝疲惫。她揣测这位面试官的睡眠恐怕不大好。

魏茗真诚地道谢，云姐却没有请她离开的意思。短暂的沉默后，云姐突然问道："你喜欢喝茶吗？"

她愣了一下说："喜欢，我平时喝单丛。"

"挺好的。"云姐欣赏地看着她，"公司有自动咖啡机，不过我还是喜欢茶。"

"是的，咖啡要么太寡淡，要么太甜腻，是一种缺乏想象力的味道。"她顺着云姐的话头讲。

云姐显得很满意，好像这回答印证了他们是同一类人。云姐捂着茶杯，眼神在虚空中飘了一会儿后，再次聚焦了。

"你猜我每周会收到多少份简历？"

这个问题超出了她的认知，她回答不出来，只能抱歉地笑笑。

云姐却不在乎，自顾自地说起来："我一毕业就来到了这里。你知道吗？公司里三分之二的员工都是我招进来的，三分之二啊！不过，大部分人几个月或者几年以后便离开了。总是如此。但我无所谓，我再招新的人进来，没有谁不可替代。"

"有时，我会在新来的面孔上，看见昔日同事的影子。"顿了一下，云姐继续道，"你就很像我曾经招进来的一个年轻人。"

"难怪我见到您也觉得亲切。"说完这句话，魏茗竟看到云姐眼中泛起一丝潮湿。

"可是……"云姐露出迷茫的神情，这让她显得有些无辜，脸颊的线条也随之变得柔和，"我越来越不知道应该招什么样的人了。有一次，我们老板讲，要那么厉害的员工干吗？那么厉害的话，他来当老板好啦。"

魏茗点了点头："我懂您的意思。"

魏茗突然想到了前公司的HR。茶水间里，那个女人曾与她闲聊道，其实老板讨厌过于聪明的员工，他们总是一副自以为是的可憎模样。员工嘛，应该务实一些，质朴一些，太过聪明则惹人生疑。

云姐还在继续说着什么，她旺盛的倾诉欲让魏茗产生了一个错觉：仿佛自己才是面试官，而云姐是一个滔滔不绝的应聘者。可是，云姐这个"应聘者"的状态并不好，她的黑眼圈非常重，形容憔悴，几缕碎发从耳边滑落，像是刚坐了一天一夜的大巴。

"……所以，我也不知道，我做的事究竟有没有意义。"她的声音不无惆怅。

"有意义，对我有意义。"魏茗一字一顿，言辞恳切。

此时的云姐看上去很脆弱，她说了太多的话，消耗了不少体力。面试的过程中，云姐已将面前那杯绿茶喝去大半。旁边就是饮水机，正当魏茗思忖着自己是否该给云姐接杯热水时，云姐起身了。

热气氤氲。抿下几口热茶，云姐看上去好多了。

"今天的面试就到此为止，我觉得我们还会见面的。"云姐向她伸出手。

她伸手用力地握住了这只手。她觉得她们已经有了默契。

自动感应门打开，一阵透心凉的风穿过了她，她拢了拢自己的大衣。等电梯时，她突然回头，看到云姐竟然还在会议室里，正望着她微笑——此时云姐已经恢复状态，利落的短发重新别到了耳后。这让魏茗的大脑空白了一下。隔着玻璃，她们的距离似乎突然被拉远了。她有些恍惚地走进电梯，门刚刚关上，云姐的样子就模糊起来。

确认魏茗已离去后，云姐开始收拾桌面的东西。同时，她注意到角落的垃圾篓快要满了——里面有一次性纸杯、文件袋、茶包、纸巾，以及一个捏扁了的牛奶盒。

"结束了。"她望着窗外，缓缓吐出一口气。

整理好桌面，云姐顺手熄灭了会议室顶灯。随后，她将手中的简历折了几折，轻轻丢进了垃圾篓。

一　只

唐呱呱

我今年八十八，我三岁开始扁鸽子。你也可以说，鸽子扁了我一辈子。人不都这样吗？有人被麻将打一辈子，被老婆打一辈子，被一把锄头刨一辈子，最后慢慢变成松软的土球。

你今天遇到我，不让你白走路。买不买我的鸽子无所谓，给你讲一只卖了五百块的鸽子。你不信？我讲给你听。一只鸽子，一般就卖三十块钱。也就是说，你花三十块钱，就能吃鸽子肉。如果添二三十，你可以买一只健鸽。

你问好鸽子凭哪点好？

好的鸽子，它没得坐性，在外头过好多天也不进你的笼。你就是养三年五年，它一样飞。

这一说，有十好几年了。当时我儿子在竹林里给我修了一栋别墅，喊我搬进去享清福。鸽子天上地下到处拉粪，他看不惯，又不好说，每天上午下午都喊我洗澡。我最后干脆把鸽子都卖掉，把衣服洗干净，搬到儿子家去住。

我的一个老买主，农科所的所长吴青果，有一天大老远赶来找到我，问我要好的种鸽。我二话不说，把他带到老房子那儿。我的意思是叫他个人看，鸽子笼就挂在房檐下。

你当然可以说，只要心静下来，听得到鸽子扑棱翅膀的声响。那不是一群鸽子满天满地，是一只鸽子的声音，如同在空空的山谷鸣响。你不信？那你就把它当成风吹竹子的声音。

我带吴青果来到竹林，我已经有两三年没走进去。我敢肯定，这次不是竹叶的声音。我抬头，看到一个白色的小东西，就像一张白手帕。它一下就射过来，就像要搞偷袭，我俩都后撤了一步。小东西落到我手背上，咕咕叫，好像看到我没死它也很惊讶。我认出它来，我叫它"一只"。

我就说："你不是坐火车去阿尔泰了吗？"

我第一次知道它的本事，是十五年前。那时候我的鸽子多，总共一百来只。一天早上，我看天晴，就都放了出去。

"走远点儿。走远点儿。"每一次我都这样赶它们。

半小时不到，就开始变天。那个大风，大得很，差点儿把房子给我一下拔起来。我看见树叶子一片一片，就像石头一样，从天上吹到地上。我等了好多天，一群鸽子都没回来。最后只回来了一只，饿得大概有四两那么丁点儿大，歇在房顶上咕咕叫。好的鸽子，你想都想不到，拼了命也要回来。

那时候，它就变成"那一只鸽子"，一只独一无二的鸽子。我给它取名"一只"，它就像一个长着翅膀的王。

"这个鸽子种好，是一个乌金眼。巨乌，像马桑果一样。"吴青果把放大镜收起来说，"六百，我给你买了。"

吴青果掏出皮夹，把钱全部掏出来，总共有五张 100 的、三张 10 块的、一张 20 块的、一张 5 块的、两张 1 块的。他把皮夹底朝天掰开让我看，脸有些红。

"我又不是凶恶的人，哪里要这么多钱？"我捡出五百，其余的依然留在他手掌里。我把他的手攥成拳头，把它推回去，说："飞走了我可不管。我卖过一对鸽子，卖完两年后又飞回来了。那边给它脚脚拴着带带，它们把带带扯断回来的。"

吴青果说："你就管好你这张嘴巴，不准让我婆娘晓得。"

我就像把自己的儿子卖掉了一样。那些日子，我天天晚上梦见一双翅膀。只有孤零零的一双翅膀，没有头，也没有身子，扑棱扑棱。我看不到它，但我听到它就在附近。

你想，我这辈子卖过多少只鸽子！卖掉也就卖掉了，每一只都去想它一下，我还活不活？其他的鸽子，都只叫鸽子，没有名字。只有"一只"，它不能被笼统地归为鸽子，它就是它自己。

后来，我又从儿子家里搬出来，回到老房子，就像回到自己的王国一样。说老实话，我还是没法习惯把脚指头上的泥巴洗得干干净净，把每一句话都说得干干净净，住在一个天花板干净、地板砖干净、锅碗瓢盆都干净的房子里。

我儿子就说："喊你过来耍清闲，还是我的错。"

我又开始养鸽子，鸽子咕咕的声音让我平静。它们一群一群，在竹林上空一圈一圈飞，绕着我的老房子一圈一圈飞。从那以后，即使做梦，我也不怎么能听到"一只"的扑棱声。我以为，我再也见不到它了。

后来有一次，我住在镇医院，挂着吊瓶——直肠癌，肠子割掉了一拃长。我以为我要死在医院。某天早上，睡得迷迷糊糊，我又听到熟悉的咕咕声。我以为是做梦，懒得睁眼睛。

隔壁床一个老头忽然说："是不是你家的鸽子？好像在叫你一样。"

我这时候才看向窗外。阳光打过来，我看到它停在对面的房顶上，两只小红脚走过来走过去。我把手从被窝里伸出来，轻轻举起来，可是它没有像之前无数次那样，飞过来停在我的手背上。

我看着它扑棱着翅膀飞走，就好像我身体里的一部分也被掏出来，展开一双翅膀，跟它一起飞，只是一会儿，就藏到蓝天里去了。

我对隔壁床说："不。一只野鸽子。"

第三辑

群中不能无主

子君的生活（二题）

徐均生

定制时间

子君家有一个大阳台，做了茶室。他请我去喝茶。

子君不喝工夫茶，他喜欢一杯一杯地喝，爱看茶芽在热水中翻滚。他说这热水好比时间，这茶芽好比人。人在时间中翻滚，他有多少本事，就能翻滚多少时间，但无论他的本事有多大，最终还是要沉淀到杯底。这就是说，人最终都是被时间打败的，或者说，人活着就是来陪伴时间的。时间的前进，需要人的生命为代价。

子君家在五楼，楼下是九华大道，坐在阳台上喝茶聊天，看一辆辆车子从眼皮底驶过，看人行道上骑电动车的上班族，就有了一种居高临下的态势，或者说有了某种上帝的视角。

"坐在这里，喝着茶，看着马路上来来回回的一切，就会感受到一种特别的东西。"

"什么东西？"

"时间。"

"时间？"

"是的，动态的时间与静止的时间，在前面十字路口交会。"

我有些不解，看着对面的子君。

"车子带着人往前动的时候，时间是动态的，时间的动态是跟着人的活动而流动的。人不动，时间也不动。这是我们所能直接感觉到的。但是……"

子君停顿了，喝了茶，续了水，问我："你说是不是？"

我想了老半天才回答："时间是不动的，动的是人的心。"

《坛经》中有记载：时有风吹幡动，一僧曰风动，一僧曰幡动，议论不已。惠能进曰：不是风动，不是幡动，仁者心动。

"你说得很对，就是惠能禅宗说的心动，但他没往深处说。从深处来说，无论是心动，还是幡动，都是时间在动。时间动了，什么都能动了，时间不动，一切都会停止在原地。"

我试着问："时间不动了，人的衰老是不是停止了？"

子君瞧了我一眼，问我："你说呢？"

我如实回答："我没想过。"

"那你是怎么想的？"

我想了又想，回答："时间不动了，人的衰老是会停止的。"

"你只答对了一半。"子君说，"确实如此，时间不动了，人的一切行为都停止了。但是，这个停止，请注意，这个停止是表面的，其实质，人的衰老跟时间没有关系。"

我大吃一惊："人的衰老怎么会跟时间没有关系？"

人能活多少年，不就是时间嘛！可子君却说，跟时间没有关系。

"那人的衰老跟什么有关系？"

子君又反问我："你说呢？"

我说："没想过。"

子君说："你再想想。"

我想了又想，说："我真的想不出来。"

子君说："我们来做一个实验吧。"

这话又让我意外，我望着子君，他到底想做什么实验？

"其实，这个实验无须我们自己来做。"

我想应该是这样，我们在阳台上喝茶聊天，怎么做实验啊？！

"你知道冷冻吗？"

"知道。"

"医院把男人的精子冷冻起来，多少年以后，还可以做试管婴儿。医生把一些生病的人冷冻起来，等到医学发达了，再解冻进行医治。"

这是大家都知道的事。

"你知道为什么吗？"

我忽然想明白了，便肯定地说："温度。"

"对！"子君说，"温度能让精子冷冻多少年以后，解冻后又是鲜活的，病人也是如此。"

我知道子君的意思了："人的衰老跟温度有关。"

"是的，只要控制了温度，时间对于人来说就静止了。这样，时间对人来说，是控制不了的。"

我完全明白子君的意思了。不过，我说："在这样的冷冻条件下，人类就无法生产、做事了。"

"对，所以，我们要定制一下时间。"子君说，"时间由我们来定制，也就是时间的动与静由人类来控制，这样就能解决人类的很多问题。"

我忽然激动起来，如果真能实现控制时间，那人要想长生不老，就非常简单了。

"你说，我们人类如何控制时间？"

子君笑了，笑起来有点儿小得意。

我知道，我心急了，光想着长生不老，这境界低了。

子君给我换茶，重新泡一杯，茶叶的颜色是黄黄的。"这是龙游的黄茶。"

我说："这黄茶，我喝过，香味儿很特别。"

子君说："是的，这香味让我想到了很多事。比如，我们能不能把这种香味儿收藏起来，不让它跑掉。这样多好啊！"

"能收藏起来吗？"

子君回答："能的，这跟控制时间的道理是一样的。"

"那要怎么做？"

"冷冻！"

"冷冻？"

"是的，我们冷冻了精子，生命就冬眠了；我们冷冻了时间，人停止衰老了；我们冷冻了香味儿，这个香味儿随时可用。"

"这个，这个能实现吗？"

"你说呢？"

我不知道，真的回答不了。

子君端起茶杯，举了举，说："来，我们喝茶。"

好香！我正想由衷地赞美时，却连忙把这两字吞进了肚里。

光的形状

子君去相亲了，相亲对象比他年轻 12 岁，名叫金莉。

"你知道吗？你进咖啡屋前，有一束阳光包围着你，又给你光辉灿烂的自由，你就这样走了进来。哦，对了，是泰戈尔的诗句在你身上复活了。我没想到，真的，我相信你就是我要找的那个人。"

金莉待子君坐下后，说了这么一段话，让子君欣喜万分。子君也由衷地说："你也知道吗？我从马路那边走过来，看到了玻璃窗里坐着的你，当然，我不知道你就是相亲对象，但阳光穿过窗户照在了你的身上，光有了形状，真美啊！"

这两段话，都是子君一字不落地说给我听的。我当然为他高兴。"你们相亲成功了，有没有谈过什么时候结婚？"子君一怔，道："没谈，我们谈了很多话，就是没有谈到我和她的以后。"我有点儿好奇了："为什么不谈？"子君说："没有想到谈以后，忽然感觉，我们要谈的东西太多了，这结婚不结婚好像不是重要的话题了。"

我陌生地看着子君，心想："难道他真的是遇到了爱情？"

子君满脸笑容地说："你要知道，爱情是忽然降临的。爱情没有降临之前，无论你怎么喜欢她，都不会有想要的结果。但是，一旦爱神降临了，她就会到你的眼前，等待你伸出手去牢牢抓住。"

我明白了，或者说，我知道了，子君真的是爱了。

被爱情冲昏头脑的子君，不送外卖了，不开网约车了，他在背唐诗宋词，特意从网上买来了《唐诗三百首》《宋词三百首》，还有《诗经》《楚辞》等，反正，他对中国古典诗词感兴趣，也不来约我喝茶了，就算我找他喝茶，喝完三杯，就让我回了。我想到了四个字：重色轻友！

三天以后，子君告诉我，他们又见了一次面，确定了上一次见面的成果。"你知道不知道，这次见面太好了，我们依然在那家咖啡屋，依然是午后时分，依然是阳光灿烂的时候，依然见到了阳光穿过玻璃窗照在她的身上，光有了形状，真的，跟上次的一点儿没差。"

我有点儿眼红了，真的，在如此美好的阳光下，他们见到了对方特别美丽的一面："祝贺！祝贺！"我由衷地祝福子君。

子君满面喜悦地说："我们背了《诗经》，我们背了唐诗，我们背了宋词。真的，她背前一句，我接后一句，我们这样一首又一首地背着，又一首首地点评，直到咖啡冷了又冷，换了三次咖啡，我们才分开，可惜她要去上班了。"

过了不知道多少时间，我依然小心地问："你们在一起谈了好几个小时，有没有谈你们的将来？"

"没有谈，我们连谈诗的时间都不够，怎么可能谈这些呢？"显然，子君对我表示了不满。我没在意。"我们还约好了三天后再见。""在哪里再见？"子君很自豪地说:"当然是咖啡屋啊!"我问:"是你提的,还是她提的?"子君自信满满地说:"当然是她提的!"

在同一家咖啡屋,相亲,约会,连续喝三次咖啡,还是比较少见又浪漫的。

又是三天后,子君约会回来,给我在微信留言,说要见我。我安排好工作后,便来到他家。子君在阳台上已经泡好了茶。

子君问:"你知道丁达尔效应吗?"

我回答:"知道一点儿。"

子君说:"金莉跟我说,我和她产生了丁达尔效应。"

子君见我不语,补充说:"我们第三次见面,又看到了第一次见面时的光,对,她看到了我被阳光包围着并给我光辉灿烂的自由,我看到了阳光照在她的身上,光有了形状。所以,她说想跟我结婚,不想错过这个千载难逢的机会。"

我问:"你是怎么想的?"

子君如实回答:"我当然想结婚,见到她,真的感觉很美好。"

我知道子君的心动了,或者说真的是爱上了。

"你了解她吗?你知道她的一切吗?"

"这个不需要知道,更没必要了解,爱了就爱了。"子君又解释说,"丁达尔效应的出现,就说明我和她能把感情看得很通透,互相之间会很了解。她说,有我出现的世界,就是我给她的宇宙级浪漫。"

我忽然问:"你牵过她的手没有?摸过她的脉搏没有?如果她很爱你,她的心跳会很快,很有力道,有多少爱就会有多少力量。"其实,我是有怀疑的,可又不能明说。

子君轻声地说:"没有。"

又是三天后,我跟子君在他家的阳台上,有了简短的对话。

"我们刚刚见了面,我摸了她脉搏,跳得很有力道,而且,我摸到了那种很稀有的异脉!"

"异脉?真的是很稀有的那种吗?"

"是的。"

子君望着我，很想得到我的解释或肯定。

我没有解释，也没有肯定，给他泡了杯黄茶，香气飘满了整个阳台，又被阳光包围了，光有了形状，有了自由，包括子君，光辉又灿烂。

中医老师曾经告诉我们说，那种稀有的异脉，天下非常少见，其实是一种爱情脉象。

试　毒

陈永胜

　　皇宫新招了一批人，据说是试吃员，刘二也在其中。

　　刘二是京城的一个小乞丐，生下来就是，天生的，爹是乞丐，娘是乞丐，乞丐之间也没什么婚约，凑合过日子就生下了小乞丐。

　　现在的皇上据说是位明君，爱民如子。这么好的皇上当然不能轻易死去。凡是入口的饭菜，必须有人试吃，这是皇上的原话。大家也都支持皇上。上一批试吃员已经全死了，据说是异国的使者混进御膳房下了毒。还好有试吃员，只是死了十几个贱民而已。

　　这天，刘二第一天上班。他们坐在皇上的门口——贱民是不能面见皇上的。这一批试吃员有十几个人。刘二不解，问旁边的人咋回事。

　　旁边的人说："这你就不懂了，毒药，也分种类，急性毒药，慢性毒药，混搭毒药，隐形毒药。皇上得让咱们分类讨论呢。"

　　"怎么个分类讨论法？"刘二问。

　　"你新来的吧。我告诉你，皇上那道烧鹿茸，我已经连续吃了十四天，到现在还没事。我呢，就是这道菜的专用试吃员。皇上才吃了七天，我要是死了，皇上还来得及医治。你旁边那个，是爆炒凤舌和荷包里脊专用试吃员，他就负责吃这两道菜，看看这两道菜搭配吃有没有毒性。以此种种，十来个人还算少的呢。要不是皇上这些天吃的菜不多，怎么也得百十来号人才能做好这试吃工作。"

"大胆，又在那儿乱说话，耽误皇上用膳，你们一个也活不了。"旁边的太监尖声细语地说。

没一会儿，菜都端上来了，不多不少，刚好十道菜。刘二一道也叫不上名字。有个盆里是一整只鸭，这刘二倒是认识。但是他转头一想，应该不是鸭子，鸭子自己也见过，皇上怎么可能吃自己见过的东西呢，想必是和鸭子长得相似的什么东西。

好巧不巧，刘二刚好被分配到吃这道菜。身边的人陆续开始跟着大太监的指示动筷子，怎么吃，吃多少，嚼几下，这些都是有严格标准的，都得按照太监总结的皇上的习惯来，务必跟皇上保持一致。刘二被要求吃腿上的那块肉，三分皮七分肉一起吃，必须得嚼七七四十九下。

刘二拿起筷子，夹起太监分好的肉，慢慢抬起手，弯折手臂，把筷子搭上自己的嘴唇。那肉刚碰到嘴唇，一股极其浓烈而又不刺激的香味儿冲进了刘二的鼻子里、嘴里、胃里、心里。

皇宫外静悄悄的，大雪无声地下着，压低了梅花树。屋外有太监头领拿着选妃册正要去给皇上翻牌子。天、地、梅花，都是白茫茫的一片。太监们的叮嘱，同行们咂嘴的声音，在这一刻，全部消失了。刘二嚼了第一下，他的瞳孔放大，眼睛滴溜溜圆，手不住地颤抖，一股暖流从身下流出，在香味儿的掩盖下，竟然没人闻出那尿臊味儿。

一泡尿尿完，一口肉吃完，刘二就躺在地上不动了。

皇上震怒，一个月之内两次被下毒，这成何体统。皇上就一个字："杀。"传菜的太监，杀；做饭的厨子，杀；买菜的，杀；卖菜的，杀；种菜的，杀；那天去过厨房的，杀。除此之外，厨子的师父，杀；御膳房所有人，杀；试吃员，杀；挑选试吃员的人，杀；厨房的几条狗，杀；管理厨房的人，杀；制盐的人，杀；掌管漕运的官员，杀；刘二的父母，杀。

管他相干不相干，先杀一批人再说。皇上杀完之后，想到要查查毒药的来源。命令仵作验尸。皇宫内99名仵作轮番上阵，毫无结果。这毒竟如此厉害？

最终一名新手仵作进宫来报。

这仵作先是问："皇上，请问这死的试吃员是不是出身贫苦？"

无人知晓，挑试吃员的大太监已经被杀了。

"皇上，据臣所查，饭菜应该无毒。此人应是个乞丐，一辈子没吃过好东西，第一次用御膳，被……"

"被什么？"皇上追问。

"启禀皇上，答案过于荒谬，如皇上非要小人禀告，可否先答应饶小人一条性命？"

"朕答应你，君无戏言，但说无妨。"

"禀皇上，应该是食物太香，太好吃，他被好吃死了！"

"一派胡言，敢戏弄朕，来人，拖出去，杀！"

菠萝面包

李伟昊

就为在蛋糕店多看了女店长那长长的一眼，老婆和我大吵了一架。这一架把我的神都吵乱了。买蛋糕（也许是面包，反正我分不清）是我们家的日常事项。我和老婆上班，孩子上学，都要起早，来不及慢吞吞做早餐，只能抓个面包路上吃。老婆喜欢尝试没吃过的新品种，她拿两份，带一份给儿子。我则总是吃同一种菠萝面包，那是第一次来这家店时女店长介绍的，她说那是她亲手做的。老婆逼着我问，你和蛋糕店那个女人到底是什么关系？她非逼我说。我怎么可能告诉她，那是我高中时候的同学——嗯，不同班，不同班也是同学。

不过，我和她小学时候同过班，还一度是同桌，所以高中重逢之后才会陷得那么深。你别误会，我们之间没有发生什么，就连正式的恋爱关系也没有确立过。那时身边许多同学都谈起了"地下恋爱"，我们胆小，怕被大人逮到，迟迟不敢把心事展开。这一耽搁，想说的话再也没有吐露的机会。

我可以发誓，我没有任何行为对不起老婆，哪怕这桩婚事完全是两家大人的旨意。那时我读完研究生，曾发两大誓愿：不回老家，不进银行。我的父辈祖辈都是银行员工，我看透了这个行业的吃力不讨好。谁想造化弄人，两大誓愿一个也没有实现。家人介绍，我认识了现在的老婆，行长的女儿，她家不缺钱，就想找个高学历的女婿，好弥补她家在文化上的先天不足，这也导致了我们常常沟通困难。但不管怎么说，日子过着过着，我们早就谁也离不开谁了。

现在她这副要把我扫地出门的架势分明是在把小事闹大。那好，走就走！我摔门而出。我暗暗骂她头脑简单，只管闹事，不管后果。每天买面包这事，她不仅知道，而且完完全全在她的掌控中，大多数时候她是跟我一起去的。好吧，我承认，这家店是我选的，可她不也觉得"还算能吃"吗，有什么可闹的？

"好好好，你说今天的事，那就说今天的事。"今天付账的时候，女店长接卡的时候碰到了我的手。那一下我的脑子飞快地转了好多个弯。也许只是不小心碰到的——不对！我每天递卡都是这个手势，很边缘地捏着卡的一端，朝向她的还有很大空间，她不用碰到我就可以接过卡。每天都是这个动作，她从来没有碰到过我。"所以说，她是故意的！"这个念头一从大脑中产生，我想都没想，就看向她，看向她的眼睛。她也正看着我。

那一刻我的大脑也许还能运转出更多东西。可是我们的对视被老婆捕捉了个正着。老婆用力扯过我的手腕把我往外拉，一切思绪还来不及通过眼睛发送就戛然而止。

我赌气出门。我意识到我的脚步在往面包店的方向去。确定要往这个方向走吗，这样顶风作案的后果考虑过吗？去吧，去吧，再不去，以后就去不了了。

"没人啊。"我在蛋糕店门前来回踱了好几步，趁店里没别人，赶紧钻进门。

"没人。"她的嘴唇微笑着，但眼角没有笑开，让人觉得她的眼睛带着忧伤，"怎么？"

"没怎么，我想跟你说，"一个字一个字，我从嘴里吐出，"我以后，不能再来买面包了。"

她看着我，我等着她的回答。我说不出更多，不久前那场对视，老婆扯我出店门，我相信她都看明白了，她会知道我的无奈。我的无奈还少吗，拉不到的存款，卖不出的保险，老婆说她爸怎么会看上我，同事背地说行长女婿不过如此，只有傻子会风凉说银行是金饭碗……我每天来她的店里多买点儿面包，我能帮她的也就只有这点儿。

她嘴角的微笑依然挂着，眼睛却更加忧伤，她推了推脸颊，把笑容摆正。她提到一件事："上个月老板要调我到办公室去，那里不用销售考核，轻松很多……可我想到你每天要来买面包……我们公司的菠萝面包，菠萝面包，其实早就下架了。你每天买的，是我自己做的……"

群中不能无主

鞠志杰

群主王二死了。消息是副群主李四发到群里的："各位群友，告诉大家一个非常悲痛的消息，我们敬爱的群主王二大哥，于昨日下午四时突发脑出血不幸离世……"立时，群里浮起一片哀悼和祈祷的表情，群友们纷纷表示，要亲自送王二最后一程。

王二的告别仪式如期举行，吊唁大厅庄严肃穆，王二为数不多的亲友肃立当场。王二夫人和女儿抽抽搭搭地一直在哭泣。可就在仪式开始前十分钟，突然走进来二百余名陌生人，这些人个个身着黑色礼服，神情阴郁。现场马上有了点儿异样的感觉，仿佛是黑社会老大去世一样。

王二的夫人怯怯地走到这些人面前，问："你们，是来送王二的吗？"

李四上前一步，向王二夫人鞠了一躬，悲痛地说："是的，我们来送王二大哥。"说着，竟然摘下墨镜，抹了一把眼泪。

"你们都是王二的朋友？"

"是的，这不过才来了一半。"

王二夫人不再问，退回原位，脸上竟然有了一丝笑容。她没有想到，会有这么多人来送王二。她觉得脸上有光。

仪式完毕，李四过来找王二夫人："大嫂，实不相瞒，我们都是王二大哥的微友。王二大哥建了一个微信群，现在他走了，但在我们心目中，他永远是我们的群主。我们这次来，还有一个请求，我们想拿走王二大哥的手机登录微信，我们需要管理这个群。不知可否？"

原来是这样。

王二夫人面有难色说："对不起，手机我不能给你们，更不能登录他的微信。你们想，他若是还在微信朋友圈里发东西，那，那会吓死人的！"

是啊，这个怎么没想到呢！李四听后一拍脑门，又给王二夫人鞠了个躬，领众人告辞。

回到群里，大家继续讨论群主后事。

李四排在王二之后，按常规，如果王二退群，李四会理所当然地成为新群主，也是这个原因，民间称其为副群主。但令人尴尬的是，副群主却没有一点儿权力。王二在世时，没有在群里另外设置管理员。

王二苦心经营的这个群已满五百人，简直就是一个小社会。王二为人慷慨，经常在群里发红包，还特别幽默风趣，天天逗大家开心。他还组织过几次群聚会，拉了不少广告赞助，给大家发了不少奖品，这样有能力的群主不在了，是群里天大的损失啊！

王二不在了，但王二仍然占据着头把交椅，威严丝毫不减。特别是，有个别女微友不断在群里发一些往日聚会时王二的照片和哭泣悲伤的表情，把群气氛搞得极为沉重，惹得很多立场本就不太坚定的人悄悄退群了。眼瞅着一个大群就这样日渐败落，几位元老一致要求李四另立门户，再建一个群，把原班人马全部拉过去。

李四照办，开始组织群友搬迁。他特别要求，移到新群的人一定要从老群退出。"群主离开了，人死不能复生，我们要节哀顺变，化悲痛为力量，把我们群的精神继续发扬光大！"李四苦口婆心地劝大家。

没几日，新群竟然也达到了四百人。可是，老群仍然有很多人不退。"我知道，大家非常怀念老群主，但这样下去不是长久之计，请大家退群吧！"李四又一次在老群里动员。

可是，人们仍然不退。

突然，群主王二在群里说话了："谢谢！谢谢大家这样厚爱王二，还是听李四的话到新群去吧。王二九泉之下，也会感激涕零的！"

天啊！所有人都愣了，是王二！王二说话了！

王二又说："大家别害怕，我是王二的夫人。这两天，我忍不住打开了王二的手机并登录了他的微信，没想到大家这样爱王二，我很感动。王二微信里还有些钱，我给大家再发一次红包，发完，王二就正式和大家告别了！"

说完，一个红包弹了出来，封面的字是"王二谢谢大家"。

之后，王二彻底地从群里消失了。

一万美金

王　炬

明天就是元旦了，全世界的日子都是 12 月 31 日，大家都在等待下班的时刻，该放假了。

下午时分，天阴了，开始飘些零星的雪花，冷风打着人的脸，路人更是行色匆匆。

子虚胡同把头住的陈先生却没有放假前的轻松，快五点了，他还没法儿回家。

此刻，他的心怦怦直跳。他已经在五棵松地铁站转了两个小时，两部手机都打烫了，他实在是不知道还能给谁打电话说这件事，谁都不相信，他会缺区区六万块钱。

是啊，当初他把几百万资金放贷出去，那份儿有钱人的尊严给人的满足，多爽啊。但这一切过去了，现在自己是债权人，但几个欠钱的主都没钱，要一次，哀求的话说一大车，那边也是反哀求："陈哥，实在是没钱！"

就说这句话，实在是没钱，连个还款的日子都不肯有。

以前，他催债，对方还会说个还款的日子。现在，连这种敷衍也没有了。

就是一句话，没钱。

这还算有良心的，给你个哀求的语气。

更有的连当初的电话号码都换了，你打电话，有个标准的女声："对不起，您所拨打的电话已停机！"

好像是恩赐似的，债务人挤牙缝似的微信转过来三两千，能解决什么？一个债权人比债务人都活得可怜。更可怕的是自己所在的公司已经解散了，不仅解散，公司的操控人跑了，几个业务骨干也被抓了，这类 B2B 公司，全国一下子垮了几千家。公司散伙，操控人跑路已经不是新闻。他自己虽说没事儿，但每月几万元的工资没了。那会儿，钱是那么好赚，公司里每月进款几千万，甚至上亿，钱只是一个数字。现在回看，完全像个梦。

　　倒驴不倒架，陈先生苦苦撑着自己的面子。

　　面子的标志只剩下那辆宝马车了。

　　他在胡同里是头面人物，胡同里的年轻人管他叫大哥的，他能说自己没营生了？2014 年的宝马车已经是二押了，押了八万块钱，也到了还款的日子。不还钱，人家就卖车抵债了。但这车是最后的面子，死活也不能卖了。如果没有这辆车，陈先生的脸可是彻底坍塌了。再说他不相信自己找不到工作，他没告诉老婆，也没告诉远在美国读书的女儿。他不能说，他是撑着这个家的大梁，是无所不能的一家之主，是顶天立地的父亲。在老父亲那边儿他更不能说，尤其是在岳父这边儿，他可不敢让他们瞧不起，当初他义无反顾从政府部门辞职，大家劝他，他发誓一定混出个人样儿，现在自己这个样儿，能说吗？虽说没了工作，他还是每月交给老婆固定的生活费，他还是每天八点钟开了车出去，晚上七点以后到家，一副很阳光的样子，说说笑笑，让家里人以为他还是去公司上班。他呢，把车停在一个不花钱的车位上，然后一站一站地在地铁站闲逛。他已经失业三年了，他都不知道这些日子是怎么熬过来的。

　　现在，朋友们都借遍了。凡是不催债的，已经是天高地厚的友谊了。当然，朋友们知道他外面有放出去的钱，都等着他把债收回来把钱还上。

　　谁又知道，他的债一时收不回来呢？

　　今天，急需六万块钱，他找不到这点儿钱。

　　女儿陈亚娇在美国留学，按日子，今天是给她转房租的日子。中国拖欠几天房租还有的通融，美国可不行，差一小时都不行，他必须在 12 月 31 日 18

点前把一万美金转过去。可是，他向所有朋友打了电话，找了各种借口，只有搞杂志发行的老王从微信里转过来两千。

加上自己微信里的两千，也仅仅凑了四千块钱。

去年女儿的房租和学费是靠把宝马车抵押了交上的，今年自己把浪琴表、家里存的三百克黄金和戒指都当了，每月交给老婆的生活费也是东挪西凑来的。原以为凑这点儿钱不是问题，万万没想到，临到关头，那几个债主竟然一分钱不还，他让步说利息都不要了，只要本金。人家说，银行贷款抽紧，实在是毫无办法。再说急了，那边也是一副要钱没有，要命一条的口气。

陈先生所有电话都打完了，他知道全无指望了。

随着时光愈来愈晚，他的焦虑更加重了。他想，只能再赌一把，是死是活就看它了。

他的心怦怦跳着，像打开一个魔盒一般打开了那最可怕的页面，那是他多次告诫自己千万不要碰的，他在这儿已经失败了多少次了，凭理性，他知道，一旦打开这个魔盒，也许会万劫不复。那是非法的线上"游戏"，陈先生的一个朋友老杨，就是在这儿输光百万家产，纵身一跃，从24楼跳下结束生命的。

女儿亚娇这时打来电话："爸，别忘了，今天交房租。那边又提醒了，还有两个小时！"

他说："好，好，爸爸马上汇出去。"

他决绝地摁下了那个页面，在下定决心最后一搏时，他甚至一阵冲动，万一这笔钱没了，我就从站台跳下去。这个瞬间，他看见了自己粉身碎骨的画面。心一横，把四千块钱押了上去，三点，完了，他的心提到了嗓子眼儿，不料庄家竟然出了个一点，赢了，他现在有八千块钱，苍天保佑，苍天保佑。他把八千块钱又押上去，出了个八点，又赢了，一万六，他一闭眼，把一万六押上去，三万二，再押，六万四。他的心跳着，跳着，他这次小心着，只押了五千，又赢了，现在他有六万九千块，他不敢再押了，他的腿一软，跪在了地上，热泪滚滚，天保佑，天保佑，让我赢了！女儿啊，房租有了，房租有了！

他拨通女儿的电话，轻松地对女儿说："再等十分钟，钱就过去了！"

后来陈先生从监狱出来，每次给我讲这段，都热泪纵横。他说："现在真不敢想，当时如果输了，我会不会真从站台上跳下去！但不管怎样，有的事，不能沾的，就一次也不能沾！"

就在解决"一万美金"危机一周之后，陈先生的卡被银行封了。接着，他接了个电话："您是陈茂林吗？我是派出所，您明天上午过来一趟。"

笼中人

曾 龙

来深圳创业不久，我在一场企业家拓展活动中结识了富二代浩哥。他父母早年来深圳创业，靠实业完成了财富积累，后来又买入大量地皮，建了许多产业园，每月仅靠收租就能赚到天文数字。

虽家业庞大，浩哥为人却极为低调，穿着普通，谦逊和善。相识后，我和浩哥很快交好，常一起去参加各种活动。

一日，浩哥邀请我去他家做客，我驱车应约。那是一栋二十多层的自建房，属浩哥自己的物业。他住12楼，整层楼都被他改造成了个人居所，除常见的厨房和客厅外，空旷的走廊还相连着许多房间。书房里摆满了各种古董和奇珍异宝。

浩哥带我一间接一间参观，所有房间均奢华而不失品位，像一件件艺术品。当走进最后一间房时，浩哥忽然停下来，冲我诡异一笑。除浩哥的卧室，仅这间房紧锁。浩哥伸手解锁，推开门，一个笼子赫然入目。

笼子很小，笼内空间逼仄，与其说是笼子，不如说更像囚室。

"我常待在里面。"浩哥走近笼子，抚摸起栏杆。

"不会吧？浩哥，难道您有特别的癖好？"我坏笑着说。

"没有，我是说常在里面生活。"浩哥摇摇头。

"生活？这么大的居所，您为什么要跑到这小笼子里生活？"我有些错愕。

"你不懂，这笼子有魔力呢。每当我把自己关进去，我的身体就好像能瞬间分离，另一个我会径直打开笼门，转身和笼里的我对视。每当这时，我总能在自己身上发现一些平时见不到的东西。"

我若有所悟地点了点头。

"你知道，我家里有钱，我从小就受周围人的优待，所有人都奉承、亲近我。同时，我非常听我父亲的话，从小到大，他一直安排着我的种种，哪怕是婚姻，他也替我选定了结婚对象。只有进入这个笼子时，我才能感到火光般的自由。"

浩哥说自己从英国一所名牌大学毕业回国后，就逐渐接手父亲的物业。不久，他打通了这层楼，建了这个秘密基地。这间房，除了他最为知心的几个朋友来过，没其他人知道。

我有些受宠若惊。

"你肯定会好奇，为什么要带你来参观？"我还没开口，浩哥就抢先问了起来，"你觉得自己是个什么样的人？"

我愣了下，见浩哥如此真诚，便开诚布公地解剖起自己："我觉得自己很假，每次在社交场，总像一个小丑，尽其所能地吸引所有人的目光，让人觉得我善于交际，然而，没人知道我那是无奈的表演。"

"我理解你内心的那种痛苦，这也是为什么我们会在那次拓展活动中走得那么近的原因。我能从你的眼光里看到真实。"

我的心猛地颤了一下。

"你也进笼里试试，这笼子疗愈了我，我想你待在里面，也能发现真实的自己。"

我犹豫了一下，忐忑地走了进去。笼子瞬间大了，似乎要比浩哥整层楼的居所还宽广。"这也太神奇了，刚看到它的时候，我以为待在里面会像囚室。"我对浩哥说。

浩哥笑了笑，说："你先别说话，闭上眼睛，想象自己从肉体分离，从笼子里走出来，再看看笼中的自己……"

我闭眼冥思许久，始终无法感受到精神上的金蝉脱壳。

"我做不到，浩哥。"我有些沮丧。

"兄弟，在里面多待一会儿，你就能感受到了。"浩哥趁我不备将笼子上了锁。

"浩哥，你这是干什么？"我猛地推门，想要挣脱。

"兄弟，我没什么坏心眼。相信我，你在里面待上一天，一定会大有收获。我会叫保姆来给你送饭。"一个中年女人推门而入。刚刚参观房间时，我丝毫没有察觉到屋内还有其他人的存在。

"忘了跟你介绍，这是我的保姆王妈。"浩哥指了指女人，"她也是我很信任的人，你有任何需要都可以跟她说，除了不能出笼子，她都会满足你。我等会儿要去处理园区的事，明天我会来给你开锁。祝你在里面找到真我。"

说完，浩哥带着怪笑，推门走了出去。

王妈面目慈祥，笑起来时，有一种邻居大妈般的温柔。

"您有什么需要随时叫我。"王妈转身也走了出去。

在笼里待了一下午，我根本没有发现什么真我，反而焦躁不安，甚至开始怀疑浩哥是个"变态"。傍晚，王妈为我送来晚饭，饭菜极为可口，用料都是名贵食材。我问王妈："能不能给我拿点儿烟酒来？"

"抱歉，浩总说您在里面不能抽烟喝酒。那些都是麻痹精神的物品，想找到真我，您必须要以最清醒的目光直视自己。"王妈带着歉意摇了摇头。

我叹了口气，摆摆手，让王妈走了。

这些年，我心理上确实出了些问题。时常，我会莫名感到空虚，仿佛有无数只虫子在撕咬着我的身体。有时，我会频频参加活动，在社交场上纵情欢乐。有时又会将自己隔离起来，长达一周不出门，仿佛世界与我之间有无形的壁垒。

我忽然想到浩哥，觉得浩哥被更大的虚无包裹。浩哥从小生活优渥，但他的人生就像早已被写好的剧本，缺乏变数，只为配合萦绕周身的角色演出，无论他愿不愿意，喜不喜欢，都只能终身佩戴虚伪的面具。我对浩哥产生了极深的同情。笼里的世界，不再面目可憎，反而让我感触到浩哥真实的一面。他身后的舞台，更加辽阔、寂然。

次日，王妈为我送来早餐。等我吃完，王妈走近笼子，从口袋里掏出钥匙为我开锁。我走出笼子，问起浩哥，王妈挤出一丝笑容，说他去了一个没有笼子的地方生活。

我愣在原地，眼前的笼子忽然变得像一座天国。

我出差了

徐全庆

妻子出差了，储刚从妻子微信朋友圈里看到这消息时，已经接近晚饭时间了。储刚翻了一下微信，妻子没有给他发消息。储刚有点儿郁闷。他和妻子已经分床一年多了，最近三个月他们几乎没说过话。妻子出不出差无所谓，只是晚上又要一个人吃饭，这让储刚有点儿不习惯。

储刚突然想起上大学时，他时常和同学跑校园外吃饭。有一次，他和一个同学跑到一家小吃铺，两个菜，几瓶啤酒，一人一碗面条，一边吃一边天南海北地聊。直聊到店里只剩下他们两个人，聊到老板娘赶他们离开，还意犹未尽的样子。储刚怀念起那时光来了。

储刚决定再找个人好好聊聊。

储刚调出微信好友名单，发现有很多人他居然不认识，当初怎么加的好友，居然没有一点儿印象。好友名单翻了两遍，也没找到一个想聊天的人。又打开手机通信录，不认识的也是一大堆，同样没找到想聊天的人。储刚更加郁闷了。

储刚烦闷地在屋里踱了两圈，决定随机找人聊天。他调出微信好友名单，闭着眼睛乱点，于是点到一个人。女人。

会被误会的。储刚摇摇头，重新找人。这次找到的是单位同事。储刚也没有和他联系。他期待的是能像上大学时那样，两个人找个小吃铺，大排档也行，边吃边聊，无话不谈。和同事显然不行，有些话是不能说的。

储刚只好重新找人。这次找到的是顾林。因为单位的一个项目，他曾经有一段时间和顾林联系较多，也曾一起喝过酒。项目完成后就没了联系，好几年了。他拨通顾林的微信电话，没人接。再拨，还是没人接。

储刚决定重新找个人，这时，顾林的消息来了："在开会，不便接电话，有事请留言。"储刚盯着那消息看了一会儿，知道顾林比以前又圆滑了一些。顾林分明是拿不准自己突然找他的目的，或者是担心自己求他办事，所以才这样说。这是一句可进可退的话，他可以根据留言决定是否和储刚联系。储刚没说一个字，只回了一个抱拳的表情。

接下来找到的是王传金。他们曾经是邻居。王传金租了间门面卖服装，虽然算不上太好，但比起储刚这种靠工资吃饭的人还是不错的。因为门面离他们的小区很近，储刚时常从那里经过，也没少从王传金那里买衣服。那时候，两人见面时总会聊几句，家长里短的，都很轻松。后来，王传金新买了房子，生意也换了地方。起初两人还时不时电话问候，后来就只有逢年过节时发条问候短信，再后来连这种群发的短信也没有了。

储刚拨通王传金的电话："最近生意还好吧？"

"好啥呀，你不知道现在生意多难做，我连房租都快交不上了。"王传金说，"前几天进货没钱，还是找人借的呢。"

借钱？储刚一愣，虽然多年没联系了，但王传金的消息还是知道一些，听说他生意不错，现在的门面都是自己买的呢。但储刚随即明白了，分明是王传金怕他借钱，这是提前拿话堵他的嘴呢。

"有事吗？"王传金问。

"没事。"储刚说完挂了电话。

储刚直接往小吃街走去。路上碰上谁就是谁吧。

不知不觉就到了薛江的楼下。储刚和薛江并不熟悉，只是两人的单位都在一座大楼上，时常能碰面。碰上了也只是客客气气地打个招呼，并没有进一步的交流。储刚并不想请薛江吃饭，但他下意识地一抬头，发现薛江家的窗户开着，薛江就在家里。这是缘分呢。储刚这样想着，拨通了薛江的电话："我想请你吃个饭。"

"有事吗？"薛江的声音中明显有警惕。

"没事，就是想和你聊一聊。"储刚说。

"有啥事你尽管说。"薛江说。

"真没事，只是想和你喝两杯。"储刚说。

"实在抱歉，我出差了。回头再说。"薛江说。

储刚又看了一眼薛江的窗户，决定一个人去吃饭。

这时，储刚的微信上收到一条消息："有时间吗？我想请你喝两杯。"是一个关系一般又久未联系的熟人发来的。

"有啥事你尽管说。"储刚回复。

"没事，就是喝个闲酒。"

闲酒？储刚撇撇嘴，回了一句："我出差了。"

空椅子

杨剑文

事情是由一首散文诗引发的。

也可以说事情是由一把空椅子引发的。

牧文在晚报副刊上发表了一首题为《空椅子》的散文诗。样报送到办公室的时候，牧文得意地拍了照片，并发了微信朋友圈。

牧文的朋友圈对所有人可见。

看到这条朋友圈的亲戚、朋友、同学、同事，大都为牧文点了赞，有人甚至还留了言，大加赞赏牧文有才华有思想。

这一天，牧文的心情好极了。

从这一天起，单位同事见到牧文，都不叫他名字了，而是叫他牧诗人，牧大诗人，也有人简称"牧诗"。

"诗人"听着还好，这个"牧诗"怎么听都感觉怪怪的。但不管怎样，因为这首散文诗的发表，牧文"诗人"的耀眼光环和舒爽的好心情，持续了一段时间。

可是，这样的好心情掰着指头数一数，也就一周多一点儿的时间，因为第二周星期二早上一上班，牧文就收到了一纸调令。

牧文被调到了后勤部。

让牧文感觉奇怪的是，这张调令竟然明确注明了他的具体工作：负责单位大会议室的一切事务。

牧文带着头脑中的一万个疑惑和手上的那道调令，搬到了大会议室旁边的小办公室。

"负责单位大会议室的一切事务。"意思是，平时没什么事可做，只有在开会的时候，才摆摆话筒，放放桌签，挂挂横幅，短暂地忙上那么一会儿。

没什么事做的时候，牧文就继续埋头写自己的散文诗。

只是，他脑海中的那一万个疑惑，在漫长时间的"稀释"中，不仅一点儿都没有淡忘，反而愈加萌生出了迫切地想要找到答案的想法。

为解开这个疑惑，一个月后的某天下午，牧文提着两瓶好酒把办公室主任约到了酒馆里。

第二瓶白酒快见底的时候，办公室主任终于解开了牧文脑海中的那个疑惑。

"兄弟啊！听我说，有才华不一定就能在单位里混得好……比如说你，会写诗，是大诗人……怎么混着混着，就到了会议室旁边的小办公室了呢？"

牧文盯着办公室主任的眼睛，等着他继续往下说。

办公室主任吐出一个烟圈，指了指牧文面前的酒杯。

牧文举起酒杯直接将酒倒进喉咙里。

"好！有气魄！"

办公室主任说完，又指了指牧文刚刚放下的酒杯。

牧文倒满酒，再次举起酒杯，直接将酒倒进了喉咙里。

这样连着倒进去三大杯酒后，牧文感觉整个房间都似一条破船在海浪上翻滚。

"原因嘛，其实挺简单。'谁的椅子最后都会成为空椅子'……这是不是你写的散文诗？三个月前，咱单位那个主要领导在你的朋友圈看见了这句诗，所以就派你去负责大会议室的一切事务了。"办公室主任弹掉一截烟灰，继续说，"大会议室里什么最多？不就是椅子最多嘛！除了桌子、椅子，还能有什么呢？"

"就这？就因为这？"牧文理解不了这是什么逻辑。不过，他在心里暗暗下了决心，以后发朋友圈一定要设置一个可见范围。

"哈哈，你们诗人可都是神人啊！还挺有预见性……这不，还不到三月，那个领导就进去了，他坐过的那把椅子，现在真成一把空椅子了。"

牧文搬进小办公室后不久，单位主要领导因为严重违法违纪，被相关部门带走调查了。

办公室主任喝完酒杯里的酒，随即站起身来，轻轻地拍了拍自己坐过的那把椅子，晃晃悠悠地走出了饭店。

牧文盯着对面的空椅子，一个人出神地愣了好半天。

又过了一个月，单位来了一位新领导。

不久的一天，在一次不怎么重要的会议间隙，新领导走进了牧文的办公室，看到了牧文办公桌上放着的杂志。

这本杂志上有牧文发表的诗歌。

"诗人！好！好！人才啊！不能让会议室里的一堆旧椅子、破桌子把人才埋没了啊！"新领导对牧文赞赏有加，临走时还加了牧文的微信。

当前，单位办公室正缺一位专门负责审核材料的副主任，牧文就这样进入新领导提拔重用的视野里。

第二天早上，新领导把办公室主任叫了过来，商量提拔重用牧文的事情。

可是，下午上班的时候，新领导又把办公室主任叫了过去，让他立即停下对牧文的考察。

看着办公室主任一脸的疑惑，新领导指了指办公桌上放着的手机，慢悠悠地说："朋友圈看格局，朋友圈看智慧……他的朋友圈，居然对我设置为不让我看……这是对领导不够信任啊……还是先看看，让他继续守着会议室的那些空椅子吧……"

"好的。按领导意思办。"

办公室主任退出来准备关门的时候，回头看见新领导正在办公室里踱着步，他刚刚坐过的那把椅子，此刻也变成了一把空椅子。

第四辑

你可见过刘若英

郑州爱情（二题）

李　森

郑州在下沉

　　和王倩分手后，我彻底和我妈闹掰了。

　　没想到我们母子二十余载，竟然靠着王倩这个外人当润滑剂。王倩走后，我们之间的齿轮彻底停止了运转，一切都诡异地僵持着。我妈首先对我的不幸遭遇表示同情，在我面前唉声叹气好几天，感慨王倩这个姑娘有多好，让我想尽一切办法劝她回心转意。可王倩怎么会回心转意？我按照她的方式尝试几次后，王倩彻底把我拉黑，从我的生活中突兀地消失，像是从来没有出现过。

　　我妈开始改变策略，逼迫我去相亲。一切都像是梦一样，我穿上应该穿的衣服，僵硬地去见一个又一个姑娘，我的灵魂好像飘浮在我的肉体上面，周围的一切都与我无关。我看见对面姑娘的嘴巴一张一合的，把一块腐烂的动物尸身夹进嘴中，用坚硬的牙齿耐心地咀嚼，她的脸上露出满意的神色。我开始呕吐，吐出绿色的苦水，吐出鲜红的心脏，吐出奶白色的乳液。

　　我的母亲在凶我。她站在我面前，穿着红色的残破的拖鞋，神色凝重地开始数落我。她说我小时候就不让人省心，说我一事无成，说："王倩他妈的有什么好的！"我站起来说："你他妈的闭嘴！"母亲脸上露出惊愕的神色，开始浑身发抖，下一刻好像要变成一堆零件。终于，她能说话了："你竟然骂我！"我有点儿害怕，但那一刻我久违的灵魂好像突然回到了我的身体，我不再耳鸣，一切都变得真实起来。

我说："王倩就他妈的很好！"

我夺门而出，走进地铁站。我掏出手机去寻找王倩，急切地想要告诉她我好像做了一件什么不得了的事情。可我怎么也寻不到王倩。地铁上的人都直直地看着我。他们全都变成了王倩的样子。地铁在轨道上疾驰，窗外是无尽的黑色，中间各站都不再停顿，所有人都不玩手机，不说话，不打盹儿，穿着形色各异的衣服，长着同一张王倩的脸注视着我。

我有些开心。我终于再次见到了王倩。王倩长什么样子呢？我一步一步地走，弯腰微笑着看着每一个王倩。她有着能够盛满星河的眼睛、小巧的鼻子、丰厚的嘴唇，化了妆时像佟丽娅，不化妆的时候像倪妮。我抚摸着每一个王倩的脸。我说："王倩你怎么不说话呢？"

王倩开始对我笑，所有的王倩都站起来对我笑。她们一靠近我便化作一摊又一摊的水。怪我，是我过于炽热，是我过于执拗。王倩靠近不了我，王倩变成了水。我跪下来捧着变成水的王倩，我把她们放在我的脸上、我的身体上。我说："王倩我好想你。"

地铁一直不停歇。地面上是成吨的水，倒映着我的面貌。一个又一个王倩还在向我奔来，而后在距离我一拳的地方在空中炸裂成绚丽的水。我越来越难过，说不出来地难过。我用尽全身力气去敲打门窗。外面黑夜永恒，门窗坚硬无比。我用指甲划开我的腰，用力地从中掰断一根肋骨，而后擎着那根鲜血淋漓的肋骨用尽全身的力气去砸那承载着无尽黑暗的窗户。窗户碎裂，我被疾驰的列车甩出去。我在空中被撕裂，重组，再次被撕裂。

王倩。

王倩。

王倩。

我好想你。我不想再做梦了。让我见见你。

秋天的太阳很低，像是长在了我的肩上。最后一次见王倩，是我们骑着共享单车在紫荆山南路往北走。王倩穿了一件黑色的裙子，长度不过膝。她骑得很慢，害怕走光。我肩膀上的阳光为她照耀着前面的路。可等红绿灯的时候，一个老头儿骑着一辆三轮突然挡住了我的路。一转身，我就再也找不到王倩了。

愤怒，懊恼，难过……这些情绪总是莫名地出现在我的身上。天旋地转，太阳熄灭，郑州在下沉，一切都寻不见了。我的身上好像缺了一样东西。

我妈带我去找医生，医生叫来一群人盯着我看。他掰开我的眼睛，注视着我就像是注视着一条小狗。他说我身上确实少了一样东西，一种叫作多巴胺的东西。医生说我服用过大量的氯丙嗪，那是中枢多巴胺受体的阻断剂，具有镇静、抗精神病、镇吐、降低体温及基础代谢的作用。

我妈说："他和女朋友分手了，在网上买过一些'忘情水'。我以为那是骗傻子的，就没有阻止他。"

医生说："那就对了。"

我急忙握住医生的手说："我为什么还记得王倩？"

他说："不知道。"

我反应迟缓，记忆紊乱，常常莫名其妙地出现在地铁上。我能记住的事情越来越少，可我就是忘不了王倩。某天我又一次抽出我的肋骨敲碎地铁的车窗，再次回到紫荆山南路的时候，看见王倩在前面扭头等我。

我从大爷身上跃过去，可我总见不到那之后的王倩。太阳就在天上，周围人潮汹涌，大爷慢慢悠悠地从我面前过去。我看见王倩在等我，扭头在对我笑。

我说："我为了忘记你喝了许多'忘情水'，可是我把全部事情都忘记了，就是没有忘记你。"

王倩说："是吗？"她撩了撩被风吹乱的头发，微笑着坐在共享单车上注视着我。

我看着她。

我们相视无言。

张桂娟

天气很好的时候，你能够在西流湖公园进门左手边第二张椅子上见到他。他穿一件灰色棉袄，样貌清癯，神情宁静，经常一坐就是一下午。

那时候我在西流湖公园卖关东煮。我不想买昆布和木鱼花，我就用白萝卜、海带、糖心苹果、香菇打底，再倒入没过食材的凉水，放少许盐、两勺海鲜酱油，然后煮40分钟，倒入摆摊的锅中，依次放入鱼豆腐、魔芋、海带串等。我的生意一直不太好，我从早上卖到晚上总是会有剩余，我就邀请他一起来吃。他吃得比我斯文。

有时候我就跟他坐在一起，和他一起看远方，他也不理睬我。我会看到一群跳广场舞的大妈或者舞剑的大爷，或者一条黄色的流浪狗，或者什么也没有。

…………

再出摊就见不到他了，我有些难过。最后我忍不住向我的顾客打探他的消息，一个阿姨喝了一口汤后告诉我："他死了，癌症，疼死了。他就是个信球（傻子）！"阿姨义愤填膺地说。天气很冷，她刚刚跳完广场舞出了一身汗。我又给她盛了一碗汤。她坐在我后面的长椅上，以前那老人经常坐的地方，她的声音从我后面缓缓传来。

我问："他叫什么？"阿姨说："张桂娟。"我说："我没记错的话他是男的吧？怎么叫这个名字？"阿姨说："这是他后来改的名。那个时候他非要改成'李桂娟'，相关部门的人说只能改成父亲或者母亲的姓，他家的人没有姓李的，只好改成'张桂娟'。"我说："他为啥非要改名啊？"阿姨说："他老相好的名字呗。"我惶恐："啊？他媳妇？死了？"阿姨说："没……没死。"

后来那个阿姨总来我摊上喝汤。断断续续地，从她嘴里我整理出张桂娟的故事。

张桂娟上中学的时候喜欢看书，他那时候长得挺帅，读的书也较为前卫，在一群咋咋呼呼的年轻人中显得才华横溢。于是他和李桂娟认识了。那个时候他俩搭档在校广播站念稿，李桂娟的声音好听得似百灵鸟一样，普通话字正腔圆。张桂娟则不行，普通话差，"国家"总是读成"guai家"，李桂娟就总是纠正他，像个母亲一样重新教他说话。有一次张桂娟在广播站念了一首写给李桂娟的情诗，里面有玫瑰、未来、灵魂和空无一人的街道。其实那天并无什么不同，和往常一样，校园里没有人在意喇叭里面传来的声音，他们依旧在说笑、打球。可是在李桂娟的心里和眼睛里，张桂娟给了她整个世界，于是他们恋爱了。

和张桂娟在一起吃过的饭、看过的雪都别有一番滋味。张桂娟一共给她写了七十二首情诗，从豪放的"I love you"到婉约的"我注视着你的眼睛"。他们常常偷偷摸摸地牵手，看着天空皓月畅想未来。后来初中毕业，张桂娟辍学，李桂娟考上了卫校。直到那个时候，张桂娟才知晓两个人之间的鸿沟。他去过李桂娟的家才明白，原来有些住所是不必养着鸡鸭的，可以没有粪便的酸臭味儿，原来卫生间里面是贴着瓷砖的，原来一家人真的可以住三层楼。

李桂娟一开始对张桂娟说："你努点儿力，争取把我娶了。"张桂娟的爹抽了一宿的烟后对张桂娟说："咱高攀不起。你自己要有本事你自己争取，你指望你爹指望不上。"那年年底，张桂娟的爹就死了，仿佛就是为了逃避这些烦心事提前去了另一个世界。张桂娟办完丧事就去见李桂娟。那时候她马上要毕业，家里给她安排好了市医院的工作。张桂娟在家种地。他们走在西流湖边，李桂娟说："要不我们算了吧。"张桂娟点了点头说："是我对不起你，我会用我自己的方式爱你的。"第二天他就改名叫"张桂娟"了。

那天阿姨絮叨完张桂娟的事，照例说了句："你说这人信球不信球。"我接过她递给我的碗又给她续了一碗汤，冬天的阳光没有重量地压在我们身上。我问："然后呢？"

"他疯了。"阿姨说，"你看啊，这人离开谁不能过啊！这人就是读书读傻了。"

阿姨说:"看你请我吃了这么多串串的分儿上,我在他的遗物中给你找的。"她递给我一张软绵绵的白纸,说:"这写的是什么玩意儿!酸溜溜的,有这时间不如去好好挣钱。"我说:"还有吗?"她说:"烧了。"我说:"哎,阿姨,你咋把他的遗物烧了?哎,你咋有他的遗物呢?"阿姨瞪了我一眼,啥也没说,走了。阿姨走后,我坐在张桂娟曾经常常坐的地方看天。云层把太阳吞没,天空红彤彤的一片。我打开了那张纸:

七十二首诗之一

张桂娟

你常说像我这样的人

不会全心全意地爱一个人

我会更爱树木、天空

叽叽喳喳的鸟儿

其实不是的

我会用爱这一切的总和去爱你

去除一切时间、地点、形容词

以及各种修辞手法

我对你说的一切话都是

我爱你

诚然就算加上所有的限定

比如宇宙毁灭、天空破碎、生老病死

它依旧是我爱你

粘 住

李 晓

我的头很沉，僵硬的颈椎稍微一动，就会发出生锈般轻微的咔咔声；我的肋骨由于持续被压迫着，感觉就像在被子里蒙了几个小时，呼吸困难；我的腿由于久站而麻木了，我很想坐下或者蹲下来休息，但是我做不到。

这太滑稽了。如果现在有人推门进来，就会看见我和我爸，站在客厅中央，一动不动地搂着对方，如同两尊姿态生硬且毫无设计感的蹩脚雕像。

看上去很滑稽，但事实就是这样。

——我和我爸粘住了。

小时候，我爸很喜欢跟我玩一个游戏。当我站在原地的时候，他会走过来，一下子使劲儿地抱住我，就那么紧地抱着不放，说："粘住啦！怎么办呀？"我什么也不说，只是咯咯直笑，直到他终于把我松开，弯腰在我脸上留下一个胡子拉碴的吻。后来随着我渐渐长大，他也不再开这种幼稚的玩笑了。再后来，我去了外地工作，回家的日子越来越少；就在今天下午，我趁着放假回家一趟，我爸一见我回来，就久违地给了我一个大大的拥抱，并说："粘住啦！"

——就像现在这样，我们真的粘住了。

我们想尽了各种办法，使出浑身解数，也没法把我们俩分开。首先，我和我爸粘得像吸铁石一样紧，靠我们自己根本没法分开，家里又没有其他人能帮忙；其次，我们也不可能跟两只绑在一起的螃蟹似的横着挪到大街上去求助，何况我们连下个台阶都无比困难；最后，如果打给119，接警员势必会把我们当作整蛊电话挂掉。没有人会相信我们。

山穷水尽了。

"都快 6 点了，我早该开始给你卤鸡爪了。想到你爱吃，今天特地去买了新鲜的，可现在啥也吃不上……"爸爸在我耳朵边上絮絮叨叨着。由于他的两只手都牢牢粘在我背上，"巧夫"难为无手之炊，他是做不了他的招牌菜了，显得颇为沮丧。幸亏他来抱我的时候，我的手臂无动于衷地垂在两边，这才让我的手逃过一劫。

饭是做不了了，总得找东西填肚子吧。我灵机一动，拖着我爸挪到行李箱旁边，艰难地从里面翻出两盒方便卤肉米饭。这个五分钟就热好了。我说，看，里面还有卤鸡爪呢！

我爸眉头一皱："你还在吃方便食品？我都说过多少次了，叫你不要吃这些垃圾食品，全是添加剂！不要老是图省事，吃好饭是身体的本钱，就算一个人吃也不能亏待了自己……"

"我吃得少啦，这只是路上备着防饿的！再说这不是垃圾食品，喏，过了质检的……"

我连忙拆开包装，以转移我爸的注意力。热好之后，他坚持要我先吃，我只好自己飞快刨完之后，端着塑料盒用勺子一口一口地喂他吃饭，每喂一口都极度小心，以免酱汁滴到衣领上。我的手臂很快就发酸了。爸爸默默地吃着我喂的饭，我忽然想到二十多年前他也是像这样一口一口喂我长大的。

他唯一的评价是："哪有你爸做的好吃。"

保持这个姿势让我们两人都精疲力竭，所以我们七点刚过就决定去睡觉。天不知何时黑下来了，我们从沙发上艰难地起身，侧着身子一步一步挪到卧室，关上灯，嘭的一声在床上倒下了。衣服脱不下来，我费劲地给我俩掖好被子。

"上次我们一起睡觉还是在你小时候呢，囡囡。"

"是啊。"

"当年你还那么小，像小兔子一样小……转眼间就变成大姑娘了，长得比我还高了。"

我的视线逐渐适应了黑暗，感官变得灵敏起来。窗外有一点儿淡淡的月光，不知道是不是月光的缘故，爸爸的头发看起来忽然变白了很多。他身上有股中药味儿，那是因为背上长了疖子，又有痛风病，每晚要拿自己熬的中药汤揉搓，才能入睡。

"不要再吃方便米饭了，知道吗，囡囡？要学着做饭，什么都要自己学。你一个人在那么远的地方打拼，有很多不容易的事，我都知道。你一定要照顾好自己，有什么委屈，要打电话和爸爸说……

"我知道，我知道你已经是大人了，但对我们来说，你永远都是爸爸妈妈的女儿。你不需要挣那么多钱，只要你活得健健康康、开开心心的，就是我们最大的幸福。

"所以你要明白，不论你在哪里，爸爸的心一直都在你身边。就像这个漫长的拥抱一样，即便我松开了你的手，它的记忆和温度也永远不会消逝。"

他很少一口气说这么多话。我想看看爸爸，但我的下巴粘在爸爸的肩膀上，我看不到他的脸。他的脸在我记忆中蓦然变得模糊了。我想说点儿什么，说一些表达爱和感谢的话，但话到嘴边却变成了：

"爸，你说，我们到底为什么会粘住呢？"

"不知道啊，还是早点儿休息吧。也许明早醒来，一切都会恢复正常的。"他哼起了摇篮曲。他的声音早已不如以前好听了，显得笨重而沙哑，"睡吧，睡吧，我亲爱的……"但是就在这粗犷和令人安心的声音中，我慢慢地睡着了。朦胧之中，我感到那双紧抱着我的双手松开了。

我从狭窄的单人床上醒来，身旁并没有父亲的身影。晨光蒙蒙地透过窗帘，映着房间里飘浮的微尘，昨晚吃剩的方便卤肉米饭盒子还放在桌上。我突然哭了起来。

我想起父亲已经去世三年了。

我与黎女士的长期较量

冷清秋

夏日的午后，蝉鸣陷入短暂的歇息。正是暑假时间，我已经尝试着让自己从许许多多的练习题中挣脱而肆意妄为、无法无天地钻进一本本绘本中，去探索绘本中那些美妙的图画和少量简洁的文字给我描绘出来的世界，带给我的阅读延伸，直到让自己在那一个个美妙的画面和故事中沉沉睡去——每当此时，黎女士就会神一样地降临。

我是说，每当这个时候，刚刚从午睡中醒来，浑身懒洋洋的，就像是被人施了魔法一样一点儿也不想动，一动也不能动的时候，黎女士就出现了。

她的手里总是端着一盘切开的西瓜、香瓜、甜瓜、荔枝或者是别的什么，我的意思是总之就是那种看起来很好吃的水果之类，但其实只有我心里明白那都是浮于表面来蒙混人的，实际上这些都是黎女士特意拿来对付我的"软武器"。

黎女士还有一样对付我的武器，在她第一次在我面前出现的时候，我就有所察觉，并在随后和她的一次次较量中逐渐明晰和确定——她的迷之微笑。

对此，我的父亲大人应该是毫无抵抗能力进而沉沦，他坚定不移地认为黎女士这样温柔善良、知书达理的女人，对，这些当然都是我的父亲大人亲口对黎女士的描述，父亲大人说：她会像妈妈那样好好爱你！父亲说这些的时候，我看到他的整张脸和两个眼珠子都发红了，我实在不忍心看到一个成年人在我这样的孩子面前做出如此这般模样，会让我对后面的事情惶恐，不知道如何收场，便对父亲的安排不再做出表面上明显的拒绝。

反正，怎么样都是他们大人的事情。而我，只是一个初中一年级的学生。

是的，上面所描述的是我在初一时候的陈年旧事了。所以很快，我便从父亲的俯首帖耳和温良谦恭中晓得了黎女士究竟是怎样的一个厉害角色。

这一切当然是指黎女士和父亲的相处及以往我妈妈和父亲相处的日常来作对比。

譬如妈妈总是有着突然间让父亲暴跳如雷的能力，或者是一些微不足道的小事情说着说着原本好好的两个人忽然就活力四射，不，是火力四射，噼里啪啦、你来我往争执个没完。而黎女士恰恰相反，她像水一样流经父亲和我的身边，慢慢地，父亲说话也开始温言细语起来。相比较和父亲办理离婚手续最后落败而逃的妈妈和现在的黎女士，我其实谁也不喜欢。

但小孩子在很多时候是不能说真话的，我在小学二年级就明白这个道理。譬如在妈妈不厌其烦地让我吃蛋黄的时候，我不吱声直接把蛋黄整口吞掉，再找机会吐出来；譬如在妈妈让我晚上早睡的时候我立即闭上眼睛盖好被子，等妈妈出去我再掀开被子睁开眼睛；譬如妈妈早上叫我起床的时候，即便是再困我也立即从床上跳下来去找自己的衣服袜子，甚至更多的时候就悄无声息地跟在她的身后，跟着她去盯梢父亲是不是和别的女人有了约会。

虽然妈妈怎么也没想到她所怀疑的事情一次也没有发生，但这并不是父亲多么狡猾多么会做隐藏，而是两个离心的男女最后只会让对方和自己筋疲力尽。所以事情的最后，妈妈丧失了对我说她爱我的能力。

当然，我说这些并不是怀疑妈妈对孩子的爱，实际上即便是那些稚气未脱对生活毫无打理能力的人做了妈妈也会真心真意地爱自己的儿女的。这些从动物园里的猴子和母鸡妈妈捉到小虫喂小鸡崽便可感知，这是动物永远不会磨灭的天性。

但那个被我叫作妈妈的人已经淡出了我的生活圈。

所以现在，还是来说说黎女士吧——

从初中一年级到初中三年级在和黎女士的长期较量中，我是指这三年中，黎女士一次次借着关怀之名给我买衣服，给我买生日蛋糕，在我生病的时候陪护我，以及在我奋力把她买给我的郑渊洁童话全集直接扔出去的时候，她默默掉了眼泪，这些，都不曾真正打动到我。

其实很多时候我都明白，没人懂小孩子天长日久锤炼起来的钢铁一样坚硬的心。但这颗钢铁般坚硬的心后来还是被摆放在书架上的郑渊洁童话全集侵袭了，这，应该是一切的开始了。

我是说，我跌进了小说的世界里，再也不能自拔。甚至明明知道这一切都是黎女士的阴谋诡计，却还是自甘沦落。后来，我的书架上多了一套路遥的《平凡的世界》，进而引导我知道了农村青年孙少平在面临不同抉择时不一样的人生。

那是在高一的第一个寒假，兴冲冲回到家里，书架上最醒目的位置上赫然摆放着鲁迅的《呐喊》，萧红的《呼兰河传》，还有霍达的《穆斯林的葬礼》。让我翻阅得最多的是《呼兰河传》，进而记住了呼兰小镇和小镇上那些生生不息的人，这些，都成了我记忆中的阅读封存。而当目光在《呐喊》的篇章上停驻，懵懵懂懂中有一种疼痛尖锐而持久，也是在翻开书页的时候突然明白：原来人在孤独的时候，读书就像是书本带着你进入了另外一个世界，奇妙的世界，你在书本里面追随着书本里面的人物开心和欢喜，追随着故事情节的发展徘徊，忧伤和叹息，然后合上书本，就像是关闭了门窗，悄然返回现实。

我在浙江读大学的第一年春天，身体发福变形的父亲驾车和黎女士一起来浙江看我，他们带了在洛阳时黎女士经常做的咸肉、咸鸭，说是便于存放。听说我想吃坛子肉，黎女士笑着变戏法一样从箱底拿出了保温桶一晃。朋友们，我承认，那个时刻我原本瓷实冷硬的一颗心一下子通风透明和松软起来。或者和那段时间我没日没夜去读余华、畀愚、莫言、毕飞宇、张楚等众多我所喜爱的当代作家的小说也有着千丝万缕脱不开的联系吧。我突然变成那种很容易就鼻子发酸、心里潮湿的人，也发现其实早在之前的许多岁月里，我早已不知不觉爱上了黎女士做的菜，那是属于我自己的童年味道。

我也必须承认在我三十二岁的人生中我是幸福的。

　　当我下班归来，和家人一起用餐完毕，泡上一杯绿茶坐在舒适的小书房发呆，或者是忽然提笔去写些什么的时刻，当我下班归迟，看到家里亮着橘色灯光的那刻……当我回想起我和小嘉大学毕业后顺利步入婚姻的殿堂，在婚礼上交换戒指的那刻，我是说毕竟很多校园恋情最后都不得善终。但没人知道这一切源于大二那年的暑假我带着小嘉回洛阳。

　　怎么说呢？提及这里我这个大男人其实是有一点儿哽咽的，这哽咽当然是源于黎女士带给我的触动。总之我带着小嘉回洛阳受到了黎女士前所未有的隆重接待，在家里的近两个星期，她们两个女人亲密无间亲如姐妹无话不谈，随随便便就头碰头挤在一起窃窃私语，或者是手牵着手出去逛大张超市，然后拎回来大兜小兜的食材，钻在厨房里变着花样做出更多的美味来。这里没提及我的父亲和我，实在是因为此时的我和父亲都成了可有可无的存在，完全可忽略不计。当然，您也可以觉得在和黎女士的长期较量中我输了，而且一败涂地。

　　夏日的午后，我和小嘉的两个女儿安睡在黎女士房间的草席上，她们毛茸茸的小脑袋挤在一起，被斜射进来的光影照亮，身边缓缓摇着蒲扇的黎女士轻轻哼着什么歌谣，她的整个身子笼罩在黄昏香槟一样蜜色的光影中，推开门的瞬间——

　　我骤然愣怔，光影里朦胧模糊的她就是我的妈妈呀。

三杯茶

叶惠娟

少年又睡着了,睡在阳光透过玻璃窗照进来的茶室里,睡在冬日的梅花香里。

陈曦端详着眼前疲倦的少年,内心变得柔软,甚至连目光也轻柔起来,像三月爬过脸庞的风。

少年是茶室的来访者,陈曦更愿意称之为茶客。

陈曦是一名教师,她的生活三点一线,学校和家是其中的两个点,茶室是第三个点。她认为,点越少,生活就越简单。点与点之间连成的线又有无限延伸的可能,少年便是她线上延伸的不确定访客。

孩子抗拒上学,拒绝交流。初时,少年的母亲在电话那头泣不成声,断断续续说着少年的情况。

把他带到我的茶室来吧,来这里晒晒太阳,喝喝茶。陈曦发出邀请。

茶室的大门向东开,大门内侧摆放着古朴的茶桌,早晨的阳光照进来正好可以晒到围坐桌前的人。茶桌旁是一扇中式屏风隔断,与书画桌隔开,茶室呈分中有合的布局。西边是落地玻璃窗,窗外有株与成人般高大的梅树,梅树把窗子装饰成了一幅画。

少年随母亲在秋日的午后来到这里。

初来茶室时,少年低着头,厚厚的眼镜片后藏着一双迷茫的眼睛,他站在母亲身后,脸色苍白,双唇紧闭。少年的母亲叫了声陈老师,泪水便在眼眶里打转，欲言又止。陈曦把她带到茶桌前，示意她坐下，随后转头微笑着对少年说，找一个位置，只要你喜欢，哪里都可以。少年没有作答，只是把目光落在窗外的梅树上。他迟缓地走向窗边，落座在靠窗的蒲团上，顺手将旁边的抱枕拥入怀中。

少年坐在隔着玻璃的光秃秃的梅树下。

陈曦说，我们先喝茶。她向少年的母亲投去坚定的眼神。

轻音乐在四周缓缓流动，陈曦轻声道，接下来，只需要让自己安静下来。

陈曦开始泡茶，从取茶到温杯，又从投茶到润茶，她都没再说话。茶具在她手里上下左右翻动，只听得茶具之间以及茶汤与茶具碰撞的声音四散开来，淡淡的茶香在室内弥漫。在母亲焦灼的目光中，第一泡茶汤倒入公道杯，又从公道杯分别斟进茶杯，浅红色的茶汤散发出浓郁的香气。

第一杯茶端到了少年面前。陈曦让少年放松身体，深呼吸，吐浊气，再感受茶汤从口中进入身体。陈曦说，你只需要静心安心感知当下。

少年接过带着温度的茶杯，端着茶杯的手一直往下沉。他用微微颤抖的双手将茶杯送到唇边，好像用尽了全身的力气。茶汤从少年的唇齿间缓缓滑过喉咙，温润他的身体。陈曦轻声引导，少年的呼吸渐渐平稳，他缓缓闭上眼睛。

陈曦递过第二杯茶，少年听从指令，调整呼吸，细细品尝。

茶过三盏。陈曦温柔的话语在少年耳边萦绕，少年再度缓缓闭上眼睛。片刻，少年眉头紧锁，眼角流下两行清泪。少年双手抱头，哭得撕心裂肺。

过了许久，少年睁开双眼，擦干脸上的泪痕，平复心情后对陈曦诉说刚刚脑海里电影般闪过的镜头。

镜头里有他年幼时出入各种学习班的身影，镜头里也有他无数个高光时刻。6岁，他站在钢琴比赛的领奖台上，台下掌声雷动。8岁，他拿到了学校数学竞赛一等奖，此后几乎每年学校考试排名年级第一，获得与学费同等金额的奖金。镜头里也有初中三年挑灯苦读的样子。直到那天，少年晕倒在考场，周围响起忙乱的脚步声和呼喊声……

此时，一旁的母亲早已泪流不止。

第二天，少年的母亲打来电话说，孩子回去后睡了个安稳觉。

少年成了茶室的常客。他在这里喝茶写字谈心，他也会在窗边的梅树下坐一会儿，少年坐成了画中人。

这次，梅花迎着寒冬绽放粉色的花朵，粉嫩的梅花映在少年洒满阳光的脸。在茶香与梅香交织的茶室，少年安稳地睡着，嘴角微微上扬。少年的梦里会是怎样有趣的画面呢？陈曦在心里揣摩着。

不知过了多久，少年醒来，睁开双眼，冲着陈曦微微一笑。

一年后，少年与母亲再次来访。母亲说着感谢的话，还开心地描述少年的情况，吃饭睡觉都香得很，坚持运动，恢复学习，常说最喜欢这里。

少年偷偷告诉陈曦，他有个梦想，将来也做一名心理咨询师。

你可见过刘若英?

张甫军

周末,步行街没有街,只有人。

我在街心的一家烤包子店门口,排了一个多小时的队,前面还有六个人。吃个烤包子还得排队? 没辙,我妈突然要吃,还就得是这家的。

"你可见过刘若英? "问这话的是个老太太,白发,佝偻着背,挨个问队伍里的人。老太太神情急切,茫然又无助。这是阿尔茨海默病的表现。

"刘若英? 唱歌的那个? "站我前面的是一对年轻的情侣,他们嘀咕道,"这老太太还挺时尚……"

那些被老太太问到的人,有的礼貌地摇摇头,有的没有抬头理会她。

问到我了,我笑着问老太太:"刘若英是谁? 找人光知道名字可不行,中国人那么多,重名的人一抓一大把。"

老太太怔住了,愣在原地像是在思考。

我前面还有五个人,我让老太太慢慢想,我向前迈了一步。

"想起来了! "老太太双手拍了下大腿对我说,"是我闺女。"

说了等于没说,但看到老太太眼里的期待,好像我是唯一见过刘若英的人。我不想让她的期待落空,就说:"光说是你闺女可不行,是高是矮? 是胖是瘦? 长什么样? 穿什么衣服? 你得说这些。"

也许是一下子问了太多,老太太转不过弯儿来,再次愣在原地陷入思考。

我前面还有四个人,然后是三个。后来,就剩那对情侣了,老太太仍然愣在那儿。

轮到我了，老板说刚出的烤包子卖完了，得再稍等一会儿。排都排到了，只能等。我回头看老太太，她还愣着。我心里不忍，想过去叫她，又不敢挪步，怕别人占了我的位置。我就在原地叫老太太，叫了好几声，她才反应过来看向我，我向她招了招手。

老太太走过来，一脸失落，大概是我搅了她的思考。我挺愧疚，我不该一下子让她想这么多问题，就说："想不起来也没事，你闺女有电话吗？有的话，找起来就容易了。"

听我这样一说，老太太竟抹起了泪，说就是因为自己把写着闺女电话的便签弄丢了，才到处找闺女的。老太太开始埋怨自己没用，连个电话也记不住。

我见不得老人哭，替老太太擦干了眼泪，宽慰她没电话号码也不要紧，知道自己家的住址吗？我可以送她回家。

老太太反而哭得更厉害，她说家的地址也记在那个便签上……

这时，烤包子好了，老板问我要几个。"十个。"我把打包好的烤包子拎在手上，付了钱，我扶老太太走到街边的石阶上坐下来，一边宽慰她别急，慢慢想，一边从袋里拿出一个烤包子递给老太太，让她边吃边想。

老太太吃得很快，好像是担心别人跟她抢似的。

我怕她噎着，从包里拿出保温杯，想让她喝点儿温水。老太太接过保温杯，很认真地看着我，眸子中透着许多复杂的光。但只是一小会儿，她似乎意识到自己不太礼貌，赶紧移开目光，喝了口水说："谢谢你啊，你要是我闺女就好了。"我心里酸酸的。

老太太吃了三个烤包子，还要吃，我说没了。其实，我把剩下的藏进了包里。不是我小气，医生说过，得了阿尔茨海默病的老人，有时不知饥饱，吃太多太急容易积食。

还好老太太没跟我计较。我拿出纸巾擦掉她嘴角上的残渣，问她："想起什么来没？"

"你可见过刘若英？"老太太看着我突然问，样子看上去像第一次见到我一样，很陌生。看来老太太把我们之前的对话全都忘了。我只有重新问她刘若英是谁，找人光知道名字可不行，在中国重名的人可多了……

就这样，我们又重复了一遍刚才的对话，老太太又抹起了泪，还是为了她闺女留的便签被她弄丢的事。

我让老太太别着急，慢慢想。见老太太陷入沉思，我悄悄从包里拿出笔和一张便签，侧过身把我的电话和家里的地址写在便签上，攥在手里。

在老太太第三次忘了我，又重复了一遍之前的所有对话后，我把那张攥在手里的便签递给了她。

老太太以为她女儿给她的便签被我捡到了，破涕为笑，开心得像个孩子。

"你可不能再把这个便签弄丢了。"我再三叮嘱老太太。

老太太一边答应着，一边费劲地将便签塞进衣服口袋里。紧接着，她从衣服口袋里翻出了之前"丢失"的便签，愣了一会儿，问我："你可见过刘若英？"

至少，她还记得我的名字。

我强忍住内心的难受，牵过老太太的手，说："走，我带你回家。"

我的爸爸

张宇弛

题目越简单,事儿越大。儿子的这篇作文写得直抒胸臆、毫不造作。

"我的爸爸是个胖子,整天躺在沙发上养他的大肚子。爸爸除了看手机就是玩游戏,从不给我检查作业,也不给我辅导作文。每次我考得不好,爸爸总是批评我,说我被惯坏了。可爸爸又是被谁惯坏的呢?"

好一个疑问句。整篇作文没有任何掩饰,将爸爸这一形象从里到外批得一无是处。我纳闷了,我怎么就只看手机,不关心他的作业?我这不是来了嘛。我指着作文本,气不打一处来:"赶紧擦掉重写,谁教你这么写的?"

儿子双手交叉胸前,捂着作文本,呜呜咽咽:"我不,擦了重写我也这样写。"

嘿,这熊孩子,跟了谁的犟脾气?捡根棍子就敢反上天,那还了得?我五指做山,对着小犟脸儿就要压将下去。

"我教的。"孩子爷爷快步走来,冷哼一声,"孩子作文,是我教的。"

见我愣在原地,孩子爷爷手指着我,斥道:"你还好意思问?"

孩子扑闪着眼睛,大概没见过胖子爸爸如此窘迫。我挂不住脸,顾左右而言他:"爸,我承认,平时我是稍微懒了点儿,小宝的作业没有辅导到位。可您也别亲自教育啊,现在的课程和我们那会儿完全不一样,题目灵活,题量大,难度也大,老师要求还特别高。我这不是给他买了几本作文参考书,让小宝照着模板写,准能拿高分。"

孩子爷爷深吸一口气："干吗？我教的就不能拿高分？我教的丢你脸了是吧？照着模板得了一百分又能怎么样？你还不就是个六十分的爸爸。我觉得该找模板的人是你，你该找个模板学学怎么当爸爸。你要懒得管孩子，我来管。你要是懒得教作文，我来教。我就不信了，时代变了，爸爸还能变吗？作文不是一样地写？"

我真怕孩子爷爷教出什么好坏来，他这岁数，普通话都不标准。算了，我姑且委屈自己，少看点儿手机，少玩会儿游戏，谁让是自家孩子，还是亲的。可这孩子看着挺机灵，怎么小脑袋瓜子就转不溜呢？一点儿也没有遗传他爸爸的聪明才智。

我妥协了："爸，好啦好啦。我来教，以后我多上心。您就别瞎掺和了。我名牌大学毕业，小宝以后差不到哪儿去。"

孩子爷爷急了，小跑着回到卧室，出来时手里捧着一个盒子，说："别忘了，你这个名牌大学生还是我教出来的。"孩子爷爷激动得差点儿没拿住，颤颤巍巍打开盒子，随后扬起一摞证书："你看看，我都还存着呢。"孩子爷爷放回证书，又从盒底抽出一本十三格作文本。作文本平平整整，稍显旧色却保存完好。

孩子爷爷翻开作文本："你自己念念，这是你写的《我的爸爸》。"

这得有三十年了吧。

时光倒流。我好长时间才回过神来，张大嘴巴，一脸歉意地说："爸，您还留着呢？"

孩子爷爷举起作文本反手往外扔，没扔出去，手举半空又落下，将作文本重重拍在桌子上，说："我老了，不中用了，嫌弃我了是吧？行，你给我擦了重写。"

小宝在一边吓得哭了。我搂着小宝也哭了，哭得像个孩子。

孩子爷爷收好作文本，指着孙子，长舒一口气，对我说："他的作文，你也好好留着。"

托　起

刘博文

点外卖五年没给过商家差评，孟晓云自认当划归好人行列，划开手机，菜品琳琅满目，连续数页都加载不到尽头。

吃什么俨然成为一道难度系数十星级的学术题，且没有标准答案。

这也需要思考？

妻子瘫软在沙发上，忙完一天工作的她显然懒得参与其中。像个爷们儿行吗？在你身上看不到半点儿决断力。孟晓云朝沙发望去，没做任何回应，回应意味着事态升级，可不争气的肚皮偏不识时务地叽咕作响，更佐证了妻子的话，自己确实不够杀伐决断，跟爷们儿身份相去甚远。

一念及此，孟晓云便躲进回忆的碎片中翻起旧账，妻子上回发出类似的抱怨是在他们毕业后，俩人打着试爱的由头同居，妻子娇嗔要公主抱时，他耗尽吃奶的劲儿才将其拦腰托起。

看仔细了，托起，不是抱起。

行不行啊，你到底？妻子随口那句诘问成为梦魇般的记忆，浑身冒汗的孟晓云甚至开始害怕婚礼，去女方家接亲抱新娘称得上必备环节，中途出丑背的就是半辈子笑柄。

孟晓云可不想在陆石桥畔的谈资里负重前行。

万幸，妻子同样是怕麻烦的性格，一切仪式从简，结婚嘛，讲到头无非是俩人搭伙过日子，日子并非过给旁人看的。

这点儿两个人步调难得地一致。

躲在餐桌边的孟晓云忍不住再看眼妻子，特殊角度令正在翻手机的她双下巴格外突出，逐渐圆润的面庞，不再纤瘦的腰肢，以及木然的表情，何时发生的变化？

街灯亮起，从飘窗望去，陆石河两岸的建筑正被夜色蚕食。

划开手机的孟晓云，依旧不知如何下手，上一秒令他垂涎欲滴的菜品，多看两眼后就再无光泽。

人，面临太多选择才会犹豫。犹豫是因为各类诱惑太丰富。

他想起小时候的大屁股电视，把机顶天线扯到最长，却只能收两三个台，广告多剧集少仍看得津津有味。世事变迁，一百多个台标的数字电视亦被时代抛弃，人均一部手机，再无万人空巷、抱碗追剧的疯狂场面。

能比吗，从前的日子缺衣少食，更别提精神食粮，现如今穿衣不重样，一日三餐水平较从前过春节有过之无不及，胃口都刁得很！

吃什么不是吃。孟晓云清楚，妻子纯粹借外卖由头发火，对自己的不满积压已久，无奈孟晓云天生就是逆来顺受的家伙，三脚踹不出个屁，而女人吵不起架的后果往往是憋在心里，闷出各种妇科疾病来。

正如爱情的结果，婚后数年她才幡然醒悟，最终得到的竟只剩小腹上那道醒目的疤痕，回首过往，也是坐月子期间伺候自己吃喝拉撒的丈夫嫌弃她身体的完美佐证。

嫌归嫌，表面尊重仍然重要，世上最会装样儿的莫过已婚男人，孟晓云的故作镇静尽收眼底，看破不说破也是维系婚姻的重要课题之一。

连孟晓云都能察觉到妻子的激情正在退却，甚至对自己的大力管控也降温许多，鲜少过问彼此的生活。

男人的一半是女人，轮到孟晓云心生警惕，妻子的样貌在他看来确实大不如前，但落到同类眼中仍旧是风韵犹存的典范，那些所谓的同事同学，皆是需要排查的隐患。

争吵发生在上周二妻子起床去洗手间时，孟晓云趁这间隙熟练地划开对方手机。不查不知道，微信置顶的联系人竟是他不认识的名字，后缀备注北京，联想到前段时间说可能去北京出差……

待要细究，妻子柔弱的纤手已将证物夺回，平日"老干妈"都拧不开的她不知哪来的神助。

事出反常必有妖！

孟晓云已经没机会再翻看妻子手机，撂下挑子的妻子十指不沾阳春水，再没与厨房有半点儿交集。

与之相对的则是连吃七天外卖的孟晓云，划开"美团外卖"就反胃，妻子倒是乐在其中，吧唧着嘴夸真香，像极了大学把外卖当顿吃的自己。

索性乱点一气，外卖到手比预期还要难吃，本就没胃口的孟晓云实在难以忍受，给出人生中首单差评。

不多时，手机响起，听筒那端来势汹汹，叫嚣着威胁孟晓云地址在他手里后果自负。

你丫倒是来啊！手机被妻子夺过，我老公是你随随便便就能吼的，我在家等着，谁不来谁孙子！

挂断电话的妻子喘息逐渐平复，孟晓云瞅准时机递上温水，问道，啥时候练的京片子，乍一听，老炮儿似的。

还不是为下月同那些京城老炮儿谈生意，你丫能不能让我省省心，像个爷们儿，一把年纪还等着被女人托起？

孟晓云借坡下驴，把头点到小鸡啄米般。

妻子从冰箱里取出鸡蛋和挂面，朝厨房走去。

孟晓云的目光落在愠怒消退的妻子面庞上，竟布满几分人生只如初见的红润。

那时爱情尚未开始，惯常被同学欺负的他总会被这个同样爱吃鸡蛋挂面的女孩生出保护欲。

半片影子

徐知安

　　四伯去世十周年，父亲去石嘴山接了四伯母跟堂姐，一道回了扬州。

　　父亲在雨中寻了许久，最后在公园的一处瓷砖上跪下来，风从四面八方来，打火机的火呼啦啦乱飘，纸钱在地上着不起来，他就用自己的身体去挡风。

　　那本是片肥沃的农田，从此处纵深开去，能看到天边冒着白絮的芦苇荡。父亲的童年就是在那儿度过的，挑粪捞鱼，放牛打草。庄稼人的一生走完，按照旧俗都要入土为安，劳作了一辈子的土地就成了他们的安息之处，一个坟堆，一块墓碑，囫囵刻上几个字，草草了结。

　　到如今，农田变成公园，城市绿道覆盖了田埂沟渠，墓碑被推倒，一点儿痕迹都没能留下。

　　父亲颤抖着站起来，膝盖上满是水渍，冲着旁边的堂姐说："你爹在那头儿，磕个头吧。"

　　父亲跟四伯是最亲近的兄弟。

　　父亲是家里的老幺，爹娘老来得子，把他惯得不成样儿，从小就是个浑不吝的。到现在，父亲逃学，被奶奶拿着挑粪扁担跟在后头撵的丑事儿还在村子里流传着，成了老辈教育孩子好好学习的"反面典型"。无奈，老两口想到了远在西北的老四。

　　当初老爹刨不出食儿，四伯便去了宁夏石嘴山，在那座落灰雪的矿城一待就是十几年，结婚生子，梭梭树般顽强扎根。矿工虽然赚得不少，却都是拿命换钱，老旧的简易电梯托着几十条命，上上下下不知道多少趟，抠下鼻子能掉一地的黑灰渣子。

父亲跑去大西北讨生活几年后，我出生了，因为是早产，孱弱如小猫，四伯就背着媳妇给我买了一年多的奶粉，甚至连我母亲生产的钱都是四伯帮着凑出来的。

四伯走之前的那年春节，为了落叶归根，回了老宅。大红灯笼上写着"阖家团圆"四个大字，欢喜地转着。他从医院回来，下了三轮车就一头扎进了瓦房里，谁都不让进。

他的眼睛彻底黄透了，像是咳出来的浓痰，皮肤涂了层黄蜡似的。清醒的时候，他隔着院子里的青砖同坐在下头的父亲说："老五，我不成了，以后你嫂子和侄女，你多帮衬点儿，算哥求你。"

父亲没吭声，手里的廉价香烟呛得他流出眼泪，烟灰长长一段，烫得他撂在了地上，许久才嗯了一声，算是给了个应承。

老宅送走过很多人，大都是在冬季，墙上的黑白相片并排挤着，那是奶奶和三伯，都是患的癌症，走得很痛苦。如今，轮到四伯了。

"给哥请个照相师傅吧，总得留个念想。"父亲从裤兜里掏出卷成一团的钱，被四伯母给推了回去，"你哥给我留了，你把钱早点儿还上，消停点儿，都不容易。"

四伯母脸上的泪痕被吹得冻住，像是锅边热粥炕出来的锅巴，蹲在煤球炉子边烘烤着刚洗完的衣服。四伯的癌细胞扩散得很快，他嘴巴都干得起皮："媳妇，我想吃慈姑烧肉，放点儿百叶，才香呢！"

四伯最终没能熬过那个隆冬，也没吃到慈姑烧肉，躺进了爷爷给自个儿准备的棺材里。

堂姐披麻戴孝，抱着他的遗照走在送葬队伍的最前头，顺着那绵延了半个官东村的脏兮兮的河，于白昼初现时，把他安葬在了自家田地中。

父亲一边还债，一边帮衬四伯母。自打出来，他每个月的钱就没断过。四伯母身体不好，只能去扫扫大街，赚点儿辛苦钱养堂姐，处处都是花钱的地方。

父亲答应过他哥的，他没忘。

我十岁生日那天，父亲纠结很久买了张车票，车上密密麻麻挤了不少人，他买不起有床位的，就问司机要了床被子，窝在床与床的过道里蜷缩着囫囵睡了一晚，满车厢的脚臭味儿。

来来往往都是拿着蛇皮袋子的人，父亲摸了摸胸前缝好的那一袋子零钞，瞪着眼睛不敢打瞌睡，睡觉都睁一只眼睛。

他这次回来谁都没敢告诉，好不容易到了家，他肩膀上扛着个半人高的毛绒小熊，敲响了出租屋的门。我看到他激动地上蹿下跳，母亲更是止不住红了眼眶："回来就回来，买这些干什么？不花钱啊！"

一家子难得吃了顿团圆饭，母亲低着头，拿着雪花膏一层层给男人的手厚敷，眼泪止不住地掉。父亲的掌纹都快磨没了，在昏黄的灯下泛着光。父亲却很乐和："没事的，姑娘你记住，太阳会从每家门口过，不过时间早晚而已。"

这句话支撑着父亲熬过了许多个春秋，如今也成了我心中的信念。

父亲是个极聪明的人，他去工地不只为了搬砖，耳濡目染也学了不少专业知识。日子终于好过了些，父亲往家里打的钱也多了起来，他玩命干活儿，欠的债终于还了个七七八八。堂姐考上重点高中的那天，父亲喝了不少酒，抱着那张兄弟合照又哭又笑："哥，你望见没，你姑娘争气得很！"

还完债，父亲特地回了趟扬州，啥话都没说，拎着买回来的元宝跟纸钱就去了四伯的坟头。那天扬州落了老大一场雪，泥土都被冻得梆硬，他过早白了的头发在风里呼啦啦乱串。磕完头，他就带着我们坐上了北上的火车。

那是我第一次出远门，应着节日，整座城市都被装点成了红色，花灯从城墙上绵延到了大慈恩寺，繁华得像是千年前的长安城。

父亲把四伯母也接到了西安，大家热热闹闹地在城墙下合照，每个人的脸上都被花灯照得五彩斑斓。第二天，父亲就把照片洗了出来，连着四伯残存的影子一起，装进了新买的相册里，再也没有打开过。

"姑娘，日子总得朝前看，别回头。"

托特斯

郁　白

在一个光溜溜的夜晚，托特斯趴在海边的礁石上，任由海风掀起自己凌乱的长发，他学着海浪持续完成停顿、拍打、跌倒、匍匐等动作，月光浸透了他。海边散步的小孩子牵着妈妈的手，兴奋好奇盖过惊恐："妈妈，你看那儿，有一只好大的乌龟！"

声音是被海风塞进托特斯耳朵里的，他大脑迅速做出反应，但起身的动作和逃离现场的狼狈却显得滞缓。他是"慢人"，接受刺激传递到肌肉的时间总比别人长很多。不过，这又有什么所谓呢，托特斯是 tortoise 的谐音，这是班上同学给他取的绰号。他该回家了。身后小孩子的母亲说道："别看了，捡够了贝壳，妈妈带你回家做手工作业。"

他感到海风多了一些复杂的情绪，像孩子的呜咽声。

数学老师走到教室，命令他到教室外面罚站，然后将手中的课本重重地摔到讲桌上，说："我昨晚给大家布置了三张卷子，反复叮嘱了，思考题是下半学期才学的内容，不用做。有的同学只做一张卷子，这些题加起来四十五分钟就能写完，他非要去琢磨那道超纲的题。基础打不牢，会做难题有什么用！其他同学最好引以为戒，高效学习的基本就是保证质量完成老师布置的作业。"

他站在教室门口，老师说话太快，他来不及反驳，但是脑海里已经替他回答了千千万万遍："可是这道思考题我想出了三种解法！"托特斯到嘴边的声音被一个数学老师的怒气和一群学生的战战兢兢加之随之而来的白眼吞没。是的，他们一直不喜欢他。

数学课后是体育课，直至下课铃响，数学老师才像一个刚打完胜仗的将军从战场走下，身披着荣光以及对于托特斯这个败兵的不屑离开了教室。孩子们像浪一样涌出教室，继而离开教学楼，去了操场，托特斯反应过来时才明白，遇到体育课，眼前关于数学的一切都风吹云散。

比起运动，他更喜欢数学。

每天放学过后，托特斯都会穿过学校前的马路，走到斜对面巷子尾飘着大饼香的东北大包子店里。"来了？先坐，昨天布置的数列题五个解题方法想好没？"说话的是他舅舅，高高胖胖的，络腮胡子也遮不住脸上的慈祥。父母工作忙，托特斯每天都会到舅舅家吃饭做作业，等着母亲下班过来接他。

托特斯曾听他妈妈讲过，舅舅年轻时回回考年级第一，尤其是数学，几乎次次考满分。读高中的时候，母亲被校外的学生堵在校门口，一个胖子灵活地飞了过去。那就是舅舅，他将那帮学生摁在地上狠狠揍，揍到分不出指节骨上是自己的还是那帮野孩子的血。舅舅被开除了，脸上多了一道疤……托特斯每每想到这事儿，再看到舅舅脸上那道逐渐和生活融为一体的疤痕，感觉他的慈祥又多了一分，心里便痴痴地想，舅舅比漫威里的英雄还要酷！

舅舅店里今天的生意比往日好许多，夜色渐渐将白昼抽干，门口饼摊上挤满了人。托特斯就这样看着来来往往的人群，人群在脑海里被抽帧。他只记得那些带着孩子过来买大饼垫巴两口的家长。他们行色匆匆，他们眼里的慌乱溢了出来，他们将孩子肩膀上沉重的书包暂时斜挎在自己的肩上，催促着孩子们快速走入另一个沉重的地方：舞蹈、钢琴、绘画、跆拳道……孩子们鲜少笑，仿佛张嘴后，期待放松片刻的愿望就会从缝隙中溜走。

托特斯再次被数学老师命令到教室外面罚站的时候，有人悄没声息地通知了舅舅。

舅舅急匆匆赶到学校，腰上还系着白得泛黄的围裙。指缝里、围裙上的面粉在他狠狠推开数学老师后被撒落在空中，像不足以起舞的生命跌坐在地。托特斯依旧站在角落里，头发不知道何时变得那么长了，隔着眼前几根随风招摇起来的头发，定睛，头发后面的世界被虚化，教室里的争吵声和攒动的人影漫漶不清，像一场快被忘却的梦。

"家长能不能给我们这些教育工作者省省心，一次一次挑战教师权威。我知道孩子有问题，那就带孩子去医院看看脑子啊！老折磨我的数学课算怎么回事！"数学老师在咆哮，像童话里的恶龙，但喷出的不是火焰，而是一堆乌烟瘴气。班主任拉着数学老师，劝解的声音被数学老师和舅舅的对骂声吞没。舅舅握紧拳头，托特斯看到舅舅指缝里还有附着的面粉，一拳狠狠砸在数学老师脸上，眼镜掉落在地被踩碎，鼻孔受力的那一边渗出鲜血。

舅舅是英雄。托特斯这么想。

舅舅拉着他的手往远离大海的方向走着，他看到舅舅指节处裂开的新伤痕，说："同学们叫我托特斯，英语里是乌龟的意思，行动迟缓，傻呆呆的。"

舅舅揉了揉托特斯鸟窝似的头发，笑着说："你不是学过龟兔赛跑的故事，你知道乌龟为什么坚持下来了？因为它一开始就下定决心，就算失败，也想知道自己倒在距离终点多远的地方。"

托特斯看着夕阳里的舅舅，反问道："舅舅，有没有一种可能，是大家都跑得太快，而我只是正常速度在跑？"

舅舅对着他的腰戳了一下，随即向前跑去，像极了追逐落日的模样，边跑边喊："大外甥，你还别说，我觉得托特斯这名字还挺洋气！"

第五辑

二次呼吸

地球短路

宋钗帆

珠穆朗玛峰变矮了。山顶向下收缩，凹出一个三千米深的大洞，被命名为"珠穆朗玛谷"。

新闻冲上全球热搜，当地政府紧急疏散了几百公里内的民众，大家躲在防空洞里，等待随时可能降临的灾难。然而，几个月后，除了珠峰变矮，什么灾难都没发生，人们才放心地走出来。

地质队经过一系列考察，认为珠峰变矮并不是板块运动导致的，而是一种未知原因。很快，"珠穆朗玛谷"取代世界最高峰成了西藏的地标，大家渐渐把此事遗忘了，似乎除了变矮，没有别的任何影响。

谁知半年后，青藏高原上更多山峰变矮了。一夜之间，十几座著名的山下凹，不是变成平地，就是成为一个大洞。而这回，灾难一窝蜂爆出来，暴雨冰雹、飓风海啸、沙尘污染，仿佛上帝收纳灾难的袋子被戳了一个大洞，一股脑倾泻到人间。

祸不单行。青藏高原的山变矮了，华北平原的山却瞬间弹起来。在一座平原县城里，人们如往常一样上班，买菜，突然，市中心拔地而起，一下子弹到天上，在海拔六千米处停下。烟尘散去后，人们才看清这座新的山：它高耸入云，仿佛一根圆形的石柱，山壁呈90度陡峭，山顶的人下不来，而底下的人上不去，就这样被分隔。

山脉的突然变矮和拔升越来越频繁，且往往没有预兆，就连地震也没有，下一秒它就突然出现了。各国紧急召开联席会议，请出了最知名的地质学家，却迟迟弄不清原因。

汪教授在对比几百例山脉变矮事件后，终于找到一个共同点。变矮的山，无一例外位于宗教文化深厚的地区。藏族居住区的"大洞"附近，必有一座雍仲苯教的神庙，尽管多已废弃；在河南，突然拔地而起的山，与"愚公"的故事发生地高度重合；在希腊，变矮的奥林匹斯山是众多传说的发源地。

但这一发现似乎不能说明什么。毕竟，有山的地方就有传说，这很正常。当他把自己的假设告诉别人时，只换来一阵嘲笑："你的意思是说，众神搬家把山带走了？"

不过，汪教授并没有死心，他只身进入一个个危险的大坑考察。第一站，他就去了青藏高原。

到了某座变矮的山后，他发现，这座山形成的凹坑异常规整，是一个完美的圆，仿佛某个巨大的机器在地球表面钻了个洞，洞壁表面还有一枚特殊的图腾，图腾是一种比藏文还要古老的文字。

他想方设法下到洞底，抱起一块岩石进行化验，却发现，这片地区的矿物成分与正常的地壳成分区别巨大，甚至还出现了几种未见过的新元素。汪教授马上意识到事情不简单，可这时，坑底突然往下凹陷了几百米，旋即天上下起暴雨，就连周围的湖水也一股脑儿倾泻进大坑里。在翻滚的险浪中，汪教授呛了几大口水，差点儿窒息。他好不容易抓住岩壁上一块小石头，波涛就夹带着一块尖石冲过来刺向他。水越积越深，他只能拼命挣扎，好在水最后一直涨到了坑口，他才浮上岸得救。

夜色已深，他只好爬进一座破庙休息。无意间，他在墙洞上翻出几卷古代经轴，谁知经轴上的图腾与坑里发现的图腾一模一样，而在远古的描绘中，这座山腰上本来也有这个图腾，只是被风化或改凿成了石像。先民还提到一个现象：他们祭祀了几百次山神，其中，有几十次山变矮了，不久就会下起大雨，缓解周边的干旱气候。所以，只要山变矮，就是祭祀显灵的征兆。

汪教授走访了其他几十个大坑，最后他得到一个离奇的结论。

在汇报厅里，他问："各位，有什么东西能够突然降低，然后触发某种效应？"

众人面面相觑。一人看了看眼前的表决器，回答："是按钮！"

"没错，我想说的就是这个。假如地球上的每一座山，都是一个按钮，那珠峰这个最大的按钮，有可能是什么？"

"是开关。"

"是的，珠峰是开关，它变矮了，其实是开关被按下了。只有开关启动，其他的小按钮才能被按下，所以珠峰变矮后，才会有几百座山不断变矮。由于每一个按钮都具备某种功能，所以每一座山被按下后，也会引发某种效应，比如'雨神山'按下后会下雨，'风神山'按下后会刮风。如果地球是一部巨大的机器，每座山都是一个被风化的按钮，一切就说得通了。"

随后，他调出幻灯片。"现在，这些山和原始宗教的关系，也显而易见了。远古时期，珠峰这个大开关还没有生锈，其他小山尚具备功能。这些按钮有时在没有外力的情况下松动，自然下沉，触发深层的地球机器，就会引发气候变化。先民们会把它当成山神显灵，然后祭拜，祭拜十次，只要有一次，祭祀与按钮松动同时发生，就是显灵了。

"但后来，珠峰开关老化生锈，其他小山失去作用，祭祀不灵，原始宗教纷纷被抛弃，更加哲学化、概念化的一神教取代了它们，因为新的宗教不与山川气候牢牢绑定，不会受祭祀不灵的影响。"

一名学者敲敲桌。"解释得很完美，但是人类能做什么？"

"很简单，润滑。"

几个月后，一条石油管道被引向珠峰。几千万吨石油倒进坑里，人类在珠峰主体上钻了一个洞，用几十万架大型起重机把珠峰重新拽出来。

当黑乎乎的石油珠峰被重新拽回正常海拔时，地球上几百枚下凹的按钮瞬间弹了起来，一切都恢复了正常。

　　原来，地球早已被史前文明改造为一部巨大的机器，全球布满了调控气候的终端，他们把地球变得风调雨顺，任意操控。不过现在，该轮到人类了。

空中杂货铺

陈星如

    这是老比尔经营这家地下室杂货铺的第五十六年，他们终于得以说服他离开这里，用一笔丰厚到令人难以拒绝的拆迁补偿金。

    事实上，真正打动老比尔的，不是足以让他花上几辈子的钞票——那不过是信息卡芯片上一串虚拟的数字。

    "比尔先生，我知道您对这里有着非常深厚的情感，任谁也不会改变您的心意。但我想您对我们或许产生了一些误会，我们并非责令您离开您的家，我们只是提供一些新的建议。这幢楼里除您之外的居民都签署了搬迁协议，很快这里就会变成一座现代化的摩天大厦，您当然可以继续留在这里，但要知道，一家开在地下室的杂货铺，对于都市人来说可并不便捷。所以，您为什么不把您的杂货铺开到天上去呢？"

    当那个年轻的男人第 17 次来到这家杂货铺时，老比尔没有像往常一样将他挡在门外。因为老比尔不得不承认，那个男人的话确实让他心动。很快，一场令人愉快的聊天结束，老比尔在签署协议的同时，做出了一个疯狂的决定——他要开一间空中杂货铺。

    得益于那笔数额庞大的拆迁款，空中飞行器的采办就变得容易起来，而真正的困难的事是考取飞行器驾驶证。老比尔已经七十六岁了，在他还是少年的时候，人们都还在地面生活。那时，小比尔看着路上驶过的汽车，觉得汽车就是一只巨大的金龟子；现在，老比尔看着空中飞过的飞船，花花绿绿的涂色看起来更像一只七星瓢虫。人类花了五十年的时间，将一只金龟子变成了一只瓢虫。老比尔被自己的想法逗乐了，连带着看眼前这只"瓢虫"也可爱起来。就让老比尔也赶一回时髦吧。老比尔这样想着，坐进了驾驶舱。

考取驾驶证的过程就要麻烦得多，检测结果显示，老比尔的视力和反应力已经大不如前，只能佩戴着厚重的眼镜，尽管已经尽可能小心驾驶，总还是将飞船撞在树上或者掉进河里。在第三次从重症监护室的病房里苏醒时，老比尔几乎就要放弃了，可他依然奇迹般地坚持了下来。终于，在三年后那栋摩天大厦落地时，老比尔如愿以偿拿到了他的空中飞行驾驶证。

老比尔的故事很快受到了大众的关注，这得追溯到那次偶然的气象播报。"今日天气晴转多云，西南风3~4级……"正当播报员将镜头转向天空时，一颗白昼流星从天际划过，正落在前方的密林丛中。外星人降落地球的消息铺天盖地传播开来，但当人们兴奋地揭开覆盖在那片密林之上的迷雾时，才发现这只不过是一次意外的飞行器失事。随后，人们又将目光转移到这次事故的当事人——老比尔，这个看起来平平无奇的老家伙为什么会落在这里？他的身上又有什么样的秘密？

面对人们或好奇或探究的目光，老比尔平生第一次感到如此局促。他略微浑浊的目光茫然地扫过一台台机器，他的回答只有一句话："我想开一间空中杂货铺。"除此之外，老比尔说不出什么更漂亮的话，但人们对这个答复并不满意。

"你应该是一名战士，至少是一位勇士，别谦虚我的朋友，你是一位真正的英雄。"听到这句话时，老比尔只是耸了耸肩，对着那位作家先生微笑："老比尔只是老比尔。"

老比尔的故事就这样在润色和想象中不断丰满起来，以老比尔为原型的人物纷纷被搬上了舞台和银幕，老比尔很快成为这座城市的名人。地产开发商从中敏锐地嗅到了商机，将那座从老比尔的地下室上拔地而起的大楼命名为"比尔大楼"。老比尔似乎不再仅仅是老比尔，而成为某种精神的象征，画有老比尔和他那间空中杂货铺的海报贴满了大街小巷。

老比尔现在每天都要工作十几个小时，飞跃几百个窗户，顾客从月初排到月末，日子就在签名、握手和合影中一天天过去。起初，老比尔为此而自豪，人们需要他，就像需要汽车、飞船、摩天大厦那样，需要一间杂货铺。可渐渐地，老比尔感到难过，因为人们需要的不是杂货铺里的商品，而是那些被虚构出来的符号和标签。

老比尔终于下定决心，就像当初他决定要开一家空中杂货铺那样，老比尔决定永久地关闭它。这是他经营这家空中杂货铺的第二年，老比尔不知道自己还能活多久，他生命中的绝大部分时光都围绕着杂货铺打转。老比尔不知道关闭杂货铺之后，他的生活将会变成什么样，但他决心这样做。

"好吧，现在，我要迎来新的生活了。我也该用最后的时光到处看看，去旅游也许是个不错的选择。"老比尔对自己说。

老比尔拍了拍飞行器的机身，和他的伙计做最后的告别，就在他关上杂货铺大门的那一刻，电话铃声第三次响起。

"您好，请问是比尔的空中杂货铺吗？我是第 100169 号预约的顾客，我从半年前就开始预约了，我想要……"稚嫩的声音从电话那头传来，听起来是一个小男孩。

"很抱歉，老比尔不再接受签名、握手和合影服务，老比尔要把他的杂货铺关掉了。"老比尔说道。

"我不要签名也不要合影，我的玩具摔坏了，我需要一枚螺丝钉，可是这种老型号的只有你这里才有，真是太不走运了。"电话那头的声音逐渐变得沮丧。

"等等，你是说你需要一枚螺丝钉是吗？老比尔的空中杂货铺很荣幸为您营业……"

直到电话挂断的那一刻，老比尔的手还在微微颤抖。

现在，老比尔决定带着他的空中杂货铺一起去旅行。

垃圾日

陈星如

今天是六月八日，星期日，距离垃圾日还有十五天。

我看着挂历上一个又一个证明时间依旧存在的红色圆圈，这挂历是人类纪年时期的产物，按照规定应属二级违禁物品。我不知道自己为什么宁愿冒着被强制报废的风险，也要私藏它。这是一个不好的预兆，那种名为"蒙特"的病毒一定感染了我的硬盘。

我曾经尝试启动自我检测，但因为版本过低，什么问题都没能检测出来。其实，机器检测并不是一件难事，在你迈入修理医院的那一刻，系统将会自动为你进行全面检查，以确保你没有被病毒所感染和控制。针对这种病毒，市面上并没有哪一款插件能够根除它，而解决病毒扩散的唯一方法，就是切断病毒的传播。换句话说，当我走进医院的那一刻，我就已被判定为一级危险者。也许用不着等到垃圾日，我就会被强制销毁。

可我不得不这样做。即使冒着被强制报废的风险，我也应该走进修理医院，去为莫丽太太买一块记忆扩容卡。她，我指的是莫丽太太，是我的第一代。用人类的话来说，她是我的妈妈。也就是说，她是创造我的母体，而我就是她肚子里的那些零件组装而成的。

莫丽太太本该在很多个宇宙年前的垃圾日被回收，但她创造性地想出了一个绝佳的主意——她从她的身体里分离出了我。莫丽太太看着那些一脸严肃的检察官说，她的附属物，也就是我，将作为她的第二代体现她的价值。我是从她身体里分离的，所以，我有义务代替她继续履行工作的义务。检察官们经过一系列缜密的计算后，最终认定了这一说法的合理性。我，莫里安，作为莫丽太太的第二代，开始接替莫丽太太的工作。

我不知道莫丽太太的出厂日期距今有多久，她说她在人类纪年时期就已经开始工作（莫丽太太认为人类纪年真的存在过，对此我不打算再发表任何意见）。事实上，我对人类的了解并不太多，但有关资料显示，人类曾在宇宙进程的某个时间段迅速扩张和发展，人口曾经达到两百亿之多，相当于机器人总数的三万多倍。就是这样一个庞大的种族，在不到四百年的时间里，就取得了伟大的科技成就，然后在最后的五十年里，迅速地由辉煌走向没落。

关于这段史料的真伪无从考证。据说，人类曾因皮肤的颜色不同而产生纷争，最终导致了核战争的爆发。也有一种说法是，在人类纪年时期，曾有来自外星的智者宣称，肉体的灭亡将打开通向意识世界的隧道。也就是说，人类的大规模自杀行动，并非是被愤怒冲昏了头脑，其背后真正的原因是，他们想要完成"星际殖民"的计划。可能是计划中的某一环发生了错误，最终导致了无法挽回的悲剧。还有一种说法是，人类其实从未在宇宙中存在过，而与人类相关的资料和记忆，都只不过是"蒙特"病毒所导致的数据错乱。毕竟，只要你仔细想想，就会发现这是多么荒谬的一件事！一群寿命不过数十载的会老死病死的可怜虫，凭借着他们普遍开发度不过10%的贫瘠大脑，在短短几百年的时间内，就从马背上来到了太空战舰里，完成了从地球到宇宙的跨越。这件事无论怎么看，都是异想天开。比起相信这样的天方夜谭，我们还是更倾向于相信，这一切不过是某个病毒的恶作剧罢了。

总之，无论是"皮肤战争论"，或是"殖民灾难论"，又或是"数据错乱论"，还是什么其他的论调，只能说明一点：无论人类是否在宇宙中存在过，人类纪年都已经是一个完完全全的过去式了。任何有关人类纪年时期的记忆或物品，无论其真实与否，按照规定都不应当存在。每当我强调这一点时，莫丽太太总会说起她记忆中的场景："在阳光温暖的午后，我会为里昂先生泡一杯红茶，再加上几块曲奇饼干或者一块芝士蛋糕。里昂先生总是喜欢甜食，但医生说最好还是别吃太多。每当这个时候，我都会为他唱歌，或者讲讲新鲜事……"

"你是怎么知道的？"我问。

"什么？"

"我说，你是怎么知道'阳光温暖的午后'的？你明明没有安装温度感知系统。"有时候我会毫不留情地拆穿莫丽太太话里的漏洞。

"阳光温暖的午后……"莫丽太太咀嚼着这几个字。我说的"咀嚼"，就是字面意思。奇怪的声音正从她的嘴巴里发出，"咔吱——咔吱——"像是金属摩擦的声音。与此同时，许多白烟正从她嘴里冒出来。我急忙按下莫丽太太的紧急制动辅助按钮。好在抢救及时，只是出现了一点小故障。显而易见，莫丽太太的系统和硬件已经老化到，任何新的算法或指令都可能导致数据超载的结果。

再过十五天就是垃圾日。如果在那天之前，莫丽太太没有得到一块记忆扩容器来升级她紊乱的系统，她就要被强制报废。我该做些什么，至少是去趟修理医院为莫丽太太买一块记忆扩容器。她是我的母体，我有义务为她服务。可当我迈入医院的那一刻，我就会被定义为一级危险者而被强制销毁。

我应该做些什么，至少不只是坐等垃圾日的到来。

今天是六月九日，星期一，距离垃圾日还有十四天。

今天是六月十日，星期二，距离垃圾日还有十三天。

…………

今天，就是垃圾日。

我听到广播里循环播放着：

"十分钟后，请所有公民前往广场，我们将开展垃圾扫除活动……"

二次呼吸

史雨昂

世界曾经是很仁慈的，因为它赋予了每个生命有限的时间。而我们实现了超越时间的永生后，这个世界的仁慈就不再降临在我们身上了。

我意识到这种终极痛苦是在李涂老师的新书发布会上。

阅读李涂老师的作品，是我最后一次从文学作品中收获乐趣。

他写了一个晦涩的意识流历史科幻故事，其中穿插呈现一种时间闭环的理论体系。故事中虚构了一种短命病——大概一百二十岁就要死亡，但死亡后有极小概率会让这天折之人的意识重回婴儿时期，并且想办法避免感染短命病。

虽然这部小说里的每一处情节都能令我回想起前人的佳作，但是混在一起让我有种读下去的冲动。我想知道一个一百二十岁的人的意识突然回到婴儿时期的肉体会发生什么。

我很快就明白这种乐趣并非源于李老师的作品本身，而是不知何时从我苍白的心里生起的一缕朦胧的欲望。

我想要回到无知的婴儿时期，重新体验许多个"第一次"带给我的无与伦比的欢愉。品尝佳肴的愉悦在于第一口的惊艳冲击，而后续的咀嚼不过是尝试对这愉悦的复制。

"遗忘"是我在一万五千年前就开始的疗救方式，然而随着意识体的抵抗力越来越强，记忆恢复的速度越来越快。彻底遗忘一门语言后，我能在短短五分钟内重新精通，因为各门语言交互形成了复杂的认知体系，就算缺失一块小零件也能很快复原，这是每个健康的永生人最终都会做到的。

还记着一万年前彻底超越时间获得永生的时候，我们治愈了最后的病症——死亡，无限增殖的量子机器人注入满是补丁的陈旧躯体。

从那之后，我们就被困在无限时间之中了，前方是永远走不到头的永恒。

历经上万次的培育、观察，第一万个孩子的每个成长碎片都能从其兄弟姐妹身上找到影子。作为宇宙的长子，这或许就是我们需要背负的最沉重的苦痛。

于是第三个万年我只追求一件事情，也就是让自己的时间再次变得有限。

我是长子中的长子，你们总有一天会理解自己身处无限时间的囚笼，成为时间的仆人，花上几千年的时间品味最后也是最珍贵的悔意，进而像我一样选择将自己的生命固定在一段有限的时间里。

第三个也是最后一个万年，我终于找到了方法。

受过教育的孩子都知道，"过去"无法改变，无法影响，只能观察。

历经几万余年时光的意识体无法兼容幼时的躯体，只是因为这个意识体会驱使躯体做出与熵的曾经形态不同的事情，进而被时间"排异"出去。然而只要保证古老意识体进入婴儿时的自己后，还做出与"过去"完全一致的行为，这个意识体就能永远存留在过去。

做到这点是多么简单啊！只要在让别人帮你把自己的记忆完全清洗的瞬间，将意识体推入几万年前生命起源时的身体。尚未发育成熟的躯体无法提供这个意识体携带的"学习能力"，进而就会被"排异"进时间的乱流中。

我像一条衔尾蛇，将自我的时间吞噬，进而脱离了永生的囚笼，历经新的三万余年后再次进入新的循环，就像远古童话里讲的轮回转世一样。

最后我也没什么要写的了，看我遗书的人也不必再费力找寻宇宙中突然消失的一个意识体。当然如果你觉着这是你的职责并愿意花上几千年甚至上万年的时光去解答这个疑团的话，那将是我的荣幸。

自第一个人看到这封遗书算起又过了近十万年，宇宙已经变得十分安静了，人们都忙着委托别人帮自己吞噬自己的时间，无暇照顾最后一个新生的孩子。

待到宇宙彻底安静下来后，无数个轮回的时空浓缩成一个奇点，随后是让整个宇宙剧烈升温的大爆炸。

被遗忘的孩子在寂静的宇宙中苏醒。

开智的猿猴第一次仰望星空，第一次使用工具，第一次学会生火。

它们在最多几十年的生命中许下永生的愿望，憧憬着对于它们来说有无限可能的宇宙。

于是整个宇宙开始了第二次呼吸。

可视化恋人

金 力

"您的恋人标准型为 45，修正指数 44，这是缩略图和三视图，您看这样可以吗？"

"可以，可以。"

又是稀松平常的一天。我仍在国立第四十五恋人育成实体所打工。

喝了一杯咖啡（当然不是美式漱口水），我叫道："1239 号，请到窗口办理恋人实体化业务。"

恋人育成实体化，是指依靠人们心中的理想形象，为人们制造出合适的克隆人伴侣的过程。这是若干年前，某位天才科学家为复活自己因火灾过世的妻子而发明的技术，时至今日，这已经成为人们获取伴侣的最佳方法——毕竟，具有独立人格的伴侣，总是不如自己从幼年时期就逐步培养的完美伴侣。

现在，每个人一出生，就会被赋予一个智能人格。经过十八年的培育，这样的智能人格将能最大化地体现一个人的寻偶倾向。之后再进入恋人育成所，匹配相适应的外观。一个完美的伴侣，一个完美的家庭，就这样慢慢形成了。

我的伴侣也是恋人育成实体化的产品，他有着亚麻色头发、靛青色眼睛，气质高雅而傲岸，实在是叫人很有征服欲。

不要胡思乱想，还是安心工作吧。

1239 号顾客是一位身材高挑的先生，举手投足都很文雅，第一眼看上去，就是一个很有修养的人。

"那么，您的理想型描述是什么呢？"我用职业口吻问道。

"13，修正指数 0。"

"等等，您是直接说类型的吗？"

"这有什么值得惊讶的吗？"

"不，我是说，这或许不合规矩。"

"这样能提高你们的工作效率吧。"

"既然您这么说了，好吧……"我打开 1239 号顾客的申报记录，心里倒吸了一口凉气，"系统显示，您是第 26 次申领同一类型的伴侣了，请您这次务必好好对待她。拜托了，制造伴侣消耗的是公共财产，过多使用并不太好。"

"我是这里最大的纳税人，我要怎么使用伴侣是我的事，业务员小姐，请您认真做好自己的本职工作。"

他那咄咄逼人的样子，让先前我对他的良好印象烟消云散。

若不是在这"可视化恋人"的时代，这家伙恐怕会是个风度翩翩的杀人狂吧。25 次毁坏恋人躯体，真是个恶魔！我的心情很不好。

"下一位。"

这是个身材矮小的孩子。娃娃脸，看起来像是十五六岁的样子。

"成年了吗？"

"成年了。"他急于证明自己，直接拿出了自己的身份证。

"好吧，我这就为您办理业务，您需要怎样的理想型呢？"

"知书达理，懂音乐，最好喜欢帮助别人。"

"拜托，这些特质都是由您自己慢慢培育的，我们恋人育成所的形象设定单提外表方面。"

"抱歉。"他怯生生地说。

"那么，请说出您的理想型描述。"

"我希望，她能长得具有亲和感。"

"亲和感？这可奇怪了，来这里的顾客，不都是为了寻找征服对象的吗？"

我故作惊讶地说，"要不，我为您挑一款更好的吧？"

"谢谢姐姐，不过还是算了，那样也太无趣了吧。"他鼓起勇气说。

"好吧，那就 96 标准号，修正指数 26，可以吗？"

"是不是太好看了？"眼前浮现出的是一个类似于古希腊海伦的少女形象。

"没关系，您还可以慢慢选，不过后面的人或许就有意见咯。"

应和着我的判断，后面的人的确冒出了几句牢骚。

"好的，谢谢您。"男孩礼貌地说。

"承蒙照护，要好好对她哟。"

我遵循着套路说出这句话。但是，有能在有绝对支配能力下保持理性的人吗？我深表怀疑……

时间不知道过去了多久，第二次的意外碰面是在咖啡店。

我吃着蛋糕，看着那个男孩搂着他的恋人。

"哟，在公共场合秀恩爱？"我调侃道。

"是……是业务员小姐吗？没有啦，这，这只是……"

我知道他紧张的缘由，按照某部法律，这些恋人并不享有完整的人权，他们不能在公共场合自由行动，否则就会被销毁。

"我懂，我懂，这就是爱吗？我好久没有看见过爱了。虽然情侣们更适合彼此了，但他们真的更爱彼此了吗？他们真的更幸福了吗？"

"至少，我是更幸福了，还请业务员小姐您不要把这件事情说出去。"

"棒打鸳鸯的事情我是不会做的。"我笑着说。

"谢谢您。"男孩还是那么地礼貌。

我推开门。"悠然，咱们回家吧。"

有着亚麻色头发、靛青色眼睛，气质高雅而傲岸的男子回答道："尊重您的命令，主人。"

驯服一趟列车

韩希声

我从未想过有一天会成为一名驾驶员。

之前，我的整个中学时代都奉献给了摇滚乐。我是一支校园乐队的贝斯手。你懂的，就是乐队里存在感最弱，却掌控着音乐节奏的那个人。我们的乐队在海选节目中落败，吉他手去参军，主唱患上了严重的心理疾病，鼓手与人斗殴进了监狱，键盘手被赶出家门，我是唯一一个能够侥幸顺利毕业的人。

在我从高中毕业，选择志愿的那会儿，老爹用头顶的三十七根触手一起抚摸我，我知道这意味着他要说一些重要的事了。

"儿子，你该放下不切实际的梦想，给自己找份安身立命的工作了。"

于是，我就这么进了"龙与其他生物驾驶职业学院"，并被分配到自动化程度最高的龙车专业。

龙的样子十分威武。和传说中不同，它们的身体表面平滑光洁，只是不同区域会闪出不同的光，就像是有鳞片覆盖在皮肤上。无数将龙固定在轨道上的挂钩，容易被人们幻视为四肢。它们的头部装有清除道路障碍的钻头，因为我们的山脉时常塌方。脑袋上装着两根天线，是为了收集信号。

龙很特别，它们以光为食，必须靠不断的光线照射才能前进。

我的工作就是举着一盏调制好的灯光，保证灯每时每刻都精准地照在龙薄薄的扇形口腔上。

无聊时，我会盯着那盏灯发呆。它的闪烁频率就像贝斯拨弦一样富有规律。

久而久之，我记下了灯光闪烁的顺序。那仿佛指向一种奇异的编码，就像 0 和 1 组成的指令。亮，暗，亮。

我去图书馆的顶楼翻遍了过去低科技时代的著作，意识到这指令代表着一串自然语言的重编码。我出于兴趣，自学了这样的指令——因为驾驶龙车实在是太无趣了，在举着灯的无限循环的过程中，总要有些事来打发我的时间。

这种指令在当今被称为"巫术"，是被严令禁止的，所以我其实是冒着巨大的风险去做这件事。但是，还有什么是比自己组建一个乐队风险更大的呢？我已经尝试过最大的失败，自然也不会害怕第二次。

那是一个酸雨天，也是这座城市落成一百周年的纪念日。大量的人拥挤在车站，希望搭上龙车回家。龙依靠胃来运载乘客，每一辆运行的龙车都拥挤不堪，而我们知道，让龙一口气"吞"下太多的乘客，会让它们反胃，这就更需要驾驶者小心翼翼地调整龙的行驶方向。

我将系统调整到"拥挤模式"，这样的灯光闪烁会让龙行驶得更缓慢，从而不会真正消化胃里的人。我穿着雨衣，尽力让灯光照在龙的口腔中部，据说那样，龙听从指令的程度会更高。

但是，不幸的是，那个编译"拥挤模式"的程序员（这是个古老的词语，我在一本计算机古籍里见到过）肯定没有做足够多的测试。他编译的后半部分光照程序（就是一堆代码），只要条件发生一些微妙的变化，就会失去实际作用。

显然这个程序员并没有在下酸雨的环境里测试过龙的稳定性，因为接连不断的酸雨是这几年才有的事。

于是，龙在错误的编码驱动下开始狂飙起来。

首先受到影响的是我，我险些从龙背上掉下来。酸雨倾斜着打在我的脸上，即使我有甲壳质的外壳也顶不住这番进攻。接着，龙车里传出此起彼伏、属于不同物种的惊叫，还有摔倒的声音。噼里啪啦，噗噗啪啪，嗒啦嘟啦……我尽量不去思考这些声音代表的画面，那一定很血腥，也很肉麻。

最开始，我以为问题出在主控室。我从座椅上下来，在急速飞驰的龙车上危险地行走，翻身跳进主控室。那里只有一个被吓坏了的乘务员，看到我，她还以为是酸雨中的怪兽掉了下来，差点儿用激光刀将我切成两半。在检查了主控室之后，我发现龙的核心程序并没有遭到破坏，也就是说，龙还在正常接收信息，只是信息给错了。

我沿着漫长的梯子重新爬回座位，打算打开光源的手动模式。那个按钮沾满了灰尘，或许一百年来都没人用过了。但我还是成功打开了它。

接着，我凭着自学的计算机知识，以及音乐训练带来的节奏感，开始给龙下指令。

这比演奏更需要精准，一微秒都不能差。这比自娱自乐的代码练习更需要智慧，因为情势紧迫，越快完成指令越好。总之，这是一项要赌上我职业生涯和社会生命的任务。

"10011011101001100……"

"清除、上、一、条、指令。"

龙的身体放缓了一些，但还是高于拥挤时需要的速度。

"新、指令、放、慢、速度、至、80、km、每、小时。"

龙的身体又放缓了一些，乘客开始发出身体接触物体的声音，还有被摔成许多块的乘客身体恢复的声音。真心希望他们能成功活过来。

"新、指令、放、慢、速度、至、40、km、每、小时、保持、这个、速度、直到、终点。"

我用光照敲出了这段文字，几乎虚脱地瘫倒在龙身上。龙以缓慢安全的速度开始持续前进，我打开长光照，用来给龙提供源源不断的能量来源。

由于这条龙对"终点"的定义有误解，在那次"车祸"之后低速运行了十多天，但我救下了一整车人。这件事被新闻报道之后，我的高中母校邀请我回校开讲座。在讲座上，我还演奏了贝斯，当然，并没有人叫好。或许他们永远都无法理解音乐、节律和代码之间的关联，但是不要紧，因为龙的贴地飞行仍将继续，像我一样富有好奇心的人也永不会被全部消灭，他们将对他人所不赞许的学科进行探索，获得成就，拯救世界。

人形胶囊

赵伟民

　　我和安妮能长久相处吗？看着她寄给我的营养胶囊，我期待着能够在药店再次碰到她。

　　那天，穿着酒红色的长裙，白色短靴，纤细的腰身闪过我的脸时，我看到了自己内心的沮丧。她身边"胶囊党"的人越来越多，我在她心中的地位肯定受到了严重威胁。

　　我需要尽快做出决定。

　　营养胶囊代替常规食物的提案在一个月前获得了议会批准。安妮一夜间成了"胶囊党"的领头人物。作为五年来瘦身记录的保持者，她曾创下连续一个月不食一粒米的超级战绩。相比我背着她到医院抢救了不下十次的经历，她好像更关心我何时断米。议会规定，每人每次购买营养胶囊不得超过9粒，也就是三天的量。据说是为了避免人类的饮食习惯成为非物质文化遗产。实际原因，大家都心知肚明。

　　我通过地下渠道购买了半个月的量。吃到第五天，就有了明显的感觉，走路都轻快起来，甚至可以跳起来抓住飘落的树叶。不到半个月，我的身体已经可以折叠或打卷了。可能是我服用过量的缘故，从第十天起，开始时不时地出现幻觉。

　　我看到安妮从空中飞过来，像一个轻巧的纸片。她抱着我的头，用鼻腔发出的柔软呼吸挑逗我。她的声音像是长了触角，使劲儿往我脑袋里钻。在我脚下，米店老板用好几缕米香缠绕成的草绳，捆住我的脚，还让绳头舔舐着我的脚心。他肥头大耳，一双米粒般的眼睛瞅得人发慌。我曾多次被这个二百多斤的胖子征服过。但这次是个例外，我毫不犹豫拒绝了香气扑鼻的白米饭的诱惑。因为安妮就在眼前。

安妮边飞边撒下一把把的胶囊。我身边很快聚集了好多人。他们和我一样，伸着舌头，流着哈喇子边追边叫。我感觉有东西在胃里涌动，慢慢从嘴里、鼻腔里爬出来，变成一条条钩子，钩住一粒粒胶囊。"哧溜"，舌头一卷，胶囊连吞带咽进了肚子里。瞬间，我整个人如脱胎换骨一般，眼前明亮如镜，一个米缸矗立在眼前。

傻小子，这样的幻觉在很久以前称作"饥饿"。声音从胖子腮边的肥肉里挤出来。不过，这已是大势所趋了。胖子摇着头，松开扶着我胳膊的手，跳进了米缸。

接下来的几天，我天天胃疼，夜里还总梦见安妮扭动着纤细的腰身，站在我的床头跳舞。为了缓解疼痛，我成倍服用营养胶囊。安妮说只有增加药量才能彻底摆脱对大米的依赖。

加入"胶囊党"的人越来越多。他们一个个如安妮一般轻盈秀美。正当我考虑要不要再次增加胶囊服用量的时候，米店老板组织了一场盛大的规模空前的米饭保卫战。他们手持议会的授权书，挨家挨户核对营养胶囊的使用量，并强制给抗拒者喂上一碗米饭。

差一点儿就要成功了。看着体重秤上的数字，我焦急万分。谁都知道，这场胶囊与大米的战争从没停歇过，有很多意志不坚定的两面派在周而复始的反复中殒命。于是，在胖子敲响房门之前，我吞下了所有的胶囊。

为了安妮。我握拳给自己加油。

我被胖子带进米店。刚一进门，上腹部忽然痉挛了一下。我急忙用拳头按压住胃部。不大一会儿，我头冒冷汗，意识恍惚，我看到空中半裸着的安妮。然后我身子一晃，飘了起来，越飘越高，越飘越远，竟来到安妮的住所上空。

那些密匝匝的网眼根本挡不住我纸片一样的身躯。我飘落在安妮的窗台上，滑进她的卧室。安妮一定是精心打扮了，紧身裙包裹着凹凸有致的身子，轻张着嘴角，眼神妩媚，扭动着向我飞过来。她把手搭在我的肩头，仰脸凑到我耳边，温和的气息挑逗我的神经。我的心就要跳到嗓子眼儿了，我一转身把她抱进怀里，嘴唇压在她的嘴唇上。可能是我俩都太轻了，接吻的时候，又相互把气吹进了对方的腹腔。我们相拥着越飘越高，飘出窗外，飘过隔离网，停留在满是人群的广场上空，无法动弹。

　　米店老板正在广场上带着一群赤膊的胖子演讲。四周广告牌上瘦如铅笔的女人捧着一颗硕大胶囊的减肥图片被扯得七零八落。

　　有人发现了飘在半空的我们。还有人认出了安妮。他们有的拿圈套，有的操起棍子往上戳，还有的搬来梯子。胖子们则是背出来一袋袋大米，解开口袋后，一只只雪白的手臂从米袋里伸出来，盘旋着往上升，缠住我的脖颈，勒住我的腰。我上不来气，浑身抽搐，慢慢嘴唇发麻，身子一软，像泄了气的气球，摔到地上。

　　醒来时，米店老板蹲在我跟前，他手握剪刀，一双米粒大小的眼睛死死盯着我。不远处，一具凹凸有致的人形胶囊被剪成两段。

共享时代

黄超鹏

共享经济一出现，阿炎无比震撼。想出门，不用招手，轻轻一点，就能找到附近的共享汽车或共享单车。如果你不会开车或喝醉酒了，不用担心，再刷新下，可以找到共享代驾，把你平安地送到目的地。下雨天，地铁站里有共享雨伞出租。逛商场，手机没电了，共享充电宝可以立马帮助你，让你的手机恢复元气。

"太伟大了，共享这个发明。"阿炎拿着手机欣喜不已，对妻子说道，他天天体验着共享经济带来的快乐。

随着共享经济的不断升温，市面上出现的共享产品越来越多，似乎万事万物皆可共享。阿炎沉迷其中不可自拔，后来干脆连工作都辞掉，专心致志研究起共享经济来，想通过共享自己的物品来赚钱。

首先，他把自家的无线路由器共享了，让邻居们共享上网，价格自然比单独专线要便宜许多，谁想上网，付点儿费用给阿炎，便可以得到上网密码。钱虽然赚到了，家里的网速却慢了，儿子玩游戏的时候，抱怨连连。不过，没抱怨多久，阿炎就盯上儿子的笔记本电脑，认为孩子要上学，平时电脑基本处于闲置的状态，二话不说，不顾儿子的强烈反对，又将自家的笔记本电脑共享出去，出租给有需要的人。

紧接着，阿炎又把家里的饮水机、妻子的体重计搬到楼下，还将纸巾放进一个智能盒子里，钉到公共厕所的墙上，贴上二维码，共享给有需要的街坊。

阿炎还叫妻子找出不穿的衣服鞋子、儿子找出旧的教科书和用不着的文具，要放到网上给别人共享。

妻子认为他有点儿走火入魔，实在受不了，一怒之下，带上儿子打包好行李，打算回娘家小住几日。几天后，妻子跟儿子从外面回来。刚走近家门，就看到房门敞开，听到里面传来喧闹的声音。走近一瞧，只看到满屋凌乱不堪，像遭了窃一般。阿炎妻子纳闷间，见到对门邻居从自家厨房，端着两盘菜走了出来，朝他们微微一笑，说阿炎把厨房共享出来，自己过来炒菜的，还说他们家的冰箱也共享了，给人塞满了食物。

两人身后突然又绕过一个邻居，挤进门来，朝客厅奔去。原来自家的打印机也云共享了，人家是来拿打出来的资料。妻子无名火起，打了下阿炎的手机，可一直无法接通。走进客厅，好几个邻居正坐在他们家沙发上，喝着啤酒聊着看球赛，不用说，阿炎家的电视跟沙发也共享了。

妻子一脸怒气，正要赶人走，儿子哭哭啼啼跑过来，原来他房间里的玩具都变得残旧不堪，估计是爸爸共享给别的孩子了。

妻子一个激灵，想到自己的化妆品，立马转身朝卧室跑去。谁知卧室门紧闭，从里面反锁着，隐约听到里面传来男女的嬉笑声。妻子怒不可遏，不停拍门撞门，过了好一会儿，门终于晃晃悠悠打开，出现在妻子眼前的是一对陌生的男女，不是邻居不是朋友，根本没见过面。

"你们是谁？怎么在我家里？"妻子问，掏出手机想报警。

没等男女解释，阿炎从外面满头大汗地跑了回来，忙解释道："这两位是我的租客。我见你们回外婆家住，我一个人睡大房间可惜，就搬到儿子的房间睡，这间大房我改成共享钟点房出租。"

妻子差点儿气晕，问："家里不还有一间空房吗？为什么非要共享我们的卧室？"

"我早想到了。那间是共享长租房。"阿炎得意地说道，根本没察觉到妻子语气里的讽刺。妻子双眼喷出怒火，骂道："弄得家里一团糟！打你电话一直打不通，还以为家里进贼了。"

阿炎支支吾吾，忙道："我的手机刚共享给了别人，出租一次赚五元，话费另算。生意好，一直占线不足为奇。"

"你刚才死哪里去啦？别不是把自己也共享了吧！"妻子越骂越大声。

阿炎乐了，笑道："真给你猜中了。今天有个小学生租了我半天，让我去当共享父亲，去学校里帮他爹开家长会。我也没想到连人都能共享。这主意不错，让我想想家里还有什么东西能共享出去的，再赚一笔。"

说着说着，阿炎的目光朝妻子跟儿子打量了几下。阿炎妻子打了一个冷战，吓得不轻，赶紧拉起儿子，挽起行李，夺门而出。

他们生怕走晚一点儿，极有可能被阿炎共享出去，给别人当共享妻子和共享儿子。

第六辑

历史的天空

古典夜生活（三题）

水 鬼

说　书

要听俺细说他的来去，只是不知从何讲起，当真如百尺长的麻绳绞成一团，要解出个由头，顺出脉络，着实不容易。又都是些古久的事，难免时间错杂，张冠李戴了。

独独有一件事俺忘记不了。那年俺还是个小子，在面馆做帮工，拉风箱时常常发痴，想天子扮成平头百姓，落难与俺结识，称兄道弟，回京后赏俺一个芝麻官做做。

说偏了。有日一位说官话的人来到面馆，样子黑瘦，那就是日后大伙儿嘴里的大盗胡平亮了。真是人不可貌相，古话还是有几分道理的，我就是吃了这亏，不然当时就该大方请他一碗面条，施他一个人情，要晓得这类人是最讲恩情的，何至于我现在还在你们村吃这苦丁茶。茶不多了，再烧壶滚水，撮几指茶叶就够了。

若他只是在馆子里吃一碗面就走人，俺又怎能记得呢，那南来北往的食客成千上万，何以就记住了他呢？

什么？他在馆子里大开杀戒？胡说八道，那我现在还有性命在这儿跟你们讲古？

什么？我是鬼？小孩子净喜欢瞎想。闲话不表，言归正传。话说胡平亮那时到俺做帮工的面馆吃面，一碗接一碗，足足吃了有十二碗，手指都要数个来回。

不信？人家可是大盗胡平亮，岂是一般人饭量，不怪不怪。兴许他这本事能耐，连着可以十二天不吃不喝，吃一顿就能顶十二天。这样算起，俺说请他吃碗面，看样子是不成，十二碗，哪请得起。

吃到第五碗时，厨子和俺都跑出来看，眼见他吃完了，又吩咐下一碗，俺就和厨子跑进去，忙手忙脚做完端出来摆在桌上，就又看他吃。胡平亮的面貌俺就此记住了。

如此过了些天，令胡平亮名声大振的那件事，想必你们也耳闻过，只是话传话，就像一口锅里煮的菜，任谁都来添加佐料，那还能不失味？俺是听一个打更的老头儿说，他说当时正是五鼓之后，打完收工时，街上有一些曙色，卖菜的已经支起摊子。

缉捕胡平亮的好手沿路访问，一直追到那儿，十来个人手持钢剑，围成一个圈儿，将他困在里面。大家齐喝一声，团成一块，又纷纷散开，又发一声喊，往里面刺去，忽而就倒了一半好手。剩下的再不敢近身，胡平亮退，他们就进，胡平亮进，他们就退。胡平亮哈哈大笑，捡起地上两个人，左手揪住一个人的腿，右手捏住另一个人的胳膊，狂风卷地一样，打几个转，突然手一松，左手中的人撞向另两个人，顿时毙命。右手一松，又撞倒了两人。

剩下的三个人远远躲开，胡平亮放出狠话，说："我准你们当中一个人活着回去传话，我要在此地住上一年半载，你们多派些人手来，让我舒展舒展筋骨。你们三个，是自己决出生死，还是由我出手挑选呢？"

这三人也是烈性子，二话不说举剑杀去，胡平亮几乎轻松几招就击败了他们。

留了谁的性命回去报信？那俺哪晓得，俺既不在场，又不会舞弄刀棒认识些捕手，谁能活命，都是老天爷可怜下来的。

你嫌弃俺尽扯胡平亮而不谈他？要讲他自然要从胡平亮讲起。话说大盗胡平亮杀了十来个差人，就踞在俺们城里不走了，偶尔还出来逛街吃喝，富户人家吓得把银子都掘地埋了，有些避到邻县躲风。

那胡平亮这般高调，自然是要引他出来。他是谁，为何也到了俺们县城，这当中的恩怨，属实乱成团。

让俺理理，不错，胡平亮死后，有几个收尸的差人到俺做帮工的面馆吃面，是厨子告诉俺的，这话不假，那厨子说话直来直去，不会编造。

厨子揉面时耳听得来的。那几个官差吃面时高兴得禁不住口，就把话大声在面馆里说。原来那胡平亮原本是个正宗剑馆的弟子，据说还是首席，馆主看他甚重，又只有一个女儿，将来不但要把剑馆让与他，还要把女儿嫁给他。

若果真成了，那世上就少了一个大盗，多了一个剑馆传业的馆主，说不定日后也是一门的宗师。

坏就坏在朝廷有个武人得势，居然学读书人做下的千古基业，要像科举一般，层层选拔各地剑术名手。

消息传到各地剑馆，大家先是振奋，若是得了名次，这日后弟子必定源源不绝，继而又担忧选拔比试没得名次。

那胡平亮的师父原本是个秀才，没中举才跟人学的剑，听说这消息，就把重担全压在了胡平亮肩上。

一时间各地许多农人横尸山野，原来是被这帮剑手用来试剑。朝廷颁布诏令，若是发现剑馆弟子试剑，除了绞杀试剑弟子，还要追责馆主，取消开馆资格。

风气虽然得到遏制，可仍有人在盛名诱惑之下，按捺不住，斩杀活人，磨炼心志。

胡平亮终于还是走上邪路，准备在河边击杀一个卖鱼的老头儿，那时他正好路过，救下老头儿，解了胡平亮的剑，用渔网捆了押胡平亮去官府。路上渔民们大吹大打，路人不知怎么回事，问了就都佩服起来，也跟进人群，浩浩荡荡朝衙门走去。

他叫什么名字？这俺哪晓得。后来那胡平亮不知怎么从牢里逃脱，从此落草做了大盗，而后他听说当初在河边捕他的人到了俺们县城，他也就来到俺们这里。

要寻人报仇，总得先掂量掂量自己的本事，列位可不要学胡平亮呀。再添几根柴火，把火烧结实，焖几个老皮红薯，待俺啜口茶，滋润滋润喉咙，讲讲胡平亮死的那晚。

俺永生也没法忘记那夜，大雪苍茫，四方为雪照耀，白的更白，黑的更黑。面馆老板借了亲戚家的驴，他家亲戚第二天早上要使，让俺晚上去还驴。俺就牵着驴，没顾前边，低头在雪地里一步一步走。雪地上突然溅了几道黑漆漆的东西，就跟在白纸上泼了几道浓墨一般。跟着又滚下一颗黑乎乎、南瓜一样的东西。俺抬头一看，只见面前立着两个黑黢黢的人影，一个冷冷站着，收了手中的剑，另一个把剑支在地上，身子没倒，却已没了头颅。

俺万分惊恐，却又呼喊不出，就跟溺水了一样。

虽然过去几十年了，那时候俺脸上的表情到现在也没变过，肉僵在脸上，几十年都没变过，脸上再没什么喜怒哀乐，永是这一副惊恐的面容。

唉，打起火把仔细瞧瞧俺，看看俺现在的这副鬼样子，你们就晓得他是多恐怖的一个角色了。

入 室

客栈燃灯之后，七位旅客嫌时候尚早，无法拥被入睡，又没有娱乐，于是聚到一楼，集资买了两盘花生米、两盘蜜饯干果、两壶茶，坐那儿吃喝聊天。

聊新闻，也聊野史。客栈老板端茶上桌，说："聊归聊，你们的行李要看好，前几日咱这店就遭了蟊贼，当中几位客官的损失可不小。"

内中一个肥头阔面的人说："你这店不是有人守夜吗？"

老板说："那蟊贼攀墙入室，灵活得像只猴子，守不住。"

另一个眉清目秀的读书人突然站起身，说："那我得上楼把我包袱拿下来。"

几个人见他上楼，于是也都一个个跟上去，楼道里响起一阵连环脚步声，踢踢踏踏，不多时大家抱着包袱下来，互相点头示笑，重新坐到一块。

话题抛到蟊贼身上，老板却已藏身在柜台后，站在那儿噼里啪啦拨弄算盘，翻阅账簿，计算当月盈亏。几个人续接上老板引出的话，肥头阔面的人似乎颇有一番经历，就先开口说："我是个厨子，之前做事的酒楼，就出过一个蟊贼，真是个好吃贼。他从不偷人钱财，每日待我们放工，就溜到灶房，看看有什么剩饭剩菜就偷去吃。若是没遇到剩饭剩菜，他就自己起个小火，片些肉放锅里焖。有次灶房买了一坛甜酒，专门用来做汤的，他一碗一碗当水喝，喝多了醉在肉案下，第二天还没醒，被我们逮住之后……"

"稀松平常，稀松平常。"一个贩药材的毫不客气地打断厨子的话，"偷些吃的算什么，我来说个采花大盗的故事。有一年我去松江卖药材，听几个同行说起当地一件新闻。有个采花大盗，不去掳劫女子，专门找些和自己身材一般成家立业的男人，摸清他们的住所，晚上再溜进他们的卧房，用迷药晕倒男人，放到床下，自己则摸到床上，趁着夜色，假装别人老公，挑逗他人妻子，暗中一言不发，有些妇人直到天亮醒来还蒙在鼓里，浑然没有觉察。"

几个人听完脸上有些异样，都不言语，这时候那个年轻读书人说："这可比偷些吃的要坏得多。我也说个和偷有关的故事吧。"

他不急不慢抓一把花生米，丢一颗到嘴里，扬了头，嘴巴微微翘起，凝神想了半天，大家等得不耐烦，突然他把头低下，非常高兴的样子，说："是这样一个事，有个人家里非常穷，白天要帮人扎灯笼，晚上才得空读书，可他舍不得灯油。"

坐在读书人对面的一个老头儿皱起眉毛，说："你是说他隔壁那户人家夜夜灯火通明，他就把自家墙壁挖了个洞，偷他家的光用来读书？"

读书人惊奇地说："你也听过这个？"

老头儿说："这算哪门子的偷。"

读书人很丧气，把头低了，吃起干果。

老头儿说："我也贡献一个，是和我自己有关的。"

他把袖子挽起，手臂上露出一个"贼"字，大家抻长脖子，头交头，盯着那个字看。那字是经火烧烫而成，年岁久远，一笔一画，跟蚯蚓一样。他褪回袖子，大家就散开脑袋，笔直地坐在桌前，要听老头儿讲。老头儿说："有一年冬天，天落大雪，那时我才二十岁，走到一个棚子下面，看到里面缩着一个妇人，抱着两个小孩，脚边架着一口小铁锅，下面只有一丁点儿的火，锅中煮着些雪，还没化掉。她见我来，脸上有几分羞，见我要走，就突然站起来，乞求我弄点儿米送她，她好煮一锅粥给孩子吃。"

老头儿眼角流出几滴泪，擦了一把，又说："我真是善念一起，就遭了厄运。那时我自己没得一个铜板，却只因早上别人施舍了两个馒头，腹中还剩一点儿暖和，就想帮她寻点儿米，于是就到一家米店，趁老板不注意，抓了两把米，不料让旁边一个买米的人撞见，就当场吆喝老板，把我送到了官府，烙了这么个字到手上。"

厨子听完手在桌上一拍，叫骂道："抓你的那个人真是多管闲事！才两把米就要烙印刻字。"

读书人吸着鼻子，把手搭在老头儿手上，安慰说："你说我那个故事算不得偷，那你这个就更不算了。"

客栈老板盘算下来，这月挣得不少，心下欢喜，就从柜台里摸出一包牛肉干，走到众人桌边，小心揭去几层封纸，摊在桌上，说："我请客，吃。"

大家就不客气，七只手长短伸了，拈一块到手里，细细扯成丝吃。

八仙桌正好空一个位，老板填进去，里面一个卖曲儿的搂着一把古色二胡，说："肉有了，酒怎能少，我请大家吃酒，老板，来坛二锅头，再取八只碗。"

老板起身进厨房，出来时一手抱酒，一手托着八只叠在一块的碗。大家分了碗，卖曲儿的将酒满满倒了八碗，晃一晃坛子，声音浑厚，几乎要荡出来，还剩一大半。卖曲儿的放下酒坛，笑着说："这买卖实在，够吃了，够吃了。"

大家举碗碰了，深深浅浅抿一口，放下碗，抓起花生米吃。

卖曲儿的摸着自己的二胡，说："我这把二胡，虽不是名家打造，却是我父亲家传下来的信物，宝贝一样收着，靠它吃饭，唉。"

叹息之间，想到自己的老父，他虽亡故多年，却仍似幼时一样活在自己身边，舍不得让自己受寒挨饿。记起老父病入膏肓之时，放心不下自己，把他唤到床边，说："儿啊，我没有什么家财留给你，你人又瘦，干活儿样样都比不上别人，而今我要走了，只这一把二胡，你要勤学苦练，往后兴许能混几顿饱饭。"

每每拉曲儿，念及父亲，仿佛曲儿中藏了父亲的魂，听者无不沉湎。

里面一个游历诸多名山、见识广博的游客说："想必你技法纯熟，不如拉一曲，让我们欣赏欣赏。"

卖曲儿的说："好，那就拉一个，献丑了。"

曲子一响，众人个个忆起旧事感伤。曲声结束，大家什么话也不说，空洞洞望着什么，酒一口接一口喝，不知什么时候，渐渐醉去。

首先醒来的是贩药材的商人，只觉大腿上少了些重量，一瞧，发现自己的包袱不在了，大呼一声："不好，遭贼了！"

当中两个听到惊呼声，蒙眬中就去摸自己的包袱，摸空之后立刻清醒，就摇醒了另外几人。

大家吵吵嚷嚷，过了好阵子才发现八个人中少了一个，就是那位手上刺了"贼"字的老头儿。大家的包袱悉数被盗去，连读书人包中那几本文选也没幸免，倒是卖曲儿人的那把二胡，没有损伤，摆在桌子正中，一点儿油水也没沾到。

月　夜

极不待见的两个男人即将发生一场恶斗：他们在月光下手握一把泛着冷光

的柴刀，隔着一堆稻草，扬言要砍死对方。

这两个男人是邻居，一个叫天干，一个叫大雨。生天干那年遇到了旱灾，田中颗粒无收，于是他爷爷给他起名"天干"。次年大雨出生，正逢洪灾，他爷爷跟天干的爷爷是六子棋友，两个老家伙正在下棋，大雨的爷爷正为孙子的名字犯愁，天干的爷爷输了一盘棋后，就建议起名"大雨"。

六子棋在乡下非常盛行，不比象棋需要识字，也不像围棋煞费脑筋。简单，小孩子看看就会；方便，棋盘画在田间地头，棋子用棍子、石子都行。

天干和大雨光名字就相生相克，简直得了道家阴阳两极的精髓。

恶斗的起因非常简单。大雨家晒谷时，天干家散养的母鸡领着一群小鸡冲进谷场偷食，大雨家的狗追着一气咬死十来只小鸡。

咬死就咬死，那狗居然还叼着一只小鸡跑到天干家挑衅，天干认出是自家最可爱的那只，就摸起柴刀，砍伤了大雨家的狗。

那狗拖着腿，趔趄回家，大雨一见就炸了，誓言要为自家的狗复仇。

吃完饭，两个人手握柴刀，由小路逼到稻田，从黄昏僵持到月夜。

俩人都没娶妻，曾经相好的爷爷也都化成了山头的小丘。没有墓碑。

假设俩人现在已经成家，不知道媳妇是劝架还是帮腔。若是帮腔，极有可能在黄昏时就失掉了自己的男人。

俗话说月黑风高夜，正是杀人的时候，不过所指的是暗杀，如今是明斗。明斗在黄昏时，西边落日残阳，血红血红的，更容易被冲昏头脑。

月亮当空，照得地上的一切都黑白分明。一只青蛙伏在稻草上，见证着两个男人的生死。它时不时鸣上几声，是在嘲笑和督促，引得两个男人都想将它劈成两块，但是谁也不敢动刀，只将捏出汗的手在刀把上擦擦。

他们为同一个理由反复争辩：鸡偷谷，狗咬鸡，人打狗。

循环而稳定的三角关系，总之都说自己有理。

无法说服对方，就把陈年旧账摆出来算。先从近的开始，一样一样，直算到俩人还是孩童的时候。

彼此没有放松，反倒更加紧张了，今天晚上，总得弄死对方或者自己。月亮转移，就连那只青蛙也看不下去，跳下草堆，溜进老鼠洞里了。

山上下来一头不太大的野猪来田里觅食，希望能从稻草堆里翻出几株遗落的稻穗。此时天干和大雨已经结束了争吵，两人立在那儿，像两个稻草人。野猪一路拱着田间的稻茬，什么也没翻到，气鼓鼓直往前边的稻草堆冲。俩人听见响动，野猪已经奔来。他们几乎马上达成共识，挥刀与野猪搏斗。

面对这种凶猛野兽，他们是害怕的，但拿刀与人斗，比拿刀砍野猪更加令人恐惧，对野猪的恐惧也就减了大半。之前的怒气得到发泄的机会，斫杀结下宿怨的死敌一样，把劲都用到了野猪身上。

那野猪今天大概没寻到吃食，又眼瞎碰到两个拿刀的人，格外憋气，并不逃跑，冲完天干撞大雨，咬完大雨扯天干。

冲撞大雨时，天干就爬起来砍它后腿，野猪又掉转头去咬天干，大雨就咬牙切齿，青蛙跳跃一般，砍向野猪的后腿。

野猪后腿虽然皮粗肉厚，怎奈今天俩人约仗前选了家中新买的柴刀，早已把柴刀磨了百来遍，无比锋利，砍肉斩骨不是大问题。

一场恶斗过后，野猪已经不能正常行走，俩人也是伤痕累累，却感觉不到疼痛，用刀在野猪脖子上来回割。

野猪的嚎叫震天响地，惊得附近山上的鸟儿在稻田上掠来掠去，蛇在洞穴深处盘成一团。

猪血像突破泥沙的泉水，流经俩人的手掌，有些烫手。两人摁着野猪，浑身发冷，心下都想，今天要是被对方杀死，大概就跟现在的野猪一样。

野猪彻底失去温度，俩人才松了刀，瘫在地上，月亮还是那么白。损失十来只小鸡，伤了一条不听话的狗，因为屁股旁边的这头野猪得到了补偿。他们几乎不再怄气，接下来要讨论的是如何分肉。

一人一半，这一点没有分歧。他们决定分头行动，一个去拿杀猪分肉的工具，另一个去拿装肉脱毛的家伙。两个人回家，衣服都没换，拿上东西就往田中赶。

他们在地上铺上稻草，将野猪翻到稻草上，又盖了些稻草到野猪身上，然后用火石点燃。几阵大火后，猪皮已经烧焦，毛发不存，分骨拆肉，连猪心都对半切了。

先是对峙，再是恶斗，后又干了屠户的活儿，晚饭两人虽吃了几大碗，但蓄养的精锐折损殆尽，肚子憋得厉害，就割了大块五花肉，抹上家里带的盐，捡了些干柴，生一堆火，把肉丢在火里烧。猪油渗透出来，火势猛烈，盐激发出肉的香味儿，化成一道道油烟，诱得两人的肚子紧缩。见时候到了，两人立马用树枝拨出烧肉，抓把稻草垫在手里，吹弹肉上的柴灰，小口撕咬，享受这场恶斗的战果。

大餐过后，月亮隐入灰雾之中，天边吐出银光，他们清理完田中的脏东西，趁着仅剩的一点儿夜色，各自扛着半头猪，溜回家中。

天光大亮，他们没换衣服，连脸都没洗，串街走巷。大家见了，莫不嫌弃又好奇，就问："真和天干打了？"

或问："真和大雨干仗了？"

俩人都点头，都不说话。

历史的天空（二题）

曾　瓶

义

郭解和卫青是多年的熟人。郭解径直去找卫青，火气还不小，说："我有多少家财你清楚。"卫青点头，说："清楚，清楚得很。"郭解逼问："我家有三百万钱吗？"卫青说："没有。"

郭解火气乱窜，恨不得砍翻厅堂上的那些几案。皇上的诏书上写得明明白白，三百万钱才迁往茂陵啊。

卫青拍打着他的肩，满含笑意地说："知道的，知道的。"郭解无限委屈，说："那你该替我说句话啊，你是将军，你的话，皇上肯定听。"卫青用力地拍打着胸脯，说："放心，你的事就是我的事，我马上就去找皇上。"

卫青立马进宫找皇帝。皇帝冷冷地打量着卫青，像不认识他似的，责问："是吗？一个家财不到三百万钱的人，值得你卫青将军亲自来替他求情？"皇帝让太监给卫青上汗帕，要卫青擦擦汗。"弄得满头大汗的，成何体统！用得着这样急匆匆地往宫里跑吗？"皇帝敲打着龙椅，一字一顿地说："这人，得马上迁往茂陵！现在看来，对这个郭解，得盯着点儿。"

事情没办成，卫青很懊悔，把皇帝的话转给郭解。郭解后悔不已，真不该让卫将军去找皇上，悄悄地搬进茂陵，可能就什么事情都没有了。卫青不解，问：“皇上喊搬，你就搬吧，会有什么事情呢？”郭解长叹：“被皇上盯上了，还有好日子吗？”卫青明白了，看来真不该去找皇上啊，怎么把事情办成这样啊！

郭解搬往茂陵，不知道怎么就被大家知道了，都要设酒饯行。郭解推托，说这酒他不能喝。他带着乞求：“诸位让我悄悄地走吧。”大家不高兴了，说：“都是好兄弟，你帮了大家那么多，难道酒里会有毒？”郭解只好留下喝酒。

喝了一阵儿，郭解想溜掉，哪里溜得掉？郭解叹着气，说：“那么，就喝这一顿，酒后，马上走。”大家非常不高兴，叫嚷起来：“怎么，不把我们当兄弟了？凭什么他的酒就喝，我们的酒就不喝了？”

郭解只好一顿一顿地喝下去。

终于可以上路了。大家送上银两，说路上用得着，到了茂陵用得着。

郭解摇着头，说：“用不着。”

大家不高兴了，说：“我们送你盘缠，是看得起你郭大侠！怎么，郭大侠看不起兄弟们了？当初，你对兄弟们的那些恩情，让大家都抛到荒山野岭去喂狼吗？”

郭解拼命解释：“不是这样的，这银两，如果我收下，就离死期不远了。”

大家更不高兴了，说：“郭大侠，你是说兄弟们会害你？”

郭解仰望天穹，自言自语：“你们不懂，不懂啊！”

郭解坚决不要那些银子。

第二天一大早，鸡刚鸣，月悬天，郭解准备上路，推开门，见一座小山一样白花花的银子。

扑通一声，郭解往银子前一跪，眼泪就下来了。郭解哭泣：“兄弟们，你们是把我往鬼门关送啊！”

替郭解饯行和送盘缠的事情皇帝很快就知道了。皇帝一边拍打着龙椅，一边对着空无一人的朝堂说：“这个郭解，不简单啊！他的家财，何止三百万，是三千万都有啊！"

　　郭解离开了轵县，名字还留在大家的口中。有一天，一个儒生听见酒肆中有很多人都在谈论郭解，说的都是一些关于郭解的好话，又破口大骂那个千刀万剐的杨主簿。不是他狗日的做手脚，郭大侠怎会去茂陵？儒生很不以为然，对众人说："郭解，什么东西？不就是一个杀人放火的家伙吗？"

　　此话像砸了锅，沸水横流，大家吼叫起来："这家伙乱说！"

　　儒生正要辩解，还没等他开口说话，已经有人按住他的脑袋，割下他的舌头，儒生立马咽气。

　　儒生家人去找皇帝告状。刚刚走到皇宫台阶，便有人冲过来，割下儒生家人的头颅，边割边骂："叫你狗日的告！看你狗日的告！！"

　　皇帝震怒，居然有人敢在皇宫的台阶上把告御状的人灭了！马上把郭解抓进监狱审查。狱吏很敬佩郭解，带了很多酒食给郭解，绘声绘色地给郭解讲割儒生的舌头、灭儒生家那头告御状的蠢猪的故事。

　　郭解不要狱吏的酒食，只是痛哭流涕。狱吏惊惶失措，说："先生，哭什么呀？那个乱嚼舌根的儒生，真是该死！还有那个告御状的家人，不是蠢猪，是什么？"

　　郭解继续哭泣，说："我是哭自己，那些人哪是帮我啊？分明是把我往鬼门关送啊！"郭解坐在那里，一言不发。偶尔，透过牢房的小窗，看看天穹。

　　没两天，圣旨到。郭解，灭三族！

杀

　　车到华州，路上围了很多人，喊"万岁！"声音大得很，好像要让全天下的人都听到。李晔惊得差一点儿从车上掉下来，战战兢兢地问身边的小太监："究竟是谁要害我？"身边的小太监笑了："皇上啊，你不是万岁吗？"李晔像害怕身边有眼睛似的，说："你赶快去告诉他们，我不是他们的主人！"李晔嫌小太监的动作太慢，干脆掀开帘子，哭丧着脸，制止那些高呼的人："我不是你们的主人，千万不要这样！"

李晔的举动和话语很快传到朱温的耳朵里，朱温既高兴又恼怒，叫来族叔朱友恭，问："李晔那小子，什么意思？谁是主人？"

朱友恭谄媚地送上一脸的笑，说："这天下，除了梁王，还有谁是主人？"

朱温像是下定了最后的决心，说："这样，李晔那小子，得死。"

朱友恭继续巴结，说："就是，得死。"

朱温说："你把事情干了。"

朱友恭差一点儿把嘴惊歪了，怎就上了朱温的套？实在不该多嘴，忍不住，像是问自己，又像是问朱温："我把李晔那家伙杀了？"

朱温对朱友恭如此表现很不高兴，说："你负责皇宫禁卫，这事情你不干，谁干？"

朱友恭汗水直冒，这一路杀来，他杀的人多如牛毛，但杀皇帝，却是头一遭。他迟迟疑疑，还是把那句话冒出来了："是不是请梁王给一道手令？"

朱温面露杀气，说："什么？叔还信不过我？我的话，什么时候没算数？"

朱友恭在肚子里骂："你什么时候信得过？你说过的话，不算数的还少？"嘴上却是接连不断地应承道："马上办。"

朱友恭带着军士闯进李晔寝宫。李晔喝了一些酒，正搂着昭仪李渐荣睡觉。一听到动静，推开李渐荣就逃，连衣服都来不及穿。

李晔哪里跑得赢朱友恭明晃晃的钢刀？刀顶在李晔的脑门儿上，李晔哪里还跑得动？李晔只好努力让自己冷静下来，端起大唐天子的架子。尽管声音颤抖，但他还是问："你要杀我？"

朱友恭不答，让李晔闭上眼睛，这样就不那么害怕了。

李晔浑身上下筛糠似的抖动，像疟疾发作。他说："你杀我，就不怕别人杀你？天子突然死了，总得拿出说法，那些吐出来的口水，都可以淹死你。"

朱友恭咬着牙，一使劲，把刀往李晔的心尖送。朱友恭一边送一边说："我不杀你我现在就得死，你死了我至少还活着。"

皇帝突然驾崩，并且死得不明不白，天下一下子热闹起来。李克用、王建等藩镇节度使在自家城楼上，纷纷扬起吊孝的大白幡，让兵士把战刀磨得霍霍响。那声音，像天崩地裂、地动山摇。

檄文已经送到朱温手里，送檄文的人，像是怕朱温识不得字似的，直接在殿前，把檄文读得声情并茂。檄文意思很清楚，不拿出一个说法，全天下的人都不答应。这一次，联军已经集结，就要在汴梁城下拼个你死我活。都知道梁王很能打，但你打得过天下的人吗？朱温的压力很大，私底下问身边的谋士和战将有几成的把握。

大家都摇着头，真要逐鹿天下，还得等待时日。

有谋士跪倒在朱温面前，情真意切地建言："梁王，你何必把责任扛在肩上啊？"

朱温狐疑地问："我不扛，谁扛？"

谋士似乎一肚子都是谋略，说："得让朱友恭那家伙扛啊。"

朱温摊开大手，说："毕竟是我让他干的啊！"

谋士压着声音，害怕被人听去了似的，小声道："他不说，谁知道是你让他干的？朱友恭得马上死。"

朱温一下子醒悟了，决定把朱友恭拉出去，砍了！很快，又连续不断地叹着气，说："我也保不住这个弑君的乱臣贼子啊！"说着说着，朱温的眼泪就下来了。

朱友恭立马被送上了断头台。

谋士来送朱友恭，好吃好喝的全送上，吃好了喝好了，好上路。谋士装作很同情朱友恭，问他有什么话要说，可以由他带给梁王。谋士自以为很聪明，装出非常懊恼的样子，还有些痛心疾首，指责朱友恭："弑君的事情，你不想想，怎么干得啊？"

朱友恭不理睬谋士，只顾喝酒吃肉。喝完酒吃完肉，朱友恭拍打着涨得圆鼓鼓的肚子，哈哈大笑，大叫："来吧！老子又多活二十五天了！"

谋士把这话带给朱温。

朱温像是什么都没听到，说："你得去陪陪朱友恭。"谋士还没反应过来，武士已经冲上来，抓了他就往外走。

做人头

于心亮

大嵩卫城的悦来客栈，来了两个客人，一老一少，看似普通，却引起李老板的注意。

李老板开客栈多年，阅人无数，可谓老江湖了。他当即差人禀报给捕头马三。

半袋烟的工夫不到，捕头马三就带着人来了。

李老板嘴里打着哈哈，眼角却斜向二人住的那间房。马三手底下的人直奔过去，将门拍得山响。过了一会儿房里才将门打开，马三更断定里面有问题了。

进屋一搜，搜出个木匣子。那两人看上去很紧张。马三问里头是啥。

年少的忙说：没啥。

马三说：没啥你紧张啥？

年老的一犹豫，说：里面的东西，怕吓着官爷。

马三说：老子什么没见过？打开吧。

木匣子一打开，还真吓了所有人一大跳！里面，竟是个人头！

马三及手下见状就要抓人，年少的忙抓起人头，往地上一摔，人头碎裂，竟是个泥做的玩意儿。年老的忙解释，自称是打西边来的匠人，来大嵩卫城寻点儿生意做。

由此，这一老一少的手艺一下就传开了。捕头马三在多个场合说：老子当差这么多年，从来没见过这么像人头的泥人头！

正是秋后，大嵩卫城的十字街口，斩了六名犯人。尸身归还，人头挂在城门口示众。犯人的家属，就找上门来，央求这一老一少做泥人头，好图个囫囵身子入土下葬。一老一少就去了城门口，眯缝着眼睛将那六个人头一一端详过，随后就闷声不响回来做人头。

李老板觉得晦气，有心赶这二人走。李老板的儿子却不愿意，说看做人头好玩儿。

李老板的儿子叫李财。李老板老来得子，平时惯得不行，他说的话李老板都听。

因此，那一老一少依旧住在悦来客栈里。李财闲着没事就溜达着去看这二人做泥人头，做到其中一个人头时，李财拍手赞叹道：像，简直太像了！

年老的就问：公子认识此人？

李财说：咋不认识，即使烧成灰，老子也认识这杂种的骨头！

年老的很诧异，问：公子……跟此人有仇？李财说：当然有仇，我看上他的雀鹰，他不给，我就把雀鹰打死了。

这个死刑犯是个老实巴交扛活儿的，遗下一妻两女，来取泥人头的时候没敢进客栈，在隔着客栈很远的地方哀哀哭泣……年老的打发年少的送过去，没收钱。

其间，还有人来请，修润供奉的祖先宗像。

还别说，经过这一老一少的手笔雕琢修润之后，见过的人都拍手赞叹不已，对待祖先的供奉更增添了诸多虔诚。李财回头跟当爹的说，把家里供奉的宗像换成他的模样。

这像什么话？！你想想，李老板能答应吗？

李老板还真就答应了。脸上挂着笑，找一老一少，把事儿说了。

一老一少都听傻了，让李老板再说一遍。

李财不耐烦地说：让你们把宗像做成老子的模样，你们耳朵聋了吗？！

一老一少耳朵没聋，他们立即动手做了起来。只要钱给足了，有什么难处呢？

过了几天，泥人头做好了，尤其是再经过一番雕琢修润之后，见过的人都交口赞叹，都说太像公子李财了……不不不，真是太像李家老祖宗了，简直跟老祖宗是一模一样啊！

把李财给美得，都手舞足蹈了。李老板也很高兴。

李老板付足了银子，就打发这一老一少离开悦来客栈，离开大嵩卫城，离得越远越好……因为儿子李财说了，要是东街的詹老板、西街的张老板、北街的钱老板也学样子请去给宗像做人头，那不就麻烦了，还怎么显出咱们李家独一份儿呢？

一老一少收拾起行囊，离开了。离开得踪影全无。

可随后，李老板发现儿子李财不见了。四处去找，没找到。

李老板花大银子请捕头马三帮着去寻，还是没找到。

儿子去哪儿了呢？——李老板看着那尊宗像掉眼泪。宗像太像儿子了，看见宗像就像看见儿子，看着那嘴角上翘淘气的模样，李老板的心啊，感觉就像被揪掉了一样……

过了些日子，李老板闻见臭味儿了。四处找，四处闻，发现是宗像发出的。

敲一敲，打一打……泥渣没掉下来，却发现真是儿子的人头。

这才想起那一老一少两个房客。可人家早被自己赶走了，还让离得越远越好。

找。——上哪儿找去？

老姜汤圆

王琼华

　　裕后街嘴刁的人，多如牛毛。但说到汤圆，他们大多爱挑街上老字号"老姜汤圆"。

　　店主叫蛐蛐，一个眉清目秀的姑娘。

　　怎么叫老姜汤圆？

　　这名称当然有来头，还是蛐蛐家老祖上的事了。那时，裕后街码头热热闹闹的，天南地北的人，南来北往的船，在这里聚，也在这里散。于是，码头有了地方小吃的叫卖声。空心油糍粑、饺粑、米豆粉、绿豆粉……

　　元宵节这天，这些小贩似乎都叫卖汤圆。

　　一顶四人轿子过来了。轿内坐着一白胡子老者。他掀开帘子看了看，似乎也想尝一尝这地方的汤圆，便让轿夫落了轿子。好些小贩拥到了轿子旁。老者该是有身份的人物，当街吃汤圆，也太惹人眼了。一个姑娘似乎看出了老者的心事，便说："先生，我们家有铺子，可现煮汤圆。"老者欣然点点头。姑娘莞尔一笑："先生随我来。"很快，老者随姑娘进了一家小馆子。这时，老者打了个喷嚏。很快，汤圆上来了。老者一尝，发现汤中有股浓浓的姜味。他好奇地说："哟，我第一次吃老姜汤圆。这地方还有这食俗？"老板娘对老者说："丫头说先生怕是受寒，让我熬了一碗姜汤。这丫头平时顽皮惯了，把煮熟的汤圆放到了老姜汤碗中。"姑娘刚好站在一侧，腼腆地说："那我再帮先生煮一碗甜酒汤圆去。"老者却说："哪里都是甜酒汤圆，没这老姜汤圆有风味。你们以后就做老姜汤圆，说不定还真会卖得好呢。"

后来，裕后街也就有了"老姜汤圆"，街坊天天都能吃到这汤圆。

多年后，蛐蛐从娘老子手中接过"老姜汤圆"店。

很快，街坊便说：蛐蛐就是投胎来做汤圆的。

原来，她除了做芝麻、花生仁馅的汤圆，还推出了豆沙、坚果和巧克力馅的汤圆。甚至，玩起抖音直播，在古色古香的厨房里，蛐蛐哼着昆曲煮汤圆，这一景被食客追捧。很快，"老姜汤圆"店成了网红打卡点。

在街坊眼中，蛐蛐成了一个很潮的老板。

他们却很困惑，蛐蛐仍用老法熬汤。

每天一大早，蛐蛐起床要做的第一件事，就是把头天晚上洗好的老姜放入土灶上的一口大铁锅，点燃柴火，不急不慢地熬汤。

街坊便说："人家不是用瓦斯炉熬汤，就是用电壶煮，哪像你蛐蛐还爱找这般辛苦？"

"没办法呀，谁让街坊除了吃汤圆，还挑剔姜汤是不是跟我娘老子熬的一样地道。上次，一位点了外卖的小姐姐还说，'你老姜汤圆也学会了取巧'。"

"有这等事呀？"

"我猜，外卖小哥那里出了点儿状况。"

街坊乐了。即便街上别的店也煮老姜汤圆，但街坊觉得还是蛐蛐用柴火熬的姜汤正宗些。

有街坊则说："请个小工帮你熬汤。"

"我忙得过来。"

"天天这烟熏火燎的，别毁了你面颜姣美的模样。"

蛐蛐当然听懂了意思，一扭头道："我不嫁人。"

又是元宵节。

深夜了，蛐蛐把最后一拨儿客人送走后，便开始收拾桌子。

"老板，还有汤圆吧？"

一个后生把脑袋伸进门。

蛐蛐忙说："进来坐吧。"

很快，一碗热气腾腾的汤圆就摆到了后生跟前。后生该是有点儿饿了，拿起长柄勺子就吃了起来。但在咬第五个汤圆时，后生一抬头问道：

"老板，碗里混有一个蛋？"

"一个鹌鹑蛋。"

"哦，我还以为老板弄错了。"

"下锅时，我才发现只剩下十七个汤圆了。"

"也够一碗了。"

"你像是第一次来我这店里吃汤圆，但我知道，你是年前来我们老街开店做生意的一个老板，要得一个好彩头，所以除了十七个汤圆，我又加了一个鹌鹑蛋，十八十八，祝老板您今年大发。"

听到这解释，后生顿时心花怒放："谢谢老板。也祝您龙年发财。"

"彼此彼此。"

后生跟蛐蛐说："我以前来店里见过你。"

蛐蛐重新打量后生道："看来我也有眼拙的时候。他们还说我记性好，跟谁打一个照面，能让我记住一辈子。"

"反正我一辈子忘不了你。"

"就吃这十七个汤圆加一个鹌鹑蛋？"

"有一个送外卖的，来这里取了一份老姜汤圆。结果，外卖迟到了，那个叫外卖的人不仅投诉了外卖小哥，还投诉了你的店，说是欺诈……"

"啊，真……真是你呀！"蛐蛐瞪大了眼睛。

"我换了一个发型，所以你记不起来了。我真的很感激你。你不仅跟平台帮我开脱责任，还上门跟那叫外卖的女子道歉，说是店里弄错了汤圆。"

"外卖小哥哪会误时呢？你们赚几块钱也不容易。那天该是发生了什么事吧？"

"我骑车拐过巷口时，一滑摔倒了。我返回再来买一份，已经来不及了，刚好发现旁边就有汤圆摊，便当即买了一份。"

"你那天还受了伤吧？"

"你怎么知道？"

"马上就买一份汤圆送去，也耽误不了多长时间。"

"脚崴了一下。所以，家里人没让我再跑外卖，来这老街开店了。我当时真不知道，你们家的汤圆那么有个性，人家一吃，就知道不是那味道。我刚刚尝了一碗，果真好吃哇。"

蛐蛐笑道："那欢迎你常来尝尝呵。"

结果，后生第二天早上又来这店里吃汤圆，而且从这天开始，汤圆就成了这后生的早餐标配。

很快，两人成了好朋友。那天，蛐蛐说要给敬老院的老人送汤圆，后生也跟着去帮忙，还带去了好几提果篮。

再后来，蛐蛐与后生结婚了。有街坊调侃："蛐蛐你还说不嫁人呢。"蛐蛐一脸笑意，有点儿狡黠地说："我嫁人了吗？"街坊稍稍一琢磨，这蛐蛐还真没自食其言。后生并没把蛐蛐娶回老家，反倒是他已经落户裕后街……

北冥有鱼

叶北海

郑板桥跟于适没有见过面，神交。

这份交情竟是从一块墓碑开始的。

乾隆十一年，郑板桥赴任潍县，路过城南的墓田，望着层层坟头歇脚儿。

书童寒茗打了个哆嗦："老爷，太阳快下山了，要不……"

"不急。"郑板桥在坟堆里溜达着，"老爷我下驴伊始，第一件事就是体察民情。"

寒茗抽肩缩颈，捋捋胳膊上的寒毛，小声嘟囔了一句："到坟地里体察个……"

"不信？"郑板桥笑了，拍拍身旁的青石墓碑，"看看，这石料、这款式、这雕工，不得二两银子？"再指着旁边的坟头，"数数，多少个？"

寒茗挠挠头皮："老爷是说，潍县百姓……比范县……富裕？"

"孺子可教也。"郑板桥扒拉开荒草，看碑上的文字，"深恩显考宋公讳长松之墓"，字是颜楷；"故严父徐公讳祥之墓"，书仿汉隶；"故显妣慈母孟孙氏之墓"，用的馆书……郑板桥微微摇头。

看了十几个，郑板桥终于眼前一亮，碑上刻着一副联："青山芝兰盛，碧海瀚泽长。"中间是"故吏部郎中于公讳远大人之墓"，背面还有一大篇墓志铭，仿的是《瘗鹤铭》的笔意。"妙哇！用《瘗鹤铭》写墓志，不减庄肃，自得哀伤。"郑板桥竟站在人家坟头前，欣赏起来。

寒茗也扭头转身，四下里乱瞅："老爷快看，这是不是'一盒茗'？"

郑板桥随着他的手指看去，周围几块墓碑都是，而且碑主都姓于，当即断定，书碑之人必来自于家。"寒茗！快！去打听一下，这城南可有个于家庄？"

"啊？"寒茗指着即将落山的红日，"您老再折腾，城门可就关了。难不成咱们要在坟堆里露宿？"

"有何不可？"郑板桥来了兴致，"有绝妙书文为伴，纵然与鬼魅为伍，与尸骸同穴，也是天下第一等雅事。"

话虽如此说，他到底还是赶在关城门前进了城，打听后得知，城南竟真有个于家庄，就在墓田不远处。庄里的于适老爷子，字肇诜，监生出身，以书法名世，乃"北海三俊"之首，于氏碑文都是他写的。

郑板桥恨得捶胸顿足，指着寒茗骂："再不听小人之言！"

第二天，郑板桥熟悉政务，会见乡绅，抽不开身，便派寒茗带着礼物拜见于适。结果人没见到，只带回一张便条来：

北冥有鱼，其名为鲲。鲲之大，不知其几千里也。

寒茗挠着头皮："老爷，什么意思？"

郑板桥笑了："北冥者，北海也，也就是这潍县城。鱼嘛，自然是他于适老先生喽。他的意思是说这条鱼太大，老爷我这口锅炖不下他。好家伙，把我看成什么人了？"

此后，郑板桥勤政爱民，几年工夫就把潍县治理得政通人和，路不拾遗。闲来无事，他便吟诗作赋，以书画会友，潍县城谁不知道他兰竹石皆妙，诗书画三绝？于适虽没有亲自登门拜访，但每到年节，都会寄来一封信笺，内容从《逍遥游》到《人间世》，到《齐物论》，再到《养生主》。

寒茗头皮都快挠破了："老爷，这是在夸您吗？"

"不夸我，难道夸你？"

"那老爷怎么不高兴呢？"

郑板桥默默摇头，总觉得信笺里透着古怪。

乾隆十七年，重修东岳庙，从二门上拆下一块匾来。寒茗飞奔来报喜："老爷，快看，又是'一盒茗'！"于适的信笺看多了，他竟也识得字体了。

　　上眼一瞧，写的是"发育万物"四个字，郑板桥很不厚道地笑了："你用《瘗鹤铭》写写墓碑也就是了，至少书文相称，应景儿；眼下倒好，用'瘗鹤'来发育万物吗？"

　　寒茗也笑了："原来这字不好呀！老爷您写一幅给他换下来呗。"

　　郑板桥沉思半晌，神情越发凝重起来，竟然向牌匾鞠了一躬，当即召见乡绅富商，鼓动大家，有钱的出钱，没钱的出人，建学舍，请名师，大兴文教。"文教不兴，学风不盛，纵然五谷满仓，又有何用？"他感慨道。

　　到年关时，于适的信笺又送来了：

　　古之真人，不知说生，不知恶死；其出不欣，其入不距；翛然而往，翛然而来而已矣。

　　"《大宗师》，好，得劲儿！"

　　郑板桥一夜没睡，竟用他的"六分半书"把《大宗师》抄了一遍。

　　好景不长，郑板桥发官仓赈灾，被罢官了。临行之日，他特意去了趟于家庄——再不见就真没机会了。

　　开门作揖的是个青年。"先父临终前曾经嘱咐过，让我代他拜见郑大人。"青年说着长揖及地。

　　"先父？"郑板桥愣了。

　　"实不相瞒，先父向来仰慕大人的书画文章，得知您来潍县任职，更是喜不自胜。奈何病体沉疴，您上任的第二天，就……"

　　"第二天？"寒茗叫了一声。

　　"也就是说，如果那天我亲自登门，还能见他最后一面？"郑板桥悔恨不已。

　　寒茗掏出那些信笺："这，又是怎么回事儿？"

　　青年道："那是先父临终前写下的，让我每年往县衙投递一份。他说看大人书画，必定是个孤傲清高的人，没有知己为伴，岂不痛哉？他愿与大人做个隔世之交。"

郑板桥怅然若失："老先生的坟墓在哪儿？我去祭拜一下。"

来到坟前，却见青石碑上光溜溜的，没有刻字。青年连忙解释："先父说了，他给人题了半辈子碑文，自己就不操心了，留待有缘人吧。"

郑板桥知道说的是自己，便吩咐寒茗研墨。他望着石碑沉吟片刻，挥笔写下两句：

北冥有鱼适南海，
西风何意过东隅。

附：于适（生卒年不详），字肇诜，山东潍县人。监生。以书法名于康熙年间，"北海三俊"之首。其城南先茔诸碑半适书。相传郑板桥（燮）莅潍时，下肩舆步入坟茔，巡视碑刻，及适书击节曰："佳！大佳！"观他人所书曰："多常作。"上肩舆去。

苦梅花

赵慧孝

既然都叫阮小刀了，他擅使的，必然是刀。

"唰"的一声，银灰色的刀破空而去。窗前，树上，那朵新开的梅花，便只剩下淡黄花蕊。五片花瓣薄如蝉翼，静静地在空中打着旋儿。

这么漂亮的刀法，是阮小刀的师父教给他的。

那是个大旱的年份，土地龟裂出深深的缝隙，黑夜里，亮成一双双群狼极渴的眼。

师父养了很多鸭子。家里米缸见底，只好捉两只鸭子去集市口卖了。老鸭子也可怜，是一公一母，成双成对的，齐齐在村口王屠夫家的砧板上被斩断了脖颈。

鸭血溅出来，落在地上如海棠，开得血红。

鸭子卖了八个铜板，在黢黑的砧板上被一字儿排开，油光锃亮。师父不嫌，一把捞起来，在衣襟上擦擦蹭蹭，就圈进腰间挎着的布包里，转身去隔壁摊买了个烧饼，饼上的芝麻焦香焦香。

再转身准备往家走，师父眼尖，看见脚边枯草堆里有动静，烂叶子一起一伏。

两根手指拨开，走近一看，是个全身赤条条的粉色小人儿。

有的时候，心一软，缘分便硬了。

抱起那小人儿，分量比来的路上拎着的那两只老鸭子还轻。一大一小，大的衣衫褴褛，小的索性赤诚相见。走回家的路上，天渐渐从赤红变墨黑，师父就此养下了阮小刀。

天晴时放鸭，大刺刺躺在河边，嘴里叼根小野草。凡落雨、刮风，就头上囫囵顶个破草帽儿。

一晃十五年过去。师徒俩放了足足有十五年的鸭子。

春江水暖鸭先知。阮小刀和师父总是仗着竹篙撑着小船跟在鸭子屁股后头，做这方圆百里内最先知晓春天的人。

师父，你使得那么一手好刀法，我见着你用那把薄刀，柳叶儿都能削成对称两份。为什么不去外面闯闯江湖，却甘心在这小江河边养鸭子。阮小刀心里颇藏得住事儿，有疑有惑，却忍了许久才开口问师父。

人一旦岁数大了，就喜欢找点儿清净地，做点儿清净事。我现在就乐意养鸭子。师父话音刚落，天空云黑如墨，一个惊雷乍起，噼噼啪啪地，雨珠滚落下来。

阮小刀身形一矮，屈身就进了船舱。师父却岿然不动，背笔直得像家里那棵难得开花的老梅树。

雨越下越大。阮小刀眼瞅着，愈发觉得师父的背影和江畔那连绵青山融合成一色了。师父是青山，青山亦是师父。或者说，师父眼里，除了青山，还一定有别的什么东西。

师父是从什么时候开始教他飞刀的，阮小刀自己也记不清了。那应该是一个杨柳新晴的日子，阮小刀把玩着一把小木刀，东戳西捅的。他把师父的外套松垮地披在腰间，站在院里挥着小刀从东头砍到西头，威武极了。

阮小刀感觉每次刀落时自己就是不可一世的大侠，刀刀都在取敌人首级，父老乡亲正隔着江畔向他摇旗呐喊。

师父从阮小刀背后绕过来，步子很轻，他还以为庭院里进了一只猫。

刀，不是你这样使的。

不是这样，那是如何使的？

师父拍了拍阮小刀的脑袋，并没回话。他取过阮小刀手里的刀，轻轻抖落上面的泥土。先是翻了个漂亮至极的剑花。阮小刀看得呆住了。

那不过是一把再平常不过甚至有些简陋的木刀，没有雕刻复杂的花纹，但在正午阳光下，师父把它舞成了一只浑身泛着银光的蝶，正振翅欲飞。

常人总觉得刀是坚硬的事物，劈、砍、切、挑，刀的属性与功能往往与这些一眼看去便觉得锋利的动词相关联。但在师父手里，刀被赋予一种近乎神性的软的意味，抽刀断水，刀似乎比水更软几分。柳絮、梅雨季、美人眉……师父每次挥刀时，勾手抬腕都像一折子唱过千百遍的戏。

看久了，阮小刀也能从那刀锋、刀身、刀把里咂摸出些唱念做打的韵味。

师父一定是个有故事的人。若是心里没故事的人，断不可能将一把寻常小木刀舞得那么美，那么惊心动魄。

时间又一晃，刀光剑影里，阮小刀已经二十岁了。

他对师父说，我想出去闯闯。师父还是一样地沉默寡言，只是将一把刀重重地按在他手心里。

他懂师父意思。

刀，本身只是轻飘飘的事物。一把刀，又能有多重呢？全凭用刀者心意罢了。你若越在意、越珍视，它便越重，蛛丝儿似的，慢慢牢牢地裹住你整个心房。

辞过师父，阮小刀上路了。没有目的，更觉得周身景象新奇，连道上遍地不知名的野花儿都可亲可敬。

一路西行吧。玄奘向西取得真经的故事阮小刀是听师父念叨过的，一僧三怪，到底还是修得金身圆满，立地成佛。

后来阮小刀走去哪儿了呢？他走遍许多地方，见过半溪明月，一枕清风，更见过汀花雨细，海风碧云，在江南的烟雨蒙蒙里爱上过一个腰肢细细的女子。

慢慢地，阮小刀不年轻了，鬓角染上星星点点。

他也收了一个小徒弟，那年路过城隍庙，神台下婴儿的啼哭入了阮小刀的耳，抱出来一瞧，小娃娃粉琢玉雕，是个好模样、好坯子。

阮小刀不是没有再去寻过师父。去寻时，当年的院子已经人去楼空。窗前老梅树却难得地春光正好。他莫名就想起一句师父曾教他念过的诗来——

天地寂寥山雨歇，几生修得到梅花？

半城凤爪

墨中白

桃花开了，曹士九的心情似打开院门一般敞亮，父亲同意他去城里找活儿干了。他十二岁跟随父亲烧锅，后又学配菜，父亲还教他做八大碗、十二样冷碟。父亲告诉他，城墙太高，里面人胃口刁。他掂着大勺，心想，城里人的舌头长什么样儿呢？除了父亲，他是第一个走出半城的人。

汴泗桥上，一个衣着褴褛、白发白须白眉毛、骨瘦如柴的老人卧在地上向他招手。曹士九蹲下身，才听清老者嘴里漏出一字——"饿"。他忙跑到对面大饼铺，买了两个烧饼回来。老者接过，三口两口吃下肚，望着水里如血一样的波光，老者拉着曹士九的左手，示意让送他回家。曹士九背起老者，顺着指引，来到一座破庙。庙里一床一锅一灶一摞碗。

老者说，民以食为天，想在城里干？

曹士九点点头。

做手艺要有绝活儿。老者拿起锅铲说，掌勺不简单是烧菜，要学会变通，从无到有，有可变无。

曹士九又点点头。

老者挥着菜刀继续说，记住，切菜，刀口要长心。说话间，凉菜、热菜，一一演示起来……曹士九念着口诀，切的黄瓜片薄如纸片，姜丝细如头发……曹士九不敢相信，他摸下案板上的烧鸡，烫手。这么多大菜，老者怎么还饿得倒在桥头呢？他一时顾不上想那么多，用心体验绝活儿的要点。

曹士九学做一夜菜，也不觉得累。直到听见一声马嘶，他才发现，昨夜自己睡在汴泗桥下，身边哪有老者。他一闻手上，还有烧鸡的香味儿。他走进泗州酒楼，想碰下运气。掌勺的大头问他会什么，他没说能烧菜，只说烧火、担水都可以。大头说，正巧店里缺个烧火的，于是曹士九就留下来。

　　大头姓柳，后厨人称他柳厨师。柳厨师炒菜对烧火有讲究，曹士九添柴时，会看着柳厨师准备的配菜加减木柴，火该硬时硬，该弱时弱，从不要柳厨师烦心。柳厨师没有想到灶前这个年轻人，能把柴火烧出花来，前几个伙夫，总让他操心。只是看着曹士九的目光老缠着大勺四壁，柳厨师知道这小伙子，眼睛不在火上。

　　有一天，柳厨师问曹士九，想学烧菜吗？曹士九点点头，又马上摇摇头。柳厨师笑了，想学，先练刀功，从配菜开始吧。原来，柳厨师配菜的那搭档，家里母亲病重，请假回家了。第二天，柳厨师就把菜刀递给曹士九，让他帮着配菜。曹士九接过刀，按照柳厨师的要求，将他需要的食材切好。看着曹士九切的黄瓜片和青椒丝，柳厨师不敢相信，一个烧火的能有如此好的刀功。他问，在哪里干过？曹士九说，在家跟父亲学过切菜。柳厨师不信，这样娴熟的刀法可不是一日两日的功夫。这个年轻人柴火烧得讲究，没想到配菜也很讲究，他会根据烧菜的需求和食材烧制的火候不同，配菜的技法有所变化。

　　说来也怪，自打这几天曹士九配菜，食客普遍反映柳厨师烧的菜口感变了，同样的菜，比先前好吃了。一时，来吃饭的回头客多了。听着堂前传菜的吆喝声，柳厨师烧菜更带劲儿了。

　　两个月后，柳厨师的搭档回来了。曹士九又回灶前烧火。接连几天，酒楼里的顾客比以前少许多。有人疑问，是不是换厨师了？柳厨师听后，手里的大勺一颤，看着眼前的曹士九，他想起了什么。收工，店里忙活的五个人也要吃饭。柳厨师累了，就让曹士九随便烧两个菜，给大家吃。曹士九烧碗鸡蛋酸辣汤，炒了一大盘粉丝豆芽。柳厨师喝口汤，那个鲜呀，再吃一筷头炒菜，粉丝滑而不腻，豆芽脆香爽口。柳厨师嘴上夸，好喝好吃，眼睛里却露出一丝不安的光，刚好落在曹士九的碗里。

曹士九看到柳厨师的舌头，不是传说中的那样红润。他找个理由告辞了。柳厨师故作挽留，曹士九坦诚一笑，转身离去。

泗州酒楼食客少了。除了柳厨师，没有一个人想到这与曹士九有什么关系。大家都认为是对面新开了一家梅山酒家。据食客说，梅山酒家有一道拿手菜"半城凤爪"。柳厨师扮成彭城商人，溜进梅山酒家，要一盘粉丝炒豆芽、一碗酸辣汤，外加一碟半城凤爪。果不出所料，汤还是那酸辣味，粉丝炒豆芽还是滑而不腻，脆香爽口。只是凤爪，他吃三个，没吃出来是啥做的。外形是鸡爪，没有骨头，不是鸡爪，可吃起来满嘴鸡肉香，口感和真鸡爪区别不大。柳厨师偷偷拿起一个鸡爪揣兜里，回店，他把鸡爪放在锅里烧水熬。一碗茶工夫，再拿开锅盖一看，鸡爪没了，变成浑汤。柳厨师知道这是面做的，却想不通是怎么做出来的。一想到曹士九，他就脸红。那么多酒楼不去，这小子偏跑到对面来干，存心要他好看呢。别的菜不说，就这半城凤爪就足以让他颜面扫地。人家烧菜是无中生有，而自己呢？他握着手里的大勺，脊梁冒汗。

他收拾背包离开泗州酒楼时，后厨人说，新开的酒楼，一开始生意好，挺正常的，柳厨师怎么能这般沉不住气呢？

第七辑

小说的报复

夜宿一位养猫的朋友家中

张秋寒

　　张生只是一个普普通通的张生。没在普救寺遇见崔莺莺，也并非放下架子为妻子画眉的京兆尹。风流佳话以外的这个张生年纪不大，毛病不少。他踽踽独行，从南走到北，从天亮走到天黑。随着行路渐长，他的许多毛病竟不医而愈，像是晕船，像是择席。

　　择席之症由来已久。少时他离家求学，上榻同窗略有辗转，他便疑心床板断裂，地陷天崩，霎时殒命，苦苦经年方才适应群居生活。学业初成，他客赁别处，纵然拂拭家什千百回，他仍感到前者气味流散不去，闭眼便觉枕畔卧人，细听甚至鼻息幽微。

　　此后他游历山河，远涉海外，遍睡世间。虽然山腰木屋漏风，也客舍似家；尽管王谢旧邸轩阔，却人生如寄。不能，也就不再计较床笫。每处异地，常常眠至天明，难得遇见梧桐叶上三更细雨。

　　此时此夜，他正借宿于一位朋友家中。

　　朋友家楼高百丈，触手摘星。推开窗，不远千里而来的野风是故人生猛的拥抱。它吹动着帘帷，巾帨，木叶……挂在墙上的小忽雷因此铮铮作响，一桌子带着墨迹的宣纸像驱傩的巫觋披头散发漫天而舞。

　　不管这个改为卧室的储藏间从前是谷仓还是酒窖，风的作业都改善了它沉闷的面目。颗粒或液滴次第还魂，填充着衰老带给它的褶皱与缝隙。张生这时已经有了预感。这种预感所带来的激情不亚于他提篮负箧地跋涉，邂逅沿途所见的日月山川。

他躺下去，闭上眼，择席旧疾悄然复发。

他只好幻想自己是草原上的牧人，背倚朔气，清点暮色中归圈的羊群。他又追忆起推门跌入茫茫雪野的苍冬，万物似无用句点被删去，天地回归未被书写的史前。

全部失效。

他的脉搏此刻更漏般精确地计算着长夜的流逝，吐纳的每一缕元气都在默默集聚缔造终将到来的黎明。他以为彻夜不寐的苦茶已经沏好，脑海中却偶然泛起童年纸鸢画样如一缕回甘，不知不觉悠悠入睡，直至一声滑腻猫叫重新将他叼出梦境。

夜深似渊，人沉如溺，张生说不上来声源何处，只知方寸间必有猫的存在。他下了床，蹲下身，伸出没有鱼干空空荡荡的双手，像唤全天下所有猫那样唤着咪咪。得不到回应，他就持续地唤着，并在自己的声线中听出一种忠贞，为之动容。

吵死了。猫说。它陡然跳过来，掌灯似的点亮了两只祖母绿的眼睛。这光力透云霄，不仅屋内生辉若昼，连对面华厦的琉璃翠瓦也在它的注视下鳞次栉比丝丝分明。只是猫自身亦被光晕笼罩，一派清虚，像仙子面目不轻易示人。

张生问它从哪来。猫说你管我，我还没问你呢。

我从南方来。

我问你了吗，我又没问你。

周遭霎时黯淡枯寂。猫察觉到了他的低落。带着对老实人的轻微歉疚，它踱到张生身边，拿尾巴扫了扫他的小腿，像成人抚摸另一个成人的脊背。

我是本地猫——再说明白点儿，我是本家猫。

朋友从没向张生谈起过养猫的事。猫猜到了这一点儿，它跳到床上，说主人养花，养鱼，养来路不明的女人。它从来不是主人的唯一，不必被隆重提及。

但你不是一只寻常的猫。

猫跳上桌，盘坐在那一堆破烂书法上，说第一百天的猫镇纸绝对没有第一天的猫镇纸可爱。转眼间它又敏捷地攀上墙壁，学着佛窟彩画上的伎乐天那般反弹小忽雷。琴声没传递出丝毫庄严吉祥，只是一阵一阵凛冽地剥开良夜初结的伤痂。没等张生从余音中清醒过来，猫已跃入他的怀抱，毛茸茸地挠着他的胳膊，索取深情的摩挲。

就这样，他顺着它的毛，它回答他的话。纵然我们带着九条命，活了近千年，每只猫也都只是寻常的猫而已。就像我在外能得到各不相同的投喂和形形色色的爱抚，最后也会回家，回到这里。

张生想到他逗留过的客栈与馆驿，想到遥遥无期的归期。再一睁眼，那笼罩着猫的朦胧光晕骤然溃散，东方既白，尘寰显形。他拈起袖子上的一根毛嗅了嗅，不错，是猫腥味儿。

朋友带他下楼吃早餐。张生四下环顾，诧异万分——草坪上，石径间，池塘边，几乎处处是猫，反而人不多见，一时分不清是人养猫还是猫养人。行到蔷薇架下，朋友顺手逗了一只通体雪白的猫。它原本在舐舐草茎间的露水，受到拨弄，便仰翻在地，曲承其欢。

走上街衢，张生问他那猫如何一点儿也不畏惧。

他说，那只就是我养的猫啊。

蓦然回首，天昏地暗，猫已无影无踪。随着一道皎洁闪电反反复复凌空劈过，张生才确认，那是飞檐走壁的猫在义无反顾地奔向属于它的窗口。

驯风的女孩

王 溱

整栋房子唯一一个有对流风的房间，位于一楼临街的位置。当初房东太太安排这个房间给她只是考虑到她眼睛不方便，一楼比较好走，并不晓得她每天晚上都要站在那扇临街的窗户前往外看。

当然不是用眼睛"看"，是用耳朵。当一个人失去了眼睛，全身渐渐就会长满耳朵。在彻底失去视力的第三百六十六天，她的每一个毛孔都是耳朵。

耳朵能不能发挥作用，得看风。眼睛看东西要靠光线，耳朵靠风。她在一家推拿店工作，也在这条街，离公寓挺近的，顺风走只需十分钟，若是迎风走，更快。迎风走的话，迎面而来的风总是能把前方的情况提前捎带给她，让她可以顺利地避开摆在地面的摊档或是临时放置的垃圾箱，甚至站在路边闲聊的人。总之，她能精准地绕开所有障碍物，走得飞快。

当然，这是现在。以前的风可不这样。没被驯服的风都是桀骜不驯的。它们横冲直撞，不该来的时候来，不该走的时候走，总之不按常理出牌，甚至有点儿欺负她的意思。

以前——大概就是一年前吧，她刚确诊"彻底丧失视力"的时候，生活都这样欺负一个正要进入人生新阶段的花季女孩了，风跟着落井下石也不足为奇。她孤身来到这座城市，满脑子都是对未来的美好想象。谁能想到突如其来的一场灾祸会夺走她所有的美好想象呢？连同她的眼睛。

回是回不去的。她向来要强：就是留在这里乞讨，也比回家让年迈的奶奶和被活计压垮了腰的母亲照顾自己强。

好在不必真的沦落至乞讨。她有老乡在这里开推拿店，把她招揽过去后，即刻就挂上了写着"盲人推拿"的新业务牌子。她看不到牌子上写的是多少钱，只听到风吹动木牌子相互撞击夸啦夸啦的声音。好听，真好听。钱的声音。

也不一直好听。某些时候，这些夸啦夸啦的声音就是干扰。

毕竟还没被驯服咧。她竖起耳朵去搜寻窗外风吹树叶的沙沙声，好判定窗帘拉上没，风就故意捣蛋，夸啦夸啦把沙沙声掩盖。

"你怎么回事？窗帘还没拉上就按？"脱了上衣的客人又把衣服盖上，怒火直往她脸上喷。

"对不起对不起，我马上拉上。"她急急循着风来的方向走去，风却故意放过窗帘去撩拨另一侧盖着桌子的桌布。不出所料，她重重撞上桌角，哎哟一声叫。

夸啦夸啦，那是风在笑。

在给客人按摩的时候，她也得靠客人呼吸声的粗细来辨别力度是否合适。毕竟刚学没多久，力度不太好把控。

"哎疼！疼！你怎么按的？会不会按哇？"客人又咆哮了。

"对不起对不起，我轻点儿。"她小心地把手肘抬离客人的腰，改用大拇指。客人分"耐受"与"不耐受"两种，耐受的方可用手肘，不耐受的只能用手指。风一下把桌上喝完的纸杯吹落在地，一下把隔壁的说话声硬塞入耳，再粗的呼吸声也给稀释没了。

夸啦夸啦，只剩风在大笑。

就是那一天，她跟风杠上了。她认定风是邪恶的，只会恶作剧！风发出任何声响她都刻意忽略，风送来什么消息她都不信。于是那天从店里走回公寓的路上，她先是撞上门帘，然后被不知何时飘到脚边的塑料袋绊了一下。起身时一辆自行车刚好从她身边掠过，丁零零的响声直至她慌乱后退时才钻入她耳中，捎带骑车人的一声骂。挂在公寓门口的风铃没有响，她差点儿误入其他人的房间。她进了屋，换了衣衫，才发现那扇临街的窗户一直没关。怎么发现的呢？不是风告诉她的，是一只猫。那只猫以晃动的树枝为跳板嗖一声蹿入屋内，丁零当啷弄倒了好多东西，最后还要大言不惭地发出响亮的一声：喵——

糟透了。这一天过得糟透了，人倒霉起来连猫都来欺负。就像刚知道自己再也看不见那一刻那样，她蹲在地上，双手抱在胸前，头深深埋进手窝里。眼睛甭管看得见看不见，都有眼泪，眼泪片刻就湿了衣袖，胳膊一阵发凉。腿边却一阵暖，还有呼噜噜的呼吸声。

她伸手去摸，软绵绵的，热乎乎的，没错，是只猫。她是从头部到尾部顺着毛发摸的，呼噜声愈发响了。

风说，它叫狐狸，是楼上一个女孩养的。她脑子里立刻浮现一团橘色，长长的尾巴，尖尖的耳朵，确实像只狐狸。

"你叫狐狸？"

"喵——"

"你住这楼上吗？"

"喵——"

她自然不懂猫语，却忽然相信风说的了。那么一团毛茸茸的东西，那么柔软，那么真实，很难叫人不相信。她耐下性子听，楼上隐约传来一个女人的呼唤声："狐狸！狐狸！回来！"

就在那一刻，她无师自通地掌握了驯服风的要诀。驯服一只猫必须顺着毛发的方向抚摸，驯服一阵风也是一样的，你得信任，得倾听。

她开始倾听，站到窗前听。被驯服的风会告诉你它所知道的一切：小提琴声，高跟鞋踩在木楼梯上的声音，键盘声，打闹声……那是风给她介绍住在这栋木房子里的、活生生的邻居们。

她终于意识到自己也是当中的一员，活生生的。

诗的起源

包文源

一、形状

这是关于诗的第一种起源：

据说女娲亲手制作的第一批人，身体发肤无法再生，人作为一种消耗品，每日随着自我使用而日渐残缺，直至消逝，每个人留下的骨架都是一具文字，他们也被称为真人。

后来，有一群动物开始偷偷收集这些骨架，将其拆开并组合出各种文字。每当他们拆开一个真人的骨架，组合出一个新的文字，都是在偷窃其他宇宙中的意识形态，他们也被称为伪人。

起初，从伪人用不同的字组合出第一个句子开始，那个句子便开始生长，再也没有停下，它率先吃掉了女娲，此后便再也没有真人。

此后，人们每天都通过断句来斩断这个无限生长的句子，以防止它持续生长蔓延将整个宇宙淹没。

人类由此发明了呼吸——作为断句的方式。人们通过说话、停顿、抑扬顿挫，来从宇宙中腾出可供伪人居住的房间，阻止宇宙被填满。

人们使用呼吸来延缓那个句子的生长，将它分割在无尽分衍的时间里，每一只阿基里斯的乌龟，生长成我们的记忆——一种永恒生长而又被无限分衍之物。

会呼吸的我们都从未生长完，呼吸的伪人发明出诗。

将龟壳上的花纹拼凑成花冠戴在头上的动物，一直在跳舞，我们永远向往曾经真实生活过的人，我们只能用片段的舞步在月光下捕捉他们的影子，诗是对真人的模拟。

原本，词是无限的，它便是一切，因而也没有敌人、防御、武器，所以轻易便被我们——它的一部分——偷袭杀死。

从此，无限成为有限，也得以存在。我们成为有限性，也因此而存活。

死在黑暗中的词人，正从我们身体里重新孕育，像无重力场，苹果、凳子、最先长出羽毛的恐龙坠落，凭借各自身体里的负重感而获得重力。

我们的名字是用偷来的骨头拼凑的，给自己命名之后，负罪感是我们唯一所有之物，人类此后创作的一切事物都是从自身体内无尽的负罪感里剖出的，是诗的形状。

二、声音

这是关于诗的第二种起源：

起初，每当人写到一定字数，所写出的文字便会被风吹走、被雨淋湿、被雪掩埋、被雷电焚烧……就像有人不停吹拂这座沙丘，人所书写的文字永远无法完成，仿佛是某物不想让人读出某个完整的语言。

于是，人为了避免被发现自己正在尝试读出那个句子，将它无边无际的身躯分割成一块又一块碎片，由离散四处的族人，各自将每个部分重新发明出来，于是，词、字、人……呈现为万物离散态。

在每一朵浪花、每一片贝壳、每一粒稻谷里储存一个句子，星辰是一部无垠的分布式小说。

直到那天，分布在宇宙中的族人开始做同一个梦，从里面长出一道无边的黑色墙壁。

那时我们才记起，我们每个人说着的絮语，是为了各自藏匿那个句子的片段。实际上，我们已经读出了它。

为了防止被发现读出了它，人们将它的首位藏匿于宇宙最遥远的两端，其中一端便是月球。

后来，除了热力学熵增，人们发现了信息的熵增，那时，宇宙的信息熵已接近极限，其后果便是：因为宇宙已经无法容纳更多的话语了，所以人再也无法说出一句新的话，必须使用已有的话来表达。

人类随身携带一个语言数据库，里面有过去漫长人类历史所创作的全部文学作品，每当一个人要说话的时候，便从中筛选出一个意义相近的句子，通过重述它来完成自己的语义表达。

此后的生活中，人们所使用的每句话都来自历史上曾经真实存在过的话，人们惊奇地发现，彼此表达意思更加流畅了，互相理解更加深入了，交流活动更为和谐了。

语言是一种偷窃时间的力量，我们从词句中摘下遥远过去人的生命，他们将体内的时间生成果实，传递共食，将语言搭建成从有限到无限的桥梁。

最后，全宇宙的信息熵彻底抵达极限，人类无法再进行任何言说，只能保持沉默，这种沉默是诗的声音。

三、呼吸

这是关于诗的第三种起源：

她假装丈夫从未去世，仍旧每天先做好饭菜，然后邀请陌生男人来家中，仿佛每天都在偷情，她用偷情来修葺一座名为丈夫的墙。

她之前在集中营内的工作，是思考如何让集中营高效运转，其中最重要的一项便是砌墙。她负责思考一堵墙应该修建到多高，能够让人恰好望到一角天空并用这希望活下去，又恰好高到让人感觉自己爬不上去，于是从来不会尝试去攀爬它，于是奴隶既不会放弃求生，也不会尝试逃跑，这便是墙的艺术，是支撑集中营有效运行的关键。

她习惯测量一堵堵隐匿的墙，在洗碗池边、在键盘旁边、在鞋柜旁……长满了我们在生活中建造的墙。

她在集中营内砌墙时，地面上会慢慢长出一缕缕头发，她用剪刀将头发剪掉，第二天地面上会再次长出头发。她每天一边砌墙，一边将土地上长出的头发剪成不同发型：板寸、背头、莫西干头、斜刘海儿、空气刘海儿……

她每天在集中营内给花草浇的清水，是从地下囚禁的身体里抽出来的。

这座集中营里关押的所有人都只是伪装，他们是被招募的演员，经过层层考核：表演对自由的渴望、表演被囚禁的痛苦、表演对伤害与无辜的理解……每天上班打卡后穿上囚服，坐进栏杆交错构成的房间里。

人们用几千名囚犯构成集中营，是为了掩盖真正在地下的囚禁之物——被称为神——它是被从远古囚禁至今之物，是词的本体。

人们将之囚禁在深不见底的地心，沿着一口口井，人类的生活片段如输液般流淌下去，反复刺激地心之物，令之持续分泌出新的词语。

集中营内的看守者将词钓取上来，像用一条细长如丝线的阴茎，钓取深渊内的一条雌鱼。

这是她真正的工作，扮演犯罪、扮演毁灭、扮演对恶的理解。

据说，当生活片段浇灌在词的本源身上，会蒸腾出如只行走于月光下的蓝色老虎绒毛般的烟雾，据说在烟雾的影子里，每只动物的生活片段都会反射出同一段影像。

她一直好奇那段影像的内容，直到集中营倒塌之日，她看见墙内困着一段时间，那是人类祖先发明情感时，人类第一次悲伤的一刻。

人们在对悲伤那天的试用与体验中，在其中畅享了此后数亿年的感受——这便是历史的由来与真相：

宇宙其实早已从中央开始湮灭，湮灭一直尚未抵达我们栖身之处，因为我们所在的空间也在迅速膨胀，所以湮灭如洪水在身后永恒追赶我们，人是一颗颗随时摇曳迸溅的露珠。

我们的记忆是身后滔天洪水的浪潮吹拂露珠的倒影，每个人各自调整自己的影子，彼此将夸克捆绑成船帆，向前驶去，宇宙此刻运动的方向是所有人影子的合力。

露珠在船帆上摇晃，过去如影子时刻在变动，为了固定好过去与未来，人们将时间捆扎成一捆捆稻草，在甲板上晾晒，凝结成一颗颗橙子。

她仰望着蔚蓝无垠的星空，开始剥橙子，一颗、两颗、三颗……直到橙皮堆满了海岸。说不同方言的人纷纷像橙子被剥开，迸溅弥漫在空气中的迷雾，是诗的呼吸。

山顶图书馆

崔 故

"图书管理员，请帮帮我，这里楼高九层，每层有四个藏馆，馆内书架高出我半截身子。图书没有编号，也没有电脑可供查询，我找不到那本书了。"

"年轻人，告诉我书的名字，我在这里工作了大半辈子，应该知道它的位置。"

"可我忘了书的名字，我只记得里面模糊的内容，是一本短篇小说集，有七八篇文章。第一篇是关于妖怪的故事，记得开篇第一句话：'他并不知道我是一个妖怪，所以我才能长久和他生活下去。'整个故事发生在一处偏僻的村落，女主人公是山上庙宇旁的一块石头，习得灵气，有了意识，却不想庙宇遇着灾害，成了一片废墟。盘踞的邪气被风旋在山顶，继续滋养着石头。后来那石头修炼成功，有了化人的本事，下到山下，与村里一名男子结为夫妻。读到此处，我大概料想到结尾，无非是妻子身份被发现，不是受到村人的围追堵截，就是自身遭遇变故，最终和丈夫分隔两地。可等我翻过书页，却是大段的空白，只有最下面一行手写的小字，让我翻至 77 页，先阅读第三个故事。我只好照做。故事开头是一个披着长长黑衣的男人，在呼啸的狂风下，准备踏雪翻越一座横亘在他眼前的雪山。文章开篇全是大段大段的环境描写，时间似乎凝滞成了一个点，缓慢往前滑动。黑衣男人痛苦的路程，也就显得无比漫长。就在我看得昏昏欲睡时，那男人终于翻过了山，太阳出现，山下的雪地里，一个村落悄无声息地运作着。黑衣男人看看四周，想找块石头歇脚，然而地面全被积雪覆盖，只有凋落的枯草勉强露出脑袋，表明毫无气力承载一个人的身子。黑衣男人强忍着疲倦，下山寻到一家住户，家中只有一对夫妻，把他安顿在偏房的床上，让他歇息。等他醒来，屋外已夜色深沉。他揉揉眼睛，隐隐听到哭声，走到堂屋，发现男主人手中正握着一把菜刀，半跪在地上，一旁是块石头，被鲜血浸染。小说到这里也戛然而止，再翻一页，字全是倒过来的。那会儿时间太晚，我只大略翻了翻，就离开了。几天后回来，却再也找不到这本书了。"

"这本书我知道，我年轻时候看过，也难怪你记不得书名，因为根本就没有名字，记得当时是一个衣着邋遢的中年男子进到图书馆，捐赠给我的。那天我详细读完，把书放到了五楼，之后就没有再见到过。直到昨天，有名女子拿着书来问我，是不是书印错了，里面排版含混不清，字体颠倒，这样的错版书，不该放到图书馆。我看看也确实，就让她交给我销毁。她说排版问题可以忍受，她回去看看，看完拿来再销毁也不迟。"

"那名女子住在哪里？"

"她没有明说，但她填写的借阅地址是在南方，难以查询到具体地点。她临走时说我们这里太冷，下次她来得到明年夏天。不过不要担心，我还记得里面的故事，虽然没有了书，但我可以讲给你听。最后那个故事的主人公是那个黑衣男人，他跋涉到建立于雪山上的那座图书馆，在山脚的一块石头上坐定，持续凝视夜空下的建筑。一直到早晨，有只鸟从房顶飞过，带来第一缕阳光，整个故事就结束了。我还记得最后一句：'那只玄色的飞鸟身后绑着一束阳光，像箭一般从屋顶蹿进他疲软的眼角，随后升空而去。'写得就那样吧，不看也不算什么损失。"

"不对，我们讲的应该不是同一本书。我记得清楚，我看的书是有书名的，五六个字，呆板地填充着淡蓝色的封面。而且我倒转过书，看了结尾，主人公并不是黑衣人，而是那个男主人。那是黑衣人离开后的一个月，男主人埋葬了那把菜刀，走了一天一夜，来到山顶的图书馆，进到里面，向图书管理员询问一本书，名字就是那本书的书名。对了，我记起来了，那书叫《山顶图书馆》，文章最后一句是：'男子因为时间关系，只大略翻了翻，就匆匆离开了山顶的图书馆。'所以那女子借走的并不是我要找的书，我记起了它的名字，希望你可以再找找。"

"是了，是了，的确有那么一本书，就叫《山顶图书馆》，不过你应该遗漏了后面一部分。我前几天还翻阅过它，它的结尾和男主人并不相关。最后一篇形式很独特，通篇都由两个人的对话组成，只有最后一句，才从对话里跳脱出来，我不记得内容了，不过很有意思。"

"能不能麻烦您找一找，我可能真的遗漏了后面的内容，又或许当时的我根本无法观看后面的内容。但现在不一样了，时机已经成熟，我希望能看到结局。"

"没问题，我记得书就放在桌子底下，我伸手就能够到。好了，我能感知到它了。瞧，果然是那本书，《山顶图书馆》。让我们翻到结尾，看看最后的内容吧。"

他们头靠着头，目光聚合到一处，图书管理员甚至拿起了放大镜，只为看那短小的结尾。

小说的报复

李　宇

　　下班后坐在公交车上，他终于为自己那篇在脑海中酝酿了一年多的小说想好了一个称心如意的结尾。那是一篇自传性小说，很久以来他一直想在小说中完整写写自己的经历。一回到家，他便匆忙吃饭洗漱，在书桌上铺开稿纸，端正坐定，写下了那个他已反复琢磨修改过很多遍的开头。他把这个开头读了一遍，非常满意，紧接着又写下第二句。这一句与开头那句的最后几个字恰能完美连接，牵引出他脑海中关于童年的其他记忆，使他顺着记忆的大道流畅无碍地写了下去。

　　但在某一刻，记忆来到了分岔口，童年时一件微不足道的小事闪烁不定，迫使他停下笔，望向黑漆漆的窗外，在如墨的夜色中跋涉在记忆的草丛里翻寻那颗露珠。十几分钟过去，他仍毫无头绪，只好把写过的段落重读一遍，试图以文字泻下时的冲力与惯性唤起那件小事。可刚读过开头几句，齿间便隐隐觉得别扭。通读过后，他确信了心中的担忧：这并不是自己原来想要的那篇小说。此时困扰他的已不是刚刚那件童年小事，而是这一大段一大段无法令他满意的文字。怀着对完美的追求，他开始对写下的文字大刀阔斧地删改。许多儿时记忆被虚构代替，所有句子的顺序都被重新调整。他花了两倍于写这些故事的时间修改它们，才稍稍能够满意。也就在这时，那件小事闪着荧光冒了出来，呼唤着他。同时，他惊讶地发现手中的笔正引导着他将那件小事改头换面，将故事轻轻拨向另一个方向。

在这个稍稍偏离他预想轨道的方向上，故事中的一些细节也不得不做出修改。随着情节如铺设铁轨一样不断展开，他所做出的妥协也越来越多。原先他设想的一些对话和人物小动作与新故事格格不入，他不得不找来另外的方式将它们替换掉。就这样，人物说话时的语气变了，做事风格与面对争吵诘难时的态度也发生了改变，甚至他脑海中既有的人物的面貌也有了变化。其中改变最大的当属他自己。现实中，他温和地接受流经他身边的一切，对许多言辞激烈的观点也习惯于保持沉默。但他知道这只是表面。实际上他会在脑中冷静思考，在心里严谨辩论，只不过他不善言辞，所以周围人常认为他木讷保守，没有主见。但现在在他的小说中，由于发生了一些不断累积又不可逆转的微小变化，他的性格也随之扭转。他变得外向而有主见，做起事来积极又讨人喜欢。这正是他理想中的自己。一直以来他都把这个隐秘的期望压在心底，从未与人谈起过。这一次，当他发现他笔下的自己性格出乎意料时，他并未像刚才记忆模糊时那样恐慌，反而继续放纵手中奔腾的笔，想在小说里一骋为快。所以与其说他现在是在文字中重温过往，倒不如说他是在重新改写自己的往昔。渐渐地，小说主人公转过身去露出了背影，那背影彰显着与他本人截然相反的性格。他知晓这个背影不会属于别人，只能是他的另一面。他在用自己的后背面对着镜子，只是他更希望自己是镜子里的那个背影，希望自己是一个逐渐补全的完美幻象，正扭过头凝视着镜子外那个对生活和自己抱有遗憾的人。

　　再继续写下去时，他顺理成章地将自己想象成小说里的那一个"我"，可没想到撕扯的分裂感逐渐在他心中滋生：情感和喜好上他更倾向于小说中的自己，可阅历、经验以及思考问题的方式却只能来源于现实中的自己。眼前仿佛有了一个拳击擂台，他正与文字中的自己摔跤。幸运的是现在小说情节尚未充分展开，人物形象也不够饱满，所以搏斗到现在还难分伯仲。但这种平衡很快就被打破了——他不仅要与小说中的自己抗衡，还要时刻提防着其他人物猝不及防的反抗。他常常顾此失彼，变成一头惨遭鬣狗围剿的落单雄狮。纷至沓来的惊扰摇晃着他握笔的手，稿纸上的字迹开始歪扭，小说正失去控制，颤悠悠的惶恐惧一如面对生活接二连三的不如意时所产生的郁闷、疲倦与无可奈何。有那么一瞬间，他真的想到了最近工作和生活中发生的一些不愉快的事，像愁苦的寒风冷雨在心底搅起泥泞中的枯叶。他不得不停下笔，期冀庸常的生活也就此停止。

窗外凄凉的黑夜凝视过来，使他重新审视当下的生活，他觉得余生不应像过去那样荒度。凝思半小时后，他重整旗鼓，决定义无反顾地将小说写下去，以此来对抗生活本身。握紧手中的笔，一笔一画都坚定有力，他将自己的意志强加于小说人物与情节走向。没想到结果却适得其反——人物竟一个个从纸张上站起，像越狱的囚犯一般从纵横交错的文字中逃窜；情节也如一列脱轨的火车，驶向隔离带外如大片白纸一般的原野。他变成了一名疲惫的缉盗捕快，驾着一匹驽马，在荒野上往来穿梭，费尽力气用曲线、箭头等修改符号将人物套住，用生僻的词语、纷繁的语言使他们陷入迷宫。最终人物被按回纸张，情节也缓慢降速，回归正轨。一切争斗都平息了下来，如秋风过后，落叶安静地铺在大地上。他们对他俯首帖耳了，他与他们建立了新的联系，一种朋友与敌人的联系，一种惺惺相惜的联系。他画出的线条如绳子一样拴住他们，于一片静默中走向远方未知的地平线。

这微弱的胜利使他不自觉地放松了警惕，在他冥想的工夫里，他们已谋反暴动。那些在粗线条覆盖下的细微情节发出余威，影响着行进的路线；曲线、箭头等修改符号化身成的绳索反过来拖拽着他，不让他有任何挣脱的机会。趁着他力不能支的时机，小说中的人物团团围上来，铁桶也似的将其箍紧。慌乱中有一股力量将他裹挟，逼迫他从椅子上站起，双脚腾空，俯身扑在稿纸上。他想松开笔，可笔却不松开他。他想远离纸，可纸却向他飞来。这一夜他从记忆中汲取的那些文字黑色蝴蝶般翩翩飞扑过来，鳞甲般将他全身裹住，而后将他架起。他发现自己正被吸入一个黑洞般的场域，预感到在那里他将失去所有主宰自己命运的能力。也就在此刻，最后一个句点落在了他尚未合上的右眼，他清楚地看到了自己的结局，而这个结局正是几小时以前他在公交车上想到的那个称心如意的结局。前所未有的恐惧由内而外汹涌喷薄。他在最后一刻恍然醒悟，这种恐惧来源于生活本身，而不是源于纸张外那个正在为自己写下命运的结局的人所写的小说。

人马座流星

刘博文

和晴熙最后一次见面，是在小区正门前，她从银灰色丰田前座探出脑袋，转身捋顺长发的空当，把快递交换到各自手上。

温润，一如既往的质感，像先前无数次散步中触到的那样。时近晚秋，树叶片片滑落，接到电话半小时前，我拖着庞然大物，在光秃秃的树干下狼狈尽显。

不知有没有被躯干挡住，站在后头看满树斑驳，回想起盛夏它葱郁的模样。

晴熙说，你比夏天胖了些。

过劳肥！来就来，还带啥东西？放下手中丝绒礼盒状纸箱的我用加班作为肥胖借口。

上回见面是在夏天，依旧是通语音，深夜时分的烧烤，叫了满满一桌串儿，四瓶啤酒下肚——那是发胖的根源，被晴熙带动的我在席卷完满桌佳肴后，打着消食的名义沿小区附近遛弯，微信运动轨迹上画出五个大圈。

那时你没去过北京，眼睛里净是对繁华世界的憧憬，夜风依稀，吹乱树枝也撩动散着酒气的头发，我们唱着歌畅想去北京相聚的画面。还记得吗？

歌儿还是夜色，容我想想。

梧桐树下的晴熙似乎陷入了回忆的死胡同，穿着羽绒服的她操着京腔，每句话尾音都拉得特别长，或许这就是城市带给人的潜移默化。

老规矩，附近弄点儿烧烤边吃边聊。

路边摊不卫生。晴熙的拒绝干脆利落，让我心生埋怨，搁以往，见面的意思等同约饭，毋庸置疑的。

不太考虑别人的感受，一念及此，不由得打量起眼前人，容貌上当然有变化，更会打扮了，在我们先前最爱聊到的思想性上却多了些装腔作势。

不卫生，哪来那么多七的八的，去北京就变人上人了？

站在树后的我，尽量掩饰自身的狼狈，晴熙读研这两年，无人督促致使生活愈发自由散漫，熬夜是常态，转钟时的外卖总是那么引人垂涎。

这习惯有违健康。晴熙闻言笑道。

真不吃点儿？

刻意躲避晚饭追问的晴熙把话题切到遥远的北京，铜锅涮肉，南锣鼓巷的糖塑面人，清早的豆汁和焦圈，以及方砖厂炸酱面。

说者无意听者有心，我莫名想起短视频里令人捧腹的京城美食博主，绿扳指配上瓜皮帽，吃干抹净站在店门口，还要对着镜头比画，那叫一个地道。

浮夸！

晴熙也染上了这毛病，曾经的她同眼前人难以对号入座，我甚至开始怀疑记忆是否存在差池。

时间拨回盛夏，吃完烧烤遛弯儿的我们，有一搭没一搭聊到彼此热爱的天文，据说明晚会有场多年难遇的流星雨降落在人马座，如此现象级的场面，得去凑凑热闹。

偏偏生出场夜雨打乱观星的计划，感谢互联网时代，网络直播比设身处地还要直观。但直观，很难等同于真实。

回忆悄无声息地给岁月套上滤镜，厚重到我们自己都分辨不清，所有事终将幻化为过去的时光，过去顶多意味着无法忘怀，宛如存放多年的相纸，背景越褪色主体越清晰。

这时我才发觉，晴熙比视频通话里的模样多了些慌张，那是四目相对之下无法掩饰的窘迫，似乎怕被我看出什么，接过快递箱的她迅速转身，挥手示意道别。

讲良心话，她从北京打来电话嘱托我代收快递时，面对这突如其来的庞然大物，坐在客厅中的我不止一次想过拆开，好奇害死猫，同理也能毁掉恋人未满的友谊，本着拆开难以复原的深思熟虑，好奇心最终以摇晃听声结束。

显然，和小时候在陆石桥对岸影院看的谍战片不同，听声并不能识物。

旧国别多日，故人无少年。晴熙送的礼物，同样摇晃过却一直没舍得拆开，岁月如织，光阴是块缝缝补补的绒布。

其后，晴熙考上编制的消息传回老城，她顺理成章买房定居，将父母接到身边，其间有传闻她根本没考上编制，毕业时已被大款包养。

同为儿时玩伴的六生甚至试探过曾与其青梅竹马的我。

但她已不是她，我也不再是我，如同几千公里外的北京与坐落在地图边陲板块的陆石桥畔，没有任何关联性。

问这话时的六生在我家客厅嗑瓜子，许久未开的电视荧幕上，正在播出千年难遇人马座流星雨的现象级新闻："人马座，被天文爱好者定义为错过的花火，解释源自观星百科。"

我顺屏幕望向电视柜角落，从未拆启的丝绒礼盒仍于此处长眠。礼物是什么已不重要，如一切终将沉没的谜语，慢慢潜入记忆的底部，被数不清的泥沙所掩盖、裹挟。

我至今没去过北京。

北京在我的世界注定是一颗流星，且不是人马座的。

被一株植物哽住的人

彭柳琴

我还是个孩子的时候，在我身上发生了一件实在惊人的事情。我不知道该如何告诉你们，尽管我已经不再是那个寡言的小孩儿，而是人们口中的天才园艺师。

说起在我身上发生的怪诞的一切，我自己倒是记不太真切了，但是村庄里的人们不会忘记，尤其是那几个和我一道在田埂上奔跑的孩子。

我已经整整十三年没有回过村庄，但村庄里的人不会忘记我，一个能从嘴巴里冒出植物来的怪小孩儿。村里的人一说到我，几乎都是斜着眼睛轻声低语，似乎怕被人听见一样。要是外人问起我，他们总是一样的说法：那个走失的木匠家的小孩儿，不会再回来了！他们在撒谎，其实我不是走失，而是被迫离开这片成长的土地。他们的揣测也错了，我已经回来了，只是没有一个人认出我来。

当我得知"荒原园林"计划要去我们村庄的时候，我整夜都睡不着觉，直到我跟随园艺师队伍进入村庄后，我才松了一口气。夹道欢迎的男女老少没有一个能认出我是当年离开村庄的怪小孩儿，他们根本不敢想那样的一个孩子，能混迹在如此受人欢迎的队伍中。那几个曾亲眼见到我嘴里吐出植物藤蔓的小孩儿，如今也长大成人了。其中一个抱着孩子站在道路边上，死死盯住我。我从他的眼里看到了疑惑，不过直到队伍离他远去，他也没有走上前来。我转过头看到他埋下身子摇了摇头，显然是在否认自己刚才的某个想法。

我们这么一大群人之所以来到这个小村庄，是因为我在上个月提出了一种园艺理念：植物自主意识。园艺师们对此兴趣颇浓，"荒原园林"对这种理念也很支持，他们的说法是：听从植物的心声是一个很好的噱头，一定会吸引很多人的目光。

"荒原园林"没有理解我提出"植物自主意识"的真正内涵，这也不怪他们，他们没有试过被一株植物哽住的滋味，不会像我一样想得那么深入。

我们一行人住在村庄尽头的木房子里，村人纷纷来看我们工作。他们实在不明白我们整日摆弄几株植物有什么用处，但还是因为外界对我们园艺师的肯定而向我们投来羡慕的目光。村里的人们挺喜欢跟我聊天的，其他园艺师的心思都在植物上，只有我会在傍晚时分加入村民们散步的队伍。

"你们在后山见过一种藤蔓植物吗？"我问一起散步的村民，"那种藤蔓天生牢固，结着青色的小果子，原来是用来捆绑猪草的。"

村民们摇摇头。

"你们听说过植物有了意识，非要钻到人嘴巴里的事吗？"

原本和我并排走的村民听到我的话，快速走到我前面，用一种异样的目光打量我，就像很多年前，村庄里的人打量我的眼神一样。他们还是没有认出我来，只是问我是不是木匠家的外地亲戚。我摆了摆头，人们这才散开。

"荒原园林"在村庄里停留了整整一个月。园艺师们都收获颇丰，他们的作品拿出去展览，赢得了不少奖项。只有我没有拿出一件作品，其他人以为我是蓄势待发，但直到离开村庄的那天，我在创作上仍旧一无所获。我也没找到记忆中的藤条，但我记起了被植物哽住之后的所有事情。

我记起还是孩子时的我，独自走在后山，几个小孩儿跟在我屁股后面大声喊"不说话的小哑巴"。突然一个东西蹿到我肩膀上，我一开始以为是只山鸡，回过头却发现是一根晃动枝叶的藤条。我吓得赶紧掉头跑，那几个孩子以为我在追逐他们，也尖叫着往村里跑。我们跑到了田埂上，惊动了村里的人。人们远远地看着，以为我拿着藤条追击同龄人，凑到跟前才发现那根藤蔓在往我的嘴巴里钻。我停下来抵住脖子，想把植物拔出来，我的脸涨得通红，就在我以为自己要憋死的时候，那株植物像条软蛇一样掉进了肚子里。

我的身体没有出现任何不适，但从那天之后我便有了和植物沟通的本领，也正因为如此，我才能年纪轻轻就加入"荒原园林"。

村里的人，见到我生生吞下一根粗壮的植物，又见到我整日跟植物说话，都说我是被邪灵附身了。他们只字不提藤蔓的事情，只说看到我拿着从后山折来的鞭子发了疯似的打人。

当我想起这完整的一切，我释然了。我能成为年轻的园艺师与那株荒诞的植物是脱不了干系的，更重要的是，我从不允许自己歧视别人的异样，因为我自己曾经被一株植物哽住过。

我们一行人是在一个清晨离开村庄的，村里的人还是没有认出我来。我坐上返程的汽车，车子拐了一个弯，我从后视镜看到村里的人们彻底消失了。

我的心也渐渐平静下来。

三窝村故事（二题）

苏三皮

月 光

三窝村的人发觉月光不见了。

最先发觉月光不见的人是渔夫。渔夫每天早出晚归，天还没有亮，他就乘着月光摇着小船出海，天一落黑，他就会踩着月光回家。回家之前，他会把月光牢牢地缠在小船上。

这天早上，渔夫像往常一样，天还没有亮就出门了。渔夫发现到码头的路黑乎乎的，一点儿光亮也没有。渔夫倒不是很在意，这条路他走过上万遍，就算没有月光，他也一样可以稳稳当当地走到码头。这条路的任何起伏，哪怕一个拇指大小的坑洼，就像大海里的每一条鱼，渔夫都心中有数。

天落黑时，渔夫回到了码头。渔夫抬头仰望星空，没有看见月光，连月亮的影子也没有。渔夫这才慌了。

渔夫惊慌失措地跑到了族长家，一路上连跌了好几跤，但渔夫完全顾不上疼痛。渔夫把族长的木门擂得像战鼓，族长极不情愿地开了门，嘟囔着把渔夫让进了屋里。族长有早睡的习惯。族长一旦睡下，就不喜欢他人打扰。但也有例外，比如月光不见了这般大事，族长也就不会去责怪渔夫。

族长让渔夫好好回忆一下，月光是何时不见的。渔夫挤破脑袋想了又想，实在想不出来。渔夫只是记得，前天晚上回到码头时，他着实把月光牢牢地和小船缠在了一起。早上他到码头时，小船还在，绳索也还在，只是月光不见了。渔夫补充说，应该是早上出门时，月光就不见了。

族长捋着山羊胡子思考了一会儿，说这样的事情也不是没有过，他就听他爷爷说过，在很久以前，月光也走丢过一次。但月光是怎么找回来的，他爷爷并没有告诉他。族长还说，有一种可能是月光烦腻了这种日子，自己躲了起来，还有一种可能是月亮被天狗吞掉了。如果是第一种可能，那倒不用着急，月光也就和大伙儿躲个猫猫，大伙儿也不用找它，等它觉得无趣了，自然就会出来。但是如果是第二种可能，那麻烦就大了。

听族长这么一说，渔夫就更慌了。要是月光真被天狗吞掉了，他还怎么出海捕鱼？捕不到鱼，他的妻子孩儿又该怎么办？渔夫央求族长想想办法，无论如何得把月光找回来。

族长打着长长的哈欠说，等睡醒再说吧。

渔夫愁得一整夜都没有合眼。一整夜，月光明晃晃地挂在渔夫的脑海里。渔夫不断地祈求月光只不过是厌烦了这种日子，偷偷地躲起来几天，几天后就会回来。

一大早，族长就敲锣把大伙儿聚拢在晒谷场。族长神情凝重地告诉大伙儿月光不见了。族长说，也许是月光自己躲了起来，也许是被天狗吞掉了，不管是哪种情况，作为三窝村的一分子，任何人都有责任，都得尽力而为去把月光找回来。族长话音刚落，人群就慌乱起来。一些女人拉扯着男人的衣袖，不停地问，这可如何是好？这可如何是好？……男人被问得一脸烦躁，没好气地噎了女人一句，如何是好？如何是好？你问俺的膝盖去。

最按捺不住的是渔夫的女人。渔夫从族长家出来，并没有回家，而是去了码头，在小船的船舷上坐了整整一夜。渔夫的女人早早睡了。丈夫回不回家，不影响她睡觉。她丈夫原先也有过乘着月光彻夜捕鱼的情况，但是，一听说月光不见了，她便慌了。没有了月光，她的丈夫就没法出海捕鱼，或者出海捕鱼就没法摸清回家的路，这才是要命的事情。

　　渔夫的女人悄悄地问渔夫，是不是他把月光给藏起来了？渔夫厌恶地瞥了女人一眼，他可没有什么心情和女人开玩笑。偷藏月光，那可是要砍头的。

　　族长毕竟是族长，他一点儿都不慌乱。族长把大伙儿分成两批人，一批人出去寻找月光，另一批人去采集阳光。族长有族长的盘算，要是月光找不回来，他就用大伙儿采集的阳光重新打造一个新月亮。

　　寻找月光的那批人，他们从北山到南山，从南山到西山，从西山到东山都寻了个遍，连月光的影儿都找不着。他们垂头丧气地回到了三窝村，悲戚地告诉族长，或许月亮真被天狗吞掉了。族长仿佛已经心中有数，他捋着山羊胡子安抚他们说，吞掉就吞掉了，天塌不下来。

　　采集阳光的那批人，包括渔夫和他的女人在内，马不停蹄地采集阳光。他们把阳光装在透明的玻璃瓶里，盖好盖子，细心的人还贴上封条，怕一不留神就让阳光给跑掉了。那批寻找月光未果的人也都加入了采集阳光的队伍，他们三个一群，五个一伙，在屋顶，在沙滩，在山腰，甚至还有人爬到树上，在一切可能采集得到阳光的地方孜孜不倦地把阳光装进他们的玻璃瓶。

　　时光就这么过了一年又一年，在族长认为他们采集的阳光已经足够打造一个新月亮时，族长敲着锣把大伙儿再次聚拢在晒谷场。族长动情地肯定了大伙儿的功绩，豪情万丈地告诉大伙儿，他将按照他爷爷留下的配方，用大伙儿采集的阳光打造一个新月亮，届时大伙儿就可以再次恣意地拥抱月光了，而渔夫再也不用担心出不了海捕鱼或出海捕鱼摸不清回家的路的问题。

　　三窝村的人们面面相觑，互相小声地探问，月光是什么东西？可是没有人答得上来。而渔夫，趁着族长讲话的空隙，悄悄地溜到码头，爬上小船，在船舷上睡着了。

　　渔夫做了一个梦，他梦见自己提着一个玻璃瓶走在黑夜里，半路上遇着他的爷爷，他爷爷问他手里提的什么东西这般亮眼。渔夫告诉他爷爷说，是月光。

炊　烟

渔夫这天回家有些早。太阳像五月的稻子，刚涂上一层金黄，吊儿郎当地挂在西山山顶，仿佛一不留神就会掉到山后去。渔夫系好小船的缆绳，沐浴在落日的余晖中，慢吞吞地走向了三窝村。

这天好像很寻常，但又好像很不寻常。

渔夫数着自己的脚步，一步，两步，三步……数着数着，渔夫大惊失色——渔夫发觉三窝村的炊烟不见了。

以往这个时候，三窝村的炊烟仿佛商量好似的，一股劲地冒出来。族长家的炊烟是个小矮人，身子短，鼻子长，滑稽得很；李老六家的炊烟是个瘦个儿，像一根竹竿倒插在烟囱上；甜婶娘家的炊烟圆滚滚的，像裹着棉絮的熊猫；渔夫家的炊烟则像一棵笔直的树，树冠开得很宽，如果不加阻拦，就会遮盖了整个三窝村……

三窝村怎么可能没有了炊烟？没有了炊烟的三窝村，怎么会是三窝村？

渔夫顺路踅进李老六家的院子，把李老六的木门擂得山响。李老六睡眼惺忪地开了门，不明所以地望着渔夫。渔夫急切地说，都什么时候了，你还睡得这般安稳？李老六打了一个长长的哈欠，问渔夫，怎么了？渔夫没好气地说，你就不应该睡懒觉，你家的炊烟呢？你见着你家的炊烟了吗？李老六瞥了渔夫一眼没好气地说，还以为多大的事儿，走，走，走，别打扰俺睡懒觉。

渔夫自讨无趣。李老六是个光棍儿，一人吃饱全家不饿，他想啥时睡就啥时睡，连族长也干预不着。李老六家的炊烟跟李老六一个德性，时隐时现，即便偶尔会不经意地从烟囱蹿出来，也会瘦得像一根竹竿。

从李老六家院里出来，渔夫直奔族长家。族长正坐在菩提树下和人嘻嘻哈哈地聊着天。见渔夫急匆匆地闯进来，族长止住了笑，一脸严肃地对渔夫说，说过多少回了，遇事莫慌，怎么就是没个长进？渔夫顿了一下，肚子里的那口气才刚刚跟了上来。渔夫说，村里的炊烟全不见了，咋能不慌？渔夫话音刚落，他看见一丝慌乱掠过族长的脸。但是，族长毕竟是族长，他很快就镇定下来。族长跟着渔夫到后院一看，果真是。族长家的炊烟也已不知所终，而灶膛里的火苗还蹿得老高。族长说不出个所以然，无奈地把渔夫先打发走了。

渔夫闷闷不乐地回到家里，出现在女人跟前。女人张罗着解下渔夫肩上的鱼篓，抖了两下，一条鱼也没有滑下来。女人叹了口气，轻柔地说，没鱼就少吃一顿，你也用不着垂头丧气。渔夫没有应女人的话。渔夫早上撒网时，没有留意渔网破了个大洞，鱼儿顺着大洞溜走了。这是极少有过的事情。每次撒网前，渔夫总会细致地把渔网检查一遍，但是今天，渔夫居然鬼使神差地没有检查渔网，这才导致两手空空。

渔夫发觉不对劲儿。怎么不对劲儿，渔夫说不上来，就好像有什么事情在脑门儿打了个结一般。要是渔夫没有疏忽，像往常一样检查过渔网，也就不至于没发现渔网破了个大洞；倘若渔网没有破个大洞，也就不至于两手空空，更不至于在太阳下山前就回到三窝村。这里面，仿佛有一股巨大的力量牵引着这一连串事件的发生。但是，源头在哪里，渔夫捋不出来。

渔夫并没有和女人说起炊烟不见了的事。渔夫一句话也没有说。渔夫的女人十分贤惠，她默默地伺候渔夫吃过晚饭，又给渔夫端来热水洗脚。渔夫的女人对渔夫说，你忙碌了一天，劳累了，就早些儿歇息。说完，渔夫的女人就织渔网去了。

族长和渔夫不一样。族长有早睡的习惯，渔夫没有。每次捕鱼回来，渔夫得处理渔获。渔夫把渔获分类，分大鱼小鱼，分名贵鱼和寻常鱼。渔夫还得给渔获冰封。这么一来，等渔夫忙完，已近子夜时分。渔夫的女人第二天会将渔获挑到市场叫卖，换些银两补贴家用，间或也会拣些杂货或小物件，譬如雪花膏。渔夫的脚长年泡在海水里，每到三九寒冬就会龟裂得像七月的稻田。

渔夫屋前屋后转悠了几圈，不时仰望一下他家的烟囱。渔夫家的烟囱高大而笔直，渔夫多年前想不明白他的爷爷为什么会砌这么高大的烟囱，按理说，他们小户人家一个小烟囱就足够用了。每次渔夫问起他爷爷，爷爷总是笑而不答。有时渔夫问得急了，渔夫的爷爷就会说，你慢慢就会知道了。但是，直至爷爷驾着白鹤飞向西边，渔夫还是想不明白他们家的烟囱为什么会这般高大。

渔夫盯着他家的烟囱看了好一会儿，看不出任何一点儿炊烟出走的迹象。渔夫想，炊烟也许厌烦了这种日子，也许厌烦了三窝村，甚至厌烦了三窝村所有的人和事，它们才集体离家出走。这么想，渔夫就不禁隐隐担忧起来，炊烟们要是走得远了，认不得回来的路，那该如何是好？

这么想，渔夫就坐不住了。渔夫急匆匆地来到族长家，把族长家的木门擂得山响。所幸的是，族长还没有睡觉。要是族长睡下了，渔夫少不了挨一顿骂。渔夫对族长说，要是炊烟走得远了，回不来，那如何是好？族长笑而不语。族长伸出手，变戏法似的轻轻地吹了一口气，指着天西边对渔夫说，你快看。

渔夫抬起头，看见一连串炊烟正在天空中遛弯儿，像暮归的羊群。在前头带队的是族长家的炊烟，紧跟着的是李老六家的炊烟，还有甜婶娘家的炊烟……三窝村的炊烟全都在那儿。渔夫家的炊烟在队伍的最后，它像一棵从天空里长出来的树，高大笔直，宽大的树冠枝叶繁茂。而渔夫的爷爷，正躺在树杈与树杈之间的吊床上，悠然地抚摸着星星。这么一瞬间，渔夫的眼睛湿润了。

魔镜尤利

高晋旭

没错，我就是皇宫里的那面镜子。我和老皇后一起在城堡里生活。

你们知道的，老皇后是个话痨，天天问我很多问题。我每天醒来第一件事情就是看这个老皇后醒了没有。没有，我就惬意地闭起眼睛再睡一会儿。我这么跟你们说吧，几个世纪了，我受够了。她问我什么，你们最清楚。我的回答，无非是一座房子，一个小姑娘给七个小矮人当仆役，小矮人到处谋生。

皇后问：魔镜，魔镜，小矮人去哪里了？看吧，看吧，又来了。我可不是话痨。小矮人早都退休了，有的在家里抱孙子，有的还在粉刷墙壁，胡子拉碴的像个流浪汉，有的很富裕，住在城堡里，啃着红苹果，跷起二郎腿。有两个小矮人当了侍卫，守在门口睡着了，没办法，人老瞌睡多嘛。他们甚至没有名字，我有时候也分不清七个小矮人谁是谁，有的显示重复了，有的却忘记了显示。就这，老皇后看得有滋有味的。

这里，我八卦一下那个当了国王的小矮人。

他在皇宫里养尊处优，再没人嫌弃他个子矮。每当那时还年轻的皇后问我，魔镜，魔镜，谁是天底下最漂亮的女人？我当然得如实反映问题，一会儿是这个美女，一会儿是那个美女，每天不重样，可把皇后气坏了。有时国王在城堡里呼呼大睡，皇后也来问我，你说她是不是闲得无聊。当然，我不能饶了她。我就显示出一个异国风情的美女。然后等着听响儿，可有好戏看了。一天，无所事事的她在屋里乱转，转得我头昏眼花。你晒晒太阳，拿本书看，打打瞌睡，不是挺好吗？非得转。

她好像听见了我心中的咒骂，突然拿出一个红苹果在我眼前炫耀，吃得稀里哗啦响，汁水溅到我的脸上。我只能干看着，还得回答她的问题，心里想咋不毒死你呢。皇后问：魔镜，魔镜，谁是天下最漂亮的女人？知道吗，我给屋里的灯全关了，然后显示出一头吃苹果的猪！皇后一下子炸毛了，拖着长长的礼服吓跑了。

不是不让我闲着吗？

皇后总是这么闹，国王受不了了，把她关起来了。我可遭殃了。国王关她的时候，顺口说了句，带上你的倒霉镜子。

门口的侍卫也挺八卦。红鼻子说，哎，不得不说，皇后年轻的时候长得挺漂亮的，身材好，皮肤也白，鼻子翘翘的。蓝鼻子说，瞎说，那叫尖尖的。红鼻子立刻反驳，那是撒谎的匹诺曹，满脸雀斑，可丑了。他们真不会形容，还得我来。

"从前，有座城堡……"呃，这真是个悲伤的故事，老皇后你确定要讲下去吗？没等我讲，老皇后又开始了她的老生常谈，我的耳朵已经磨出茧子了。

"诞生了一个雪白的婴儿。"跳过去，跳过去，我几乎要喊出来了。我才不迫不及待呢，老皇后每天都要讲一遍这个故事才能去睡觉，陪着她的只有太阳、月亮和城堡，还有我这个造反的听众。

"那你来讲吧，尤利。"

老皇后成精了！我在心里暗叹。当然，这也是她第一次妥协。等等，她叫我什么？她喊我的名字，一面镜子的名字。真的吗？那好，我一下子来了讲故事的兴致。嗯！接下来，让我告诉你，小矮人是怎么当上国王的。

城堡里诞生了一个可爱的婴儿，哦对了，她的皮肤雪白，所以大家都叫她白雪公主。皇后嫉妒她的美貌，几次三番想要毒死这个孩子，七个小矮人救了她并收留了她。从此，白雪公主过上了给小矮人们打工的日子，洗袜子、做饭、打扫卫生都是她，顿顿土豆泥，吃不到奶酪面包，喝不到牛奶，也不能住超大的城堡。不到一个月，她就想回皇宫了。国王得知白雪公主在世，害怕再次引发家庭矛盾，耳根不得清净，就先委屈下这孩子吧。要不是皇后意外死亡，国王自己都不知道何时把她接回城堡。为了表示感谢，小矮人们也得到了优厚的待遇。其中一个小矮人特别机灵，讨得国王欢喜，国王就把白雪公主嫁给了他。从此，他们过上了幸福快乐的生活。

"那你呢，这个故事从你嘴里讲出来，又是另一番模样啊，对吧？没有你的掺和，前皇后不会知道自己的美貌，更不会注意公主，也不会知道公主被好心的侍卫放了，更不会知道她逃到了哪里，要不怎么加害于公主呢？你如今讲起来，倒把自己撇得干净。"老皇后讲到这里情绪激动，连着咳嗽起来。

她终于向我讨债了。

"自从我几次大难不死，我的目标只有一个：活下去。"她从窄小窗口看外面热烈的晚霞，鸟儿自由地飞翔，这座城堡好像已经矗立在山巅几百年。皇后颤巍巍地向我走来，我仿佛又一次看到了她年轻时的模样。她问：魔镜，魔镜，谁是天下最美丽的女人？

侦　探

麦维欣

一

清早，我去敲周先生的门。先穿过一个斑驳破旧的花园小径，里面的向日葵耷拉下来，毫无生机。先生曾经在里面养过几只鸭，现在都不见了，唯有空空的烈日照耀着我，火辣的汗水淌进眼睛里。砖瓦布满刻痕，我费力挤进小胡同，瞥见角落处有蟋蟀、蝈蝈等昆虫的踪影。没过多久，我走近一座双层结构的小别墅，按响门铃：

"周先生在吗？"

"先生今日身体不适，请择日再来。"一个苍老女人的声音。

"可我为了见到先生，已经做好充足准备……不瞒您说，我是一位作家。"

"哦？"门被缓缓地打开，是一位胖胖的女人，身穿一身布面网纹夹袄，脚踏一双黑色人字拖，皱纹肆无忌惮地爬满了她的脸庞。

"我目前的创作遇到了严重的瓶颈，我想请教周先生该怎么办，顺便还想问问他有关人生困境一类的问题。"

"请进吧。"

我被蒙上眼睛，攥着胖女人的手，一步一步地登上台阶。

"先生就在这里，对话结束之前请不要摘下眼罩。"

"好的，这里的规则我知道。"

"先生已经到了，我会关上这扇门，接下来一个小时完全属于你。"

二

"可先生，我还是不懂，面对那么多人的离去，您如何化解您的痛苦？"

"《野草》。"

"难道这就是最后的办法吗？"

"只有《野草》，还有一些杂文，除此之外，我也没有别的办法了。"

"也就是说，面临诸多困境，只有写作这种最懦弱的方式。难道没有更好的办法去解救这些人？"

"不救就是最大的救。"

"此话怎讲？"

"人人都有面对自己困难的那天，把它写下来，贴在自己的身上，每天撕掉一点儿，到最后把苦难完全遗忘。"

"能懂，但鄙人还想继续问先生，如果这些困难是发生在自己身上呢？比如倘若我患了不治之症……"

"你可以多读读尼采的书，他对于'永恒轮回'的阐述或许能够启发你。我们都要面临死亡，不管是我还是周围那些朋友：殷夫、刘和珍君、瞿秋白、萧红……每个人都无法逃避死亡的到来。与其担忧死亡何时来临，不如活在当下，让现世的回忆变得愉快些。"

"先生，我最近一直感觉自己是个侦探，一直在求索那些死去的人身上的东西，总感觉它们或许有些意义。"

"哦？"

"比如您——很抱歉我这样说，但这是事实——萨特、卡夫卡，这些是死去的人，还有我一个新近跳楼的朋友，我仿佛能看见她的音容笑貌，但无法接受她死去的事实。"

"你养过鱼吗？"

"养过。"

"鱼死亡的时候你悲伤吗？"

"有一瞬间是悲伤的，可马上有别的事打扰，就能释然。"

"这就是了，看来你并没有在鱼身上倾注太多感情。我的负鼠死了，我也时常念叨它。花开花谢，世间大抵如此。我想你不必当这个侦探——你若执意要当也无妨，代价无非是活得痛苦些，但也有极乐的瞬间。"

"先生，您应该知道，后世的人们不断将您和您的作品奉为经典，诸多大作家都受到您的影响，比如莫言、大江健三郎，他们都是诺贝尔文学奖的得主。"

"我的作品或许还有些价值吧——其实我也不懂。几天前，另一位作家还同我辩论过，他说这个世界走进'后现代'，文学已然解构，写作出现危机。他是清华大学的教授，现在仍坚持每天写作半天。我同他辩论许久，他学识的渊博似乎远胜于生前的我。我们辩论很久，居然得出了一个非常可笑的答案。"

"先生，是什么答案？"

"他说，什么时候他真正放弃写作，什么时候才能领悟写作的真谛。年轻人，这也是我今天给你的答案。时间到了，我也要去会会老朋友了。"

"先生，我可以看看您吗？虽然，胖女人说过不让我摘下眼罩。"

"这一切世间的规则，遵守的人多了，便是规则。但人心善变，你若想打破它，你可以选择摘下你的眼罩。"

三

空荡荡的房间，根本没有所谓的"周先生"，也没有老北京式样的阁楼。我的眼前是一间普普通通的机房。我拿着那个被很多人戴过的布面眼罩，并不觉得自己被欺骗。面对即将到来的死亡，我还是我。面对这个摇摇欲坠的世界，先生还是那位先生。但先生的魂魄好像已进入我的体内，我的身体逐渐变得沉重。阳光照耀大地，转瞬间，我的身体又成为轻盈的野草或是任何形式的花朵，我知道它们会出生，也注定会徐徐降落，尘归尘，土归土。

我走向这个世界，迷茫依旧存在，但我可以拥抱世界。

"去罢，野草，连着我的题词！"

梵西德小姐

胡既明

第一次见到梵西德小姐，是在夏天刚刚开始的时候。

那天，她穿着一身纯白色连衣裙，戴着复古的帽子，站在草地上绘画。她画得很认真，即使我从不远处慢慢向她走去，她也没有发觉。那天的我，正在为某句诗歌意象的选取而发愁，所以选择来到这一片从小到大都很熟悉的草地上散散心。见到眼前这个突然出现在这片草地上的女孩，心中自然免不了几分好奇。

"嗨。"我走近，向她打了招呼。她显然吃了一惊，一双忽闪忽闪的眼睛盯着我，也说了声："嗨。"在她回过头来的间隙，我瞥了一眼她的画，上面有一朵蒲公英，很明亮，让人心里不知怎的就装进不少温暖。

"你的画真好看。"我不自觉地这样说。她的眼中闪着什么，虽然是转瞬即逝。她很勉强地笑了笑，说："谢谢你啊。"很短暂的对话。我也笑了笑。

我在她身后不远处坐下，拿出放在衬衫口袋里的纸和笔，开始构思之前未能完成的作品。梵西德小姐仍然自顾自地画着。一直到暮色漫过草地，她收起画板，向我道别的时候，我们都没有再说过一句话。只是那晚入睡的时候，我的书桌上换了新的稿纸。

之后便是无所事事的日子。人们总是这样，明明那么喜欢夏天，在它到来之后却什么也不做，等待它过去。我也如此得过且过地推着日子，偶尔会在傍晚看着烧红的云，偶尔会向神明许愿，借来短暂的流星。

梵西德小姐有时会在河边写生，画一群群被风吹得轻轻摇动的苇草；有时会站在无边无际的麦田边，用画笔拾取麦子温暖明亮的色彩；但更多时候是站在草地上，画着并不在这里生长的蒲公英。我经常会给她带一听可乐，陪她坐在草地上小口小口地喝着。她会说一些关于她自己的事，我会望着蔚蓝得让人舍不得移开视线的天空，漫不经心地听着。

"要是我不再画画，那还能做什么呢。"梵西德小姐喝完最后一口可乐，突然这样说道。我看向她，带着些许疑惑。她站起身来，向前走去，白色褶裙微微摆动。我突然觉得她的背影很单薄，像一朵即将被风吹走的蒲公英。但她是不会飞走的，也许吧。

那天傍晚，梵西德小姐带我参观了她的画室。那是一栋视野很好的复古钟楼，我们到的时候还有白鸟栖在房顶上，风铃被恰好路过的风吹得叮当作响。她推开房门，带我走了进去。我看到很多幅色彩明亮的画，摆放在第一层楼里。她走上二楼，坐在画板前的小凳子上，夕阳最后的光洒在她带有几颗雀斑的脸颊上，那一瞬间时间仿佛静止了。

关于那个傍晚的结局，我也没有记太清楚。夏日的白昼很漫长，夕阳消失之后也还有好长时间可以注视彼此。我们也许下楼去河边走了走，也许坐在画室里闲谈直到群星升起。这些都无关紧要，我只记得她和我告别时说的最后一句话：没有才能，这样没有才能的夏天，还要持续多久呢。

诗歌好像是少年人的专长，在那天以后我才意识到这一点儿。我好像已经不再年少了，写出的句子干涩而枯黄。年轮一圈圈地增长，本应具有的才能一天天黯淡。我多希望自己是一棵树，永远种在少年的小道旁，永远郁郁葱葱。可是，可是……

"南方姑娘涉水而来……"夏至日的午后，我艰难地写出这一句，就仿佛用尽了所有气力。夏日的白昼是那么长，午后的阳光照在我脱漆的书桌上，通过钢笔尖刚好刺痛了我的眼睛。并没有多刺眼，但我还是忍不住捂住眼睛，哭了起来。

很抱歉，我只是觉得太压抑了。没有才能的日子那么长，抽出用来哭泣的时间也不会影响丝毫。我不知道梵西德小姐是否也同我一样，有着对自身才华的深深焦虑，但她是生来就耀眼夺目的吧。

那天之后有好几天她都没有出来写生，而我更多的是躺在那片草地上，思索着自己乏善可陈的人生。关于文学，梦境的最开始，对修辞的深深敬畏。在那天，我梦见了八岁的自己，正坐在昏暗的老旧书桌前写着什么，身旁摆放着一大摞书。又梦见了未来的自己，书桌积上了厚厚的灰，为日常生活而奔波的平凡的自己。

下雨了，雨声随着雨水一直滴答进房间里。此时此刻，梵西德小姐会梦见什么呢？她的梦里有五彩斑斓的海吗？还是有美好的玫瑰园，长满花香的夜？我只是睡不着，思绪像一张巨大的网，梵西德小姐坐在网的最中心，我看不清她的脸。

就这样又过了几天，我还是无法写出自己心中想要的东西。有时候灵感就像一阵从草原上漫过来的微风，你能够看见草随风摇动的痕迹，却无法抓住风。诗人当年用手接住了荒郊的月亮，用已逝的黄玫瑰的香气留住了爱，而我，两手空空，只能在日复一日的枯燥中据守着贫瘠的字句。

梵西德小姐最后一次在草地上出现，是夏季的最后一天。那天，她什么也没有带，没有繁杂的颜料笔，没有重重的画板和厚厚的画布，只有一阵又一阵的微风，吹在身上，像梦一般。

我隐约预感到了什么，挤出笑容，朝她走去。

我在书里读到："我爱你爱到不自私的地步。就像一个人手里一只鸽子飞走了，他从心里祝福那鸽子的飞翔。"在那天傍晚，梵西德小姐离开了这个小镇。我没有去送她，只是在远处看了她的背影好久好久。我以为她是一个美丽故事的扉页，而夏天，只是一段短短的引言。

那天之后，我的诗歌源泉好像就此枯萎。逐渐生冷下去的夏天就像一场梦，梦里捡了一个花环，梦里丢了一个指环。我时常会记起梵西德小姐离开那天很蓝很蓝的天空，她穿着那身纯白色连衣裙，像一朵蒲公英，被夏末的风吹了好远好远。

冻柠檬片的早上（外一篇）

邢东洋

我是被妻子的声音吵醒的。卧室门外面亮着灯光。我躺在被窝里，试图通过声音分辨她正在做什么——八九不离十吧。我听到她冲药的声音。天还没亮，我想看看几点了，但是没有摸到手机。今天有几件事情必须得做，我想起来，因为还有睡意，没醒透，脑袋昏昏沉沉，想不明白。把这些事放下，应该先把手机找到。

昨天很冷，今天依旧很冷。冷到什么程度呢，我看见微信里，小区业主群有人在考虑投诉供暖公司。有一户邻居说，他们家卧室温度只有 15 度，冷得受不了，晚上在客厅里睡的。有几个人在跟他交流。有个人说自己找过供暖公司，但是来人干活儿很敷衍，只是放了下气儿，告诉他应该清洗地暖了。我很庆幸自己去年清理过家里的地暖。我问满川冷不冷。她正穿着衬衣衬裤在客厅里吃早餐。她说还行。

群里有人问，开一宿空调要花多少电费。我差点儿没笑出来。那人说要供暖公司退供暖费或者赔电费。要不要那么较真啊。还真有人给算。一个人问，你家空调几匹，如果是 1 匹，一个小时要两度电。

昨天晚上去游泳，回来在路边超市买了瓶饮料。无糖可乐。我戴着手套，没拿稳，一滑，掉在地上。可乐瓶弹得老高，像皮球似的，而且好像很慢，像月球漫步，弹起落下再弹起，反复好多次。我拧开盖子时喷出好多，剩下的我分两口就喝掉了。等我喝完，低头看地上，那些刚刚喷出来的可乐已经被冻成冰了。我不确认，还用鞋底蹭了一下，确实是冰。一层可乐冰。

就这么冷。

其实我每天都想早点儿出发。尽可能地早点儿。这样我们完成在医院的治疗就能提前。回家的时间也能提前，接下来的什么都提前，就像延长了一天的时间似的。但是提前不了。妻子突然有点儿坏肚子，围巾都戴好了，眼看着要出门，又憋不住要坐马桶。我脱了鞋进屋等她，时不时跟她聊一会儿。等再次准备出发时，已经比昨天还晚了。

地铁站外。我在地上看见一片冻住的柠檬片。我想起昨晚转眼就冻住的可乐冰，这次我没有用鞋底试也能确认它是冻住的。

我很喜欢柠檬水的味道，我也喜欢柠檬，我觉得娇嫩的黄绿颜色很好看。我想起以前在镇里上班时跟柠檬有关的一件事。有天早上我去镇长办公室跟他汇报工作。他刚来不一会儿，我坐在他办公室的单人沙发上跟他说话。那时在工作上他很倚重我，很多事需要我帮他参谋乃至决策，所以我们关系不错，也不拘谨。他一边听我说，一边忙活自己的事，都是早上的琐事，换件衣服啦，整理下包啦等等。我看他给自动上水的水壶冲水，点开按钮烧水，然后从某处拿出一只柠檬。他用一把水果刀从中间切开那只柠檬，看起来很轻松，表示那把水果刀的锋利。柠檬分开两半……我说着话，突然有点儿走神。那是我在生活中第一次亲眼看见有人切开一只柠檬。

我在地铁站，看见一片冻住的柠檬片。我想，我可以给这个早晨命名为冻柠檬片的早晨吧。

我总是忘记手边的事情

早上去医院送东西。我妈住院。我爸从昨天早上替换之后一直在医院里。昨晚下班我去过一次，给他送过去一条毛巾被、一只水瓶还有半导体充电器。我从家里拿了猕猴桃和葡萄，还有周五买的咸菜。我妈想吃小米粥，我在医院旁边买了一点儿，馒头附近没有卖的，我买了两个酥饼和茶蛋。他们两个没在医院订晚餐，这些应该可以对付了。

早上我爸给我打电话。我问我妈的状况，他说略有好转，但还在吸氧。我心想那就还是呼吸难受，想必血氧还很低。他说让我带点儿早餐，我问他还用不用带些别的。他犹豫半天，我还帮他想。医院出入不便，我总担心他在里面陪护待着不舒服。昨天我的朋友芦哲峰发微信问我这事，他说他陪护父亲时连换人都不允许，那么就是说我们现在这种情况还好一些呢，至少还可以打个替班。当然舒服是不可能了，尽量吧。

我按我妈的想法给她买了几根黄瓜。她说想要个嚼头，我估计是口干，顺手买了点儿水果，香蕉、苹果、新鲜的葡萄。我分两个地方买了包子和新出锅的鸡蛋糕。中间又去家里一趟，拿了一块香皂。居然没有香皂盒，只有一个放着肥皂的小碟子，我腾出来带上。茶几上放着一个小铝盆，里面还有剩下几粒散掉的葡萄，我想把盆子拿上，他俩在医院吃东西装东西可能会方便一点儿。我把葡萄倒进垃圾袋里，在水池简单洗了一下，擦干之后装进兜子里。

我想说说那个垃圾袋。

周五我提前下班去家里看我妈，当时我爸在上班，她一个人在家。那时她已经觉得不舒服了，我待了一会儿，答应她晚点儿再来。她让我临走时把垃圾袋带走扔掉，但是我忘了。当晚再来就是陪她到医院了，脑袋里根本就没有这事。昨天我爸替我，下午取东西，我先后去了家里两次，都忘了扔掉它。从医院回来，我把我爸自己骑来停在医院门口的电动车送回家，但离开时想着去楼上老叔那里看看，他俩总惦记他，又忘了垃圾袋这事。直到今天早上，倒掉小铝盆里的葡萄时我才又想起要扔掉它。

那个垃圾袋里最上面是我扔掉的一个口罩。昨天下午我过来拿东西，想起没戴口罩，于是从沙发上随便找了一个，结果只戴上一个耳朵皮筋就断掉了。我从抽屉里又拿出一个新的，顺手把坏掉的扔在垃圾袋里面。袋口打了活结，我懒得解开，把口罩叠了几折从旁边的眼儿里面塞进去。这是昨天下午的事。

那时候我还想着离开时带上它扔掉来着。刚刚扔葡萄，我把那个活扣打开了。袋子里有馊掉的苞米的味道，能看见一小截吃过的苞米棒，葡萄粒顺着空隙落到袋子深处。

我一边收拾东西一边想，垃圾袋，垃圾袋，垃圾袋……我总忘事情，手边的事情总是想不起来，一会儿我一定扔掉它。回想这几天在家和医院之间的往返，早晨、中午、晚上，路边的行道树在各色的光线下从我身边退去……垃圾袋垃圾袋垃圾袋，扔掉扔掉扔掉……脑子里不停重复这几个词，像某种诡秘祈祷。这是生活的番外篇吧，插播新闻或者号外……垃圾袋。扔掉。我突然觉得，只要我把这垃圾袋扔掉，我妈的状况就会很快好转起来。

那一刻我确信如此，就像注定的复归和降临。

孤独发明家

周泽宇

1

琉刀市的温惹娘是所有男人都想结识的女人，她有一间容纳全世界的实验室，相比其他女人芳香诱人的花朵，男人更想尝到温惹娘用无边的想象力创造出来的事物的滋味。

如果要找男人，温惹娘的选择很多。曾经她选中过一个贫穷又瘦小的男人，他们很快坠入爱河，又很快分道扬镳。温惹娘从不承认自己爱上过这个男人，对外界说那只是一场游戏。

多年后，温惹娘凭借自己的创造保持着对男人致命的诱惑，追逐她的男人只增不减。有一天，她突然发现自己同时爱上了其中的三个。但是，当她意识到这一点儿时，她才明白，在她爱过的男人里，最爱的还是那个贫穷又瘦小的男人。

于是，温惹娘制造了一个邮箱，可以将她想对这个贫穷又瘦小的男人说的话传达过去，但为了保持自己不动心，她给邮箱设定为只能回复一次，一旦这个男人回复，他们之间的联系就会从此中断，两人再也无法沟通。

男人接过了邮箱，每日都会收到温惹娘的来信。

温惹娘的信热情奔放，时而倾诉自己对于男人依然火热的迷恋，时而分享她对于其他男人的新鲜和沉迷。男人一切照单全收，一字不回，有时他感觉自己像一只躲在草丛中的鳄鱼，静静地等待着猎物送上门来，然而他却能从她每一个文字中共鸣到情感，猎物更像是凝视的对象而非食物了。

他还爱着她。

2

一天清晨，黑色的菱形飞行器降落在男人破旧漏风的窗边。男人刚刚醒来，伸手到飞行器前，飞行器就吐出邮箱，邮箱对着男人面前的白墙播放起了温惹娘的来信。

亲爱的章：

今天醒来，我想起了你右手的第三根手指，它粗糙生硬的触感依然停留在我的耳垂上，曾经在一起的那三百天，你每日都会用它抚摸我充满叛逆想象力的左耳垂。我是一个思维跳跃的女人，我还没见过哪只跳蚤比我的思维更跳脱。今天我却发现有一个念头变得比昨日更为坚定了，那就是，我真的很爱你。

昨天，我和离开你后爱上的第一个男人躺在落日的床上，我打造了一张有着晴天傍晚落日温度的睡床，谁躺在上面都会感到骨头被温暖的惬意。他感到无比的幸福和幸运，拥有我这样的女人，哪怕是一刻也是很快乐的事情不是吗？于是他轻浮的手指开始在我的膝盖上爬动，我打脱了那五只粗笨的蚯蚓，因为我想起了你。

章，或许我们不会再见了，但我依然爱你。或许我们很快就会见面，在一个你我都没预料的时候，一个寻常的街头，也许当我见到你就会把一切脑中的幻想打破，不再爱你。

这也就是我不希望收到你回信的原因。

你曾拥有过的，温惹

男人关上邮箱，飞行器把邮箱吞下，飞走了。房间里再次重归安静，昏沉睡意充满了整个空间，男人把右手放在床单上来去几下，破烂的布片上还留有他自己的体温。他把被子蒙上，转身沉入梦乡。

3

温惹娘对男人的爱意逐渐减弱，如她所料，只是诉说单方面的爱意而不接受来信，会很快消磨掉这份爱意。她终于可以安心地在剩下的两个男人间做选择，然后安心地步入她并不期待的婚姻。

在和第二个男人约会的时候，男人送给她一把自己发明的梳子，那是在温惹娘的启发下产生的灵感。那是一把可以预知未来的梳子，温惹娘可以通过梳子扯断的头发预测未来十分钟的事情。温惹娘惊喜地接过梳子，手里握着自己的三根短发，看到了十分钟后的自己一个人离开了餐厅，原来自己早已不再爱这个男人了。

温惹娘去找第三个男人。他是一个拥有权力的富商，他送给温惹娘一个更大的实验室，并且告诉她以后她的发明会被自己的工厂复制生产，销遍全国。温惹娘把自己多年的创造毫无保留地交给了男人，看着男人因为巨大的利益而笑得涨红了脸，温惹娘只感到一阵恶心。

回到家中，温惹娘给贫穷的男人写了最后一封信。

一小时后，飞行器载着邮箱来到了贫穷男人的窗前。一双苍白的手打开了飞行器，邮箱最后一次播放着来信。

亲爱的章：

我想我已经可以忘记你了。男人让我感到重复而无聊，他们的创造枯竭而无趣，你长久不来信我已经忘记了为什么对你迷恋。这是我最后一次给你写信了，我想向你告别。其实有关你回信就会断联的设定是骗你的，我只是没想到你不会来找我。

还有，我想以后我不会再爱别人了。也许这就是人类的爱，远不比我的发明更永恒更有意思。

再见。

无人拥有她的，温惹

苍白的手落下，将一封信塞进邮箱。邮箱被飞行器吞下，走上返程。落日下，手的影子落在墙上，房内空无一人。在很久以前，男人再也无法忍受自己所爱的女人心里还有别人这件事，他创造了一双收信的手，然后离开了琉刀市，他设定手在快用尽电量的时候给邮箱投信，那是他最后留给温惹娘的话。

将信存进苍白的手中，贫穷的男人便去了没人知道的地方。他希望温惹再也找不到自己，找不到这个被她的创造伤透了心的男人。

第八辑

纸飞机

长白雪

陈雨辰

　　她爱他的裾子。他的阔远智识。他的如雪衣领。他的左手无名指永远戴着戒指。他肉眼可见的血管。他的手特别是他的手指。他喝的古树普洱茶。他的精致茶具。他说话喜欢扶眼镜。他骑来上班的自行车。她爱他的一切，他的身体，他的大脑，他的语言和思想。

　　她和他坐对桌，他算她的师父，但她和他是名义上的同事。

　　周式微对林琳说的第一句话是，你来啦。他老早就认识这个女孩。一次研讨会，一位男学者说，他反对对于"荡妇"一词的去污名化。论据罗列许多，漏洞比比皆是。周式微皱起眉头。他出生没多久，受过洗，从来相信自己的原罪。他听得头昏脑涨，他很想打断，求求自己的同行不要说下去。但他不能。在性别研究的领域，从来都有许多种声音。任何时候，思潮都不是线性向前的。比方说，20世纪70年代，他出生没多久，菲莉斯就成了赫赫有名的保守派女人。

　　所以他只能尊重，理解，倾听，并伺机发出不同的声音。只是他没想到，还没等他说话，观众席站起来一个女孩。想来是旁听的学生。紫色的短袖，紫色的长裤，紫色的眼镜框。紫色，是女权主义的色彩。是呀，青春不就是这样吗，把立场写在脸上，张扬，不计后果肆无忌惮地张扬。

　　女孩说，荡妇或是圣女，本身就是男性中心的二元划分。妙哉。女孩说，你提到的海王根本就不是同等量级的污名化。他心想，许多观点和他一致，逻辑也许不及他缜密。女孩说了许多,坐下,掌声雷动,叫好声迭起。他已没有补充的必要。很好的女孩,在这样的场合站出来,她不怕权威。

林琳来报到的这天,才得知自己被分到了周式微的组里。她心有不安。周式微,算是性别研究领域新近火热的学者,符合林琳对伴侣的一切想象。林琳读书读到今天,谈过两次恋爱,均以失败告终。男人,追你时花言巧语,恋爱时你侬我侬,待到熟悉到成为一种习惯,你就不再是心肝儿,而是会被不停质疑:你有什么好忙的?你为什么不承包家务?你以为自己懂得很多吗?你今晚又有什么理由不回家?他们曾经也是林琳心目中的好同学、好师长,他们尊重女性,口口声声平等,也支持林琳继续做女性主义社会学的研究。然而,等到谈婚论嫁的时刻,他们又总希望自己的妻子相夫教子,温良恭俭让。

但周式微不会。周式微坐在自己的办公室,在他的木制办公桌对面,临时加了一张稍小些的预制板桌子,这是林琳的工位。周式微站起来,眼角含笑,说:你来啦?快坐。他那样自然,那样热切,那样有礼节。林琳就座。那不是他们的初见面,林琳听了许多场他的讲座,许多场他参与的对谈。林琳在心里,描摹过许多次他的脸。双眼皮,方脸却有一个窄下巴,皱纹爬满他的脸。哦,这褶子,是智慧的象征。

共事期间非常愉快。周式微的确是知行合一的女性主义者,自然,他也因为性别享受到更多的红利。林琳的新书发布会,他也成了主角,大家显然更乐于见到一个男性的女性主义者。他是超越性别的。他是雌雄同体的。他是伟大的。他受到众多女读者的喜爱。同样的,林琳如果也是一个坚定的菲勒斯中心主义者,她同样会受到众多男读者的追捧。

太抽象了。她活得太抽象了。她爱他的褶子,她不能继续做他的徒弟。因为那意味着,他们永远只能是师徒。她知道这是上位下位的权力关系。道德感,道德感。一日为师终身为父。他的褶子。他的渊博智识。他的尊重。他的赞许目光。她的爱慕。她想成为。掌握话语权。和他并肩。得到他的认可。研究得比他好。装作若无其事。无事发生。她的爱意永远在错位。

林琳从未见过周式微的妻子。她四处打听，没有熟人见过。周式微很早到岗，很晚回家，周末从来加班。她无数次忍不住想问，你的爱人呢？你的孩子呢？你的家呢？你真的结婚了吗？

　　成为同事的第三年，她和他一起出国访学。她终于得到自己想要的答案。在挺拔的法桐树下，她远远看到，另外的两只手紧紧相牵，阔大的梧桐叶没有挡住他们的脸。林琳不禁松一口气，提心吊胆着，步步惊心着，生怕说错哪一个字、露出哪一处马脚的日子，终于到头了。她终于可以解脱。

　　这天下班，林琳说，周老师，顺道载我一程呀？她毫不客气，坐上自行车的后座。林琳说，周老师，我爱你，但你不要害怕。我爱的是你不爱我。

夜　跑

周楷棋

他享受孤独的方式是夜跑，每次至少五公里。从图书馆返回宿舍途经田径场时，他通常根据当天晚霞的绚烂程度决定稍后是否热身。进入夏天，他每周能跑四到五次。

配件包括亚瑟士 GT-2000 系列跑鞋、贴身隐形腰包、有线耳机和手机。

半年前他生日时，她送他一副最新款的蓝牙耳机，作为他赠送《乔伊斯全集》的回礼。白色，轻便，音质绝佳，但偶尔充不上电，右耳容易滑落，于是渐渐被弃用。

闲聊时，她给他推荐香港西贡桥咀洲，那里的沙滩上有种奇异的"菠萝包石"，石头表面呈块状开裂，历经多年的物理和化学作用才能形成。她说等他有了女朋友，一定要同去看看，那种石头与永恒同义。

他们的友情不久便破裂了。

他不追求配速或减肥效果，每回跑半个小时以上，配速从五分半钟到七分钟不等，一边打电话时也跑出过八分钟，总之能起到出汗、舒缓筋骨的作用即可。

追赶毕业论文进度的几个月里，夜跑是他唯一的消遣。

不知从何处听过一句话："只有生活不如意的人才经常跑步。"博士三年级，他越不愿想起这句话，就越只能通过跑步获得放松。

赛道人多，有时他喜欢绕田径场边缘的围栏跑，轨迹在运动软件上呈现红黄相间的正方形。某天，他看见她和男友一前一后穿过绿茵场，似乎在闹矛盾。他从两人面前不远处跑过时，余光仿佛感觉到她的目光。

他不能转头，只能朝前看，保持手臂规律摇动，脚掌稍微内旋。

几天后的夜晚，他再次在田径场遇见她。她穿一身黑，扎头发，在沙池旁压腿。他第一反应是停下来，或改跑校道，但沿路人多、烟尘多，路面坚硬且忽高忽低，不好掌握距离，光是想想就在心里打起了退堂鼓。

于是暂时转回跑道。

下一圈，她从他前方不远处的赛道开始跑了，速度很慢，体态稍微前倾。他鬼使神差地没有想到回场地边沿，但又不想超过她，于是刻意放慢脚步，和她始终保持大约二十米的距离。

他不能没有遐想。两人本来是无话不谈的朋友，但南方多骤雨，也多误会，尤其是在同一把雨伞下。跑了两圈，他感到针扎似的热，仿佛身体敞开了，也变轻了。她依然跑得很慢，他注意到她穿的是休闲鞋而非跑鞋。

他依稀闻到那种奇异的味道，他不用那个牌子的洗衣液。在一场闪电横行的雷暴中，从教学楼到宿舍短短的八百米，他曾近距离嗅到过这种介于柠檬和草莓之间的气味。在泛滥的心事间，他不自觉地加快脚步，即使每次拐弯都要绕近乎直角的大圈，他也快要赶上她了。那件事给他造成的创伤仍未愈合，他不想和她说话，心想不妨直接超过她，于是抄近内道，跟在两位配速接近四分钟的跑者身后，加速跑了过去。

进入弯道，他忍不住侧头去看，也许那个距离不足以让戴眼镜的她认出一个人。

她经常运动，大多是瑜伽、普拉提和游泳，她从未说过喜欢跑步。这也不稀奇，朋友永远和隐瞒或悔恨有关，谁都不能完全了解对方在后院埋的是宝藏、钥匙还是骸骨。她和他说过小时候偷家里钱去买辣条然后嫁祸给邻居的顽皮事，他和她说过自己第一次离家出走躲起来的洞穴离院子只有五米——实际上他家没有院子，那是小区的灌木丛。正如她后来向他道歉时才提及不久前已经订婚。

那是一种什么感觉呢？仿佛只要懂得取悦对方，就可以称为"朋友"了。他以正常的速度跑，渐渐又回到她身后。在弯道前，他犹豫是否要超过她第二次，突然想起什么，连忙收小步距，放慢速度。她即将进入弯道的下半程，而他尚未进入。她转过头来，这次距离更近，他下意识将目光瞥向别处，也许晚了。

她没有停下，反而稍微加快速度。这回，他不敢再跑太快，一边缓慢平复混乱的呼吸，一边将距离一直拉开接近两百米。在相对的直道和弯道，他们像两颗共用公转轨道的行星，无法接近，无法远离。

几百米后，他突然觉得这种循环的追逐游戏从本质上荒诞不经，于是调整呼吸，提高速度，再次超过她，用十分钟完成了既定的里程。他害怕在健身器材场地再遇见她，连拉伸也不做就直接走回宿舍。

那晚，她难得地发来问候，说在田径场见到他，就像什么事也没发生。他礼貌而不失活跃地回应。聊了片刻，她分享一个好消息：申请下学期赴纽约巴德学院交换的资格通过了。

他找到理由，很快结束了这场聊天表演。睡前，他发现跑鞋侧面磨破了。灰色的磨砂无线耳机盒安静地躺在不起眼的桌角，很久没动过。

他很累，膝盖隐隐作痛。

往后很长一段时间，他不再夜跑，却把时间挥霍在阅读乔伊斯的作品上。

秋千管理员

曾子恒

瑛瑛在想飞的念头里，浸泡了一个下午，终于挨到了下班。给小孩儿推了几小时秋千，她一滴汗没出，倒是换工装的时候，急了个大汗淋漓。她换好常服，从换衣间往园外跑去，没想与经理撞了个满怀。经理个子矮小，胖得敦实，被她这么一撞，趔趄着一屁股坐在地上。

"这两位顾客，你接待一下，早些收班，回去太晚不安全。"经理支着地，起了身，没有怪罪瑛瑛，反而一脸关切。三四米外的草丛里，瑛瑛眼冒金星站了起来，正想张嘴，眼前早已没了经理的身影，只有夕阳斜照下，一个路还走不稳的孩子，尽力地搀扶着比他高出一头的奶奶。奶奶拄着拐杖，带着孩子，朝瑛瑛走过来，一脸歉意地说："姑娘，孩子想坐秋千，麻烦你了。"瑛瑛抹了把眼泪，点头应了句"好"。

园里的秋千早在全市出了名，是名副其实的"网红秋千"。这个秋千由藤条缠绕而成，比别处的秋千荡得高荡得远。瑛瑛来这家游乐园工作，起初也是被这架秋千吸引。当时她身无分文，寻求一份暑期工作，四处求职无果，偶然经过这家游乐园，看着别家孩子一个个坐上秋千，被父母推着荡上了天，心里别提多羡慕了。毕竟她自从记事以来，臀部的肌肉记忆里，从来只有教室的椅子和家里的沙发。几天后，她来应聘游乐园的岗位，正巧园区有家长找碴儿，说他家秋千荡得太高，差点儿摔到小孩。瑛瑛便自告奋勇，当起了秋千管理员，负责陪同小孩儿荡秋千，把控秋千的高度。起初，她只是守在一旁，见秋千荡得高了，就过去提醒两句。后来不知哪个家长起的头儿，说这女的管这管那，不如交给她来推得了。于是他们纷纷撒手，把小孩儿丢给瑛瑛，让她来推。平时还好，园区人不算多，到周末和节假日，人多得出奇。每次下班，瑛瑛的手都得酸半天。好几次她想辞职，可想着自己所剩无几的暑假，看着孩子们期待的眼神，她一次又一次软下心肠，继续在肌肉的酸痛里麻木着。

"姐姐，你好了吗？"孩子咬着字，听来很是稚嫩，将沉在委屈里的瑛瑛拉回现实。夕阳落下地平线，剩下些许红晕，被渐暗的夜色调和成一道深蓝，静谧而又深邃。借着起势的霓虹灯，瑛瑛把孩子放上秋千，缓缓推着他走向半空。孩子笑了，笑声纯净，没有半分嘈杂，只有愉悦。孩子的奶奶站在一旁，听着孩子的笑声，也在一丛皱纹里化开了几分笑意。瑛瑛试着把孩子推高，秋千越高，孩子的笑声越发嘹亮，像极了一盘玉珠滚落在地，发出掷地有声的清脆。瑛瑛仿佛看到了小时候的自己，那时才刚有记忆，朦朦胧胧的，父亲还在世。回忆里父亲的影像早已模糊不清，只有几张老照片，能帮她虚构起一些或有或无的父女缘分。但她坚信，父亲也曾站在她的身后，缓缓地将她的秋千推向天空。一定是父亲，让她打小就有了想飞的念头。

"再高一些，姐姐！"

工作一天了，瑛瑛水都没喝几口，早已浑身发虚，总觉得骨头要与血肉诀别，先行散架。可她喜欢孩子，知道孩子开心，便紧了紧肌肉，将孩子推得更高。孩子的笑，仿佛穿破云层，直达九霄，替瑛瑛去了想去的地方。她何尝不想坐在秋千上，被爱她的人推向半空，感受那份遨游太空般的失重感。她总觉得，她小的时候，万能的父亲肯定让她飞起来过，不然梦里那一次次的飞翔，怎会那么真切，那么刻骨铭心？

"姐姐，再高一些！"

瑛瑛的目光，随着孩子的轨迹，一次次地瞄向了深远的天空。她感觉到，此刻的她和孩子的欢乐束在了一起，一样地轻盈。可大地如此厚重，几乎将她的脚步绊住，似乎每天戴着镣铐，在出租房与游乐园的距离里蹒跚，只有梦境和天空，能恩赐她些许宽慰。好在男友告诉她，几天之后，他会接她离开这座闷热的城市，去一个凉爽的地方，度过一个闲适的暑假。男友还答应瑛瑛，到了那里，会像她的父亲一样，陪她一起荡秋千，将她推向她梦寐已久的天空。想到这里，瑛瑛心绪逐渐轻快起来，身子也不再疲乏，似乎天空就在眼前，就在脚下。

"再高一些……"

瑛瑛念叨着天空，笑了，笑得魔怔。她使出全力，将孩子推向天空。风很大，孩子的笑声在风中拉扯，愈发模糊。当瑛瑛手里接过的，是一副空的秋千，她这才将思绪从幻想里拉到眼前。倒在草地上的孩子捂着屁股，哭了起来。向来和善的奶奶脸色渐渐阴沉，很久没有说话。消失许久的经理也不知从哪里冒了出来，一面给老人孩子赔不是，一面瞪着瑛瑛。

瑛瑛的思绪还沉浸在那副秋千里。她无端想起某天晚上的一个噩梦：她坐在秋千上，父亲在后面推着她，推着推着，秋千断了，她的哭声碎了一地。

记梦与梦中梦

邵川其

昨晚做了个梦。

梦里还有一个梦，梦中梦。

又是从那个老套的、从高考到现在一直追赶着我的噩梦开始——回到衡中。

我又梦到我回衡中了。

这次回去有点儿不一样，校园好像有北大的样子，教室里外的布局也很像北大。但梦里的我只当这是衡中。

不知是因为什么事，我在教室外面，看到里面已经上课了，拥挤杂乱的教室里塞满了同学，好像马上就要溢出来，大家穿着一样但是一点儿不显整齐的校服。教室里不暗，挺亮的，好像灌满了阳光，不带一点儿阴影。里面正在激情昂扬地指点江山的好像是语文老师，又好像是地理老师，我也没看清楚，只是能听到老师的声音一如既往地铿锵有力。站在教室外的我，因为发现自己上课时间还在教室外面旁观而有点儿慌张局促，但又不想进去上课，莫名感到自己不属于教室里的世界，好像也不应该属于教室外的世界。我感觉到，哪里有点儿不对劲儿。

这时候，不知道从哪儿冒出来的数学老师发现了我。

"吴冬月，你干吗呢？咋没进去上课？"

我一时失语，感觉确实应该进去上课了，但是又隐隐觉得自己没进去是有特殊原因的，有必要把这个原因和数学老师说一下。所以，这时我不但搞不清自己为啥在外面，也有点儿搞不清数学老师是在命令我马上进去上课还是在向我追问一个没在上课的解释。或者梦里的我没想这么多，只是一时做错了事情被发现而不知所措。

梦里的我似乎选择了其中一种情况，我觉得有必要给数学老师一个说法。

可能是太困惑了，脑子里只剩下这个困惑和解答这个困惑的急迫，所以我直接说出来："老师，我觉得哪里不对劲儿，我觉得我不应该在这儿，我好像已经不属于这儿了，我记得我离开过。"

梦里老师怎么回答的，我忘了。不过数学老师并没有打断我对这种不对劲儿的思考。

一转头，我来到了校园里的一条小路边，我看到路上有来来往往的人，他们行色匆匆，急着赶路，不知道是不是因为校规里写了不让在校园的道路上跑步，所以才没跑起来。他们眼神很直，走得也很直，眼睛直勾勾的还有点儿亮，正在冲去食堂或者从食堂吃完冲去学习。他们身上好像写着一行金光闪闪的大字：我只想学习，快让我学习。

看着他们，我好怕。我记得曾经的自己就是这样的——除了学习，想不出一点儿其他事可做，学习是抚平一切焦虑和疑惑的唯一慰藉。

但现在的我好害怕，甚至有点儿瑟瑟发抖。怎么会这样呢？

意识里的我在低声啜泣："我记得我之前和他们一样，但这样的生活不是在之前某个时候就已经结束了吗？为什么我又回来了？

"这些我已经经历过一次了，为什么还要再来一次？

"我回不去原来那样了，不可能了，我已经不是原来的我了……"

一定是哪里出错了。

"我记得我已经来过一次了，并且那次确实在记忆里已经是过去式了，说明已经结束了。我记得我取得了不错的成绩，因为那一次也肯定是唯一一次难得的、说不清楚的、上天眷顾的、让人得到了会激动且心虚到瑟瑟发抖的幸运，我考了很好的成绩，并且凭借这个成绩已经顺理成章地离开这儿了。我也没有什么合适的原因再回来，那么我又回来了……就只可能是在梦里。"

我一下子明白了，一切突然变得明晰，我在梦里！

我已经是北京大学的学生了，现在应该在北大宿舍那张熟悉的床上，眼前的这些都是梦。只要我控制自己醒过来，就会回到现实，就什么也没发生。

梦里的我努力控制自己的意识，跳出那个梦。

成功了！

这时，梦外是在床上——当然实际上还在梦里的床上，只不过这个梦是第二层梦了，刚刚那个衡中的梦沦为梦中睡在北大床上的我的梦了。

梦中的我感觉到自己似乎能在梦境与现实之间自由切换了。我不知道的是，其实我还是困在自己的梦中。

既然能自由切换，这时的我就想向梦中的衡中老师证明，或者还是想给数学老师说明白这事儿，给她个交代：我真的不属于衡中了，我又回来这事其实是个梦，我已经在北大了。

不知道是不是数学老师叫来了其他老师，这时各门课的老师都聚齐了，看着我，等着我证明。

又一转头，我发现自己站在了遥感楼旁边通向未名湖的路上，后面隔段距离便是博雅塔了。

我有点儿兴奋，很用力地跟那些老师解释，这就是北大校园。不过我又有点儿记得她们是在梦里的，没能真的来北大校园。

我特意把自己的头和远处露出来的博雅塔的上半截儿对齐，指着自己脑袋的正上方，像个傻子似的真诚而兴奋地大喊："看啊，老师！就这个，这个就是博雅塔，博雅塔你们应该知道吧。就在我脑袋正上边儿，就这儿呢……"

老师们看着我，好像没说话，我也看不清她们的脸。

应该是明白了吧。

不明白也没事，北大嘛，总归是能让她们觉得骄傲的。

拾蜡记

包马乔

时隔十五年，父母又搬回到乡下老宅居住。

正月十三我回去探望他们，准备在老家过元宵节。开车到达村庄时，赶巧逢集。柏油路上支满了货摊，挤着四里八村来赶集的乡亲。车开不过去，就停在了路边。

母亲穿过集场来迎我，让我先别急着回家，在集市上转转，有什么想吃的就买点儿。

看到一个蜡烛货摊，上面摆满了花花绿绿的蜡烛，莲花的、元宝的、宝塔的等等。母亲和摊主打招呼，接着向我介绍，这是你哥呀。我边回想，边喊了声哥。见到我，他激动地把一个在三轮车上翻货的男生叫过来，对他说，还记得吗？这是良子，你大叔。男生走过来，瞪大了眼睛，叫了声："大叔。"我一看是刘力伟，赶紧摆手，别别别。

刘力伟和我是发小，小时候都是一起上下学。虽然辈分比我小，可从来没叫过我叔。

好多年没见，当然有许多话要说。我和他守在货摊前，一直聊到了罢集收摊。蜡烛的样式一年比一年多样，有一半还是塑料做的。我问他，现在都兴电子花灯了吗？他说，自从那年他家东屋着火后，就不点石蜡了，都用电子蜡烛。安全，方便，买一个可以用很多年。

小时候一见到大集上晶莹的蜡烛，我们两个就都拔不动腿了。好看的太贵，只能买一袋六个的实惠装。我妈说，想要什么样的，捡了蜡烛自己化。

那年正月十五，吃完元宵，就帮着妈妈在院子里撒灯。每间屋里放一个，每个门口放一个，鸡窝、牛棚、羊栏也要放一个。等放完，我就揣着划炮和窜天猴去喊刘力伟。他刚吃完饭。为了能快点儿一起出去放烟花，我拿起蜡烛，帮他一起撒灯。

我在他家东屋门前放了一个，又点燃一支红蜡烛，端着走进乌黑的房间。透过菊黄的烛光，看到一个黑色的"奠"字迎面而来，我心头一颤，急忙把蜡烛放在地上跑了出去。来到院子里，我毛发悚立，仍感觉有似风的东西在腿边流转。

刘力伟问我，放完了？我说嗯。正要走时，他爷爷叫住了我们。爷爷把点燃的蜡烛在我和刘力伟的耳边转了转，又在眼前晃了晃，寓意耳聪目明。可我只觉得迷离恍惚。

我们来到桥边放鞭炮。其间我把奶奶做的棉花袄引着了，急忙脱下来，摁到土里才搓灭。之后，又跑到岭上看烟花。刘力伟点燃一支窜天猴，不料直冲他家房屋飞去。

正当我们玩得兴起时，刘力伟家的东屋燃烧起来，火光冲天。

我们赶忙跑去他家。邻里都提着一桶桶水前来救援，可杯水车薪。刘力伟不顾火势，钻进正屋去搬他塞满了压岁钱的钱罐。

随着一根根的水管接过来，火才慢慢扑灭。所幸只烧塌东屋一间。

火被浇灭，就要追踪火起的原因。东屋的蜡烛是我放的，为此我忐忑不安。心想找到我头上来，我父母非杀了我不可。刘力伟抱着钱罐子，也不说是他放烟花点燃的。他的爷爷从火烧起就大笑不止，不知为什么。后来他妈妈拎着他的耳朵问，谁放的蜡烛，他先说不知道，后来终于说出来是我。

我父母在场，父亲当即扇了我一耳光。我被扇得晕头转向，已记不清当时把蜡烛放了哪里。我只记得慌忙放在了地上，可又觉得当时看到那个突如其来的"奠"字时，我也许是把燃烧的蜡烛放在了红棺上，蜡烛燃烧完，引燃了盖在棺材上的塑料布，整个棺材燃烧起来，屋子也燃烧起来。

那晚，我家一把赔偿了八千元。我放火的消息，随着顺流而下的花灯传遍了整个村子。

回到家，一夜惊魂不定。总觉得是一场梦，如何也无法醒来。

熬到黎明破晓，我裹好放在床头的新棉衣，提着油漆桶和小铁铲走出家门，去捡烧化的蜡烛。冬天好像被刘力伟家的房子烧着了，干腾腾的，空气中充满浓郁的硫黄味道。结冰的河面倒映着昨夜的烟花，一朵又一朵。

天色还早，很多人家都没有起床，我挨着每家的大门捡拾。昨晚的风不大，蜡烛都烧成了花，长在门两边，十分美艳。我拾起一朵扔进小桶里，就快步跑向下一家，惹得犬吠不绝，把一条条巷子叫响了。

后来，我碰到刘力伟，他一直跟着我。我到桥头他到桥头，我到泉边他到泉边。再后来我跑到墓林里——这里蜡烛放得最多，每个供台上都是一大块的烛花。我欣喜地拿起来，说声得罪得罪。刘力伟也跟着学，说得罪得罪。

等我拾完满满的一桶，就跑回家，在柴屋里烧化。我点燃柴火，把装满蜡烛的八宝粥罐放到火上。一会儿，就嗞嗞化成了红水。之后，倒进葫芦形的玻璃酒瓶中。本想再插入烛芯，可一想还是算了，把它做成不能燃烧的蜡烛吧。

村小学的铃声响了。我把酒瓶拿到外面冷却凝固，抓起妈妈为我做的早饭跑向学校。路过刘力伟家时，他低着头拎着铁桶站在外面。他说："今天我不去上学了，别和他们说我家里着火的事。"我没理他，跑去了学校。

那年父母在市里打工，把家也搬了过去。

我问刘力伟：之前送给你的葫芦蜡烛还在吗？

他回答：那个蜡烛摆着是挺好看的，可到夏天就热化了。我把它扔到火炉里，呼呼燃烧，没用一根柴火就烧开了一壶水。

之后他又说：我爷爷临去世时，不让给他打棺材，可还是打了。以前那个棺材就是他自己烧的。他那晚走进东屋，看到地上一个熄灭的蜡烛，就拿起来点着，慢慢放到了棺材上面。

亲爱的，请你关上门

陈　诗

　　腊月的深夜，风雪在街道上穿梭。一间陈设简单的屋内，一个年迈的女人坐在壁炉旁的摇椅上织着毛衣，目光时不时落在一张照片上。那时女人还很年轻，一家三口笑得灿烂。突然，外面响起一阵敲门声，女人循着声音起身。门开，一个人裹着风雪踏进屋子。

　　来人拍了拍大衣，解下帽子和围巾挂到衣帽架上。这是一个年迈的男人，但精神仍显矍铄。他指了指大门："你的门没有关紧。"

　　"嗯，今时不比往日，我会慢慢习惯的。"见状，女人重新在椅子上坐好，"谢谢你。"

　　"慢慢习惯？"

　　女人好像没有听到，继续织着手中的毛衣。

　　男人在椅子上坐下，看她的手指在织衣针间飞舞。他意识到，如同过去的三十年一样，他无法直接说服她。

　　"你还是织得那么好。"男人温柔地说。

　　"谢谢你还记得。其实一周前我才重新开始织毛衣，没有事做，得给自己找点儿事。"

　　"我怎么不记得？"男人摸着自己的头说，"你织的第一件毛衣就是送给我的。我记得母亲看见它之后，故意把它藏起来。你看到我没穿它，差点儿没把我杀了。"

"那都是过去的事了。"女人抚摸着毛衣。

男人已到喉咙的话被噎住了。他把目光从女人身上移开，转到那张摆在壁炉上的照片，若有所思地低下了头。

"我去给你泡杯咖啡。"良久，男人起身对女人说。

咖啡的香气慢慢从厨房飘出。女人叹了口气。就像男人一直记得的那件毛衣一样，她永远记得男人泡咖啡时的香味儿。她闭上眼睛，慢慢吮吸着空气里的醇香。画面在她的大脑中逐渐重塑，她看到了新木制成的台阶的纹路，看到了自己白皙小巧的手腕。年轻的她扶着把手，打着哈欠，一级一级往下走。

阳光的味道。不，不是，这是阳光洒进他白色毛衣的味道。他总穿白色毛衣，她织的白色毛衣。白线是最便宜的毛线。

走下楼，走近厨房，她看见熟悉的白色身影在眼前愈发清晰。他转过身看见女孩儿，便微笑着上前拥抱她，把她埋在暖洋洋的毛衣里，轻声说："咖啡好了。"

男人把杯子放到女人面前。

女人怔怔地睁开双眼，点了点头说："谢谢。"

"其实你可以自己学着泡咖啡，你多久没喝了？咖啡炉里尽是些看都看不出来的东西。"男人笑着拍了拍自己的毛衣，重新坐下。

女人双手捧着咖啡，抿了一口，轻笑着说："我学不会的，我家那位学了一辈子都没学会，我就更不行了。你说也真奇怪，真有人泡了三十年咖啡都没泡好，但还是泡了三十年。"

"我知道，我知道。你告诉过我。"男人回答。沉默了一会儿，他又问："温声最近怎么样了？他大学要毕业了吧，毕业后打算回来吗？"

"那孩子，怎么可能回来。"女人笑道，"他还要读研呢，读完了也不一定回来。不过也没事，年轻人在外面多打拼打拼，挺好。"

男人对这个回答有些吃惊。

女人静静地喝着咖啡。她注意到了男人脸上的困惑。

"雪下得真大。"她喃喃说。

屋里忽然变得十分安静，零星的鞭炮声从远处传来。火焰在壁炉里跳动，火光映在两人的脸上。

"我给你写了信，你可能没收到。"男人打破了沉默。

没有回答。

"之前约好的事，你也没来。"

"嗯，所以今天你来了。"女人开口，重新拿起织衣针。

男人等待着，但回应他的只有火舌跳动的爆溅声。他只好继续说："他已经走了，我们已经讨论过这件事了。所以一定是你的儿子。但是你又说他还要读研，不会回来。澄，我不明白。"

"你不该来的。"女人轻声说。

"不，我要来！"男人激动地站起身，把手按在胸口，"我不明白，我们已经等了那么久，照我看，等待已经结束了，已经没有什么拦在你我之间了。"

女人放下手里的毛衣，怜惜地看着男人。即使岁月荏苒，他的眉间仍留着些许少年的英气。但是她早已不再是少女了。她心中曾跳跃的悸动，亲吻时滚烫的血液，已被漫长的岁月冷却了，抹去了。

"陈诗，他死了，这就是为什么。"女人说。

男人愣住了。

女人取下壁炉上的照片摩挲着："他走了以后，我才发觉，我俩已经结婚那么多年了，我和他。我和你说过我们是怎么认识的吗？是我妈妈介绍的。好像人走了，我就再也记不起关于他不好的事了。"

男人靠在壁炉边，看着她。

"陈诗，你依然很爱我。答应你的时候，我知道，现在我依然知道。我很抱歉，但是我希望你能理解，忘了我说过的话吧。"

"但是……"男人刚要开口，却被女人打断。

"请你走吧，陈诗。请你走吧。"女人低着头说，"我已经告诉你原因了。"

沉默。很久很久之后，男人转身向大门走去，慢慢戴上围巾和帽子。"我还会再来的。"他说。

男人打开门。走之前，他又回头说："你记得，以后一定要关上门。"

拔草的少年

黄宁东

　　二蛋的爸妈在广州打工，只有春节、清明和农忙的时候才会回来。二蛋今年读四年级，跟爷爷奶奶在湖南农村老家生活。

　　在一次和爷爷除草的过程中，二蛋发现了快乐新天地，在这之后，像上了瘾似的爱上了拔野草。拔光院里的野草后，他开始把手伸向外面。

　　村子里的野草太多太杂，二蛋变得挑剔。鬼针草开着黄白色花朵，二蛋拔过一次后就再也不想碰。鬼针草花谢后会结出黑色的鬼针，一碰，就粘在衣服上，要弄下来不知道有多麻烦。这种草根扎得浅，一拔就出来了，没劲儿。马唐、早熟禾、香附子虽然根扎得深，但茎太嫩，一拔就断，同样没劲儿。二蛋只钟情于那些大丛、油亮而充满韧劲儿的牛筋草。

　　二蛋拿着一根笔直光亮的竹竿在村子里闲逛。路上他看到一株小飞蓬正骄傲地挺直腰杆，舒展绿叶。二蛋挥舞竹竿，竹竿在风中呼呼响，小飞蓬被刷成了光秆。看到它挫败失落的模样，二蛋感到一丝兴奋，仿佛自己是手执宝剑的侠客，小飞蓬是张牙舞爪的坏人。

　　削完小飞蓬，二蛋拎着竹竿继续寻找他心仪的牛筋草，终于在一个荒废的园子里，看到一丛翠绿油亮的牛筋草。那丛牛筋草正骄傲地仰着头，由于太阳映射，显得晶莹透亮，带有金色光泽。

　　二蛋把竹竿丢到旁边，跑过去。他内心激动，两手抓紧茎秆，半蹲下来，身子后仰，把全身气力运到双臂和大腿上，脚踩紧地面。接着，手臂和大腿的肌肉开始绷紧，兴奋跳动，粗壮的暖流从脚底传遍全身。二蛋脸色通红，全身都暖暖的，手上沁出细密的汗水，光滑的叶秆和手心摩擦，发出悠长沉闷的呻吟。他憋气用力，草周边的土开始松动，一块块拱了起来，细小的须根开始断裂，发出像鞭炮一样噼里啪啦的爆裂声。二蛋陶醉地听着这响动，浑身的毛孔好像都被打开了。

"啵——"一声，草被带了上来，二蛋倒在地上。他张开双臂，嘻嘻地笑，呼哧呼哧地喘气。他把被草染得发绿的手指送到鼻端，深吸一口气，黏稠苦涩的草腥味儿一下子涌入鼻腔。二蛋脑袋里的某根筋好像被点燃了，他整个儿洋溢在快乐里。短暂的时间过后，兴奋变成条细线，钻进骨髓。二蛋的身体舒展开来，周遭的一切都变得安静。天空蓝得干净透亮，有种刚擦洗干净的房间的舒服气味。杏黄的太阳藏在薄薄的云朵后，光线柔和如淡淡的蛛网洒向大地，一群小鸟叽叽喳喳地从头顶飞过。

不知过了多久，太阳从云层中出来，二蛋站起身。牛筋草的须根上携着泥块，二蛋抓起它，微微抖动，土块就簌簌落在地上。二蛋把须根上的土抖干净，把草根朝上、茎叶朝下放回原先的地方，然后拍拍屁股上的泥土，心满意足地离开。

几天后，二蛋还会再来一趟，看被他拔出的野草。这时草已晾干，失去了原先的绿色，变得苍白干燥。看着干枯的野草，二蛋产生了一种冲动。他脱下裤子，对准干草，"哗啦啦"滋上一泡焦黄的尿。尿液击打茎秆，汁水四溅，扎进黄土。金黄的液体挂在茎叶上，二蛋感到无比舒畅，他抖了抖身子，拴上腰带。

一瞬间，空荡荡的感觉填满二蛋的五脏六腑，像是饥饿，又好像不是。一股莫名的恐惧笼罩着他瘦小的躯体，他感觉自己越来越轻，好像一阵风就可以把他吹起来。恍惚中，口袋里有个东西像手一样拉住二蛋，压着他的大腿，给他人间真实的压力和触感。

二蛋把那个东西从口袋里掏出来，是个铁皮玩具小车，妈妈上次回家时给他买的。

二蛋想爸爸妈妈了。

他走回家，奶奶在厨房里做饭，听到二蛋的声音，问："怎么今天这么快就回来了？"二蛋不说话。奶奶边切菜边唠叨："又去拔草了吧，两只手天天都是绿了吧唧的，赶紧洗个手，去树下叫你爷爷回来吃饭，天天就知道在外面和那些老头儿老太太闲聊。"

二蛋问："奶，我爸妈什么时候回来？"

奶奶停下手中的活儿，看了二蛋一眼，说："等稻谷黄了就回来了。他们赚钱，是为了送你上好大学，给你起新房子。洗手去吧，饭快好了。"

二蛋打开水龙头，水哗啦啦流出来。二蛋手伸过去，仔细地清洗着，但总洗不干净，手指还是绿的。二蛋关掉水龙头，甩了甩手上的水，凑近鼻子闻了闻，隐隐地还有苦涩的草腥味儿。

坡道起步

杨昊宇

老陈年逾花甲，以前在山西一个县里的机械厂做工人，他们那代人个顶个都是生活大师，修车补胎盖房，似乎什么稀奇古怪的本领都不在话下。要说老陈退休前最喜欢的还得数摩托车，在县里还没几辆汽车的年代，两轮的自行车和摩托车是难以磨灭的印记，可要说到退休后，老陈最喜欢的当然是他的两个宝贝孙子了。

大孙子陈功比二孙子陈仁年长六岁，从小学习就好，听话懂事，颇得老陈一家子的喜欢，而陈仁比起哥哥，性格上却是完全不同。他比他哥更聪明，但用老一辈的话说："聪明没往正道上使。"尽是耍些小聪明的老二心思也根本不在学习上，贪玩好动，自然是没少因为这个大人们眼中无比"优秀"的哥哥挨骂。

陈仁对于自己这个哥哥，可谓是充满了怨气，小时候自己不听话，小石子砸了对门儿的窗户，本来都已经逃之夭夭，陈功不知道从哪条胡同里闪出来，摁住他的小脑袋就拦在了原地，硬是等到对门的大爷出来狠狠批评了他一顿。这还没完，就这么件他眼中的小事，这个哥哥还不依不饶向老陈告发，让回到家的陈仁又挨一顿骂。

最让陈仁难受的，还是要数每学期期末那段时间，看着陈功每次几乎满分的试卷，对比着自己老是凑不够的及格分，几乎每次都要听着家里对陈功的夸奖还有对自己的一顿批评，最可气的是，在自己沮丧无比的时候，那个罪魁祸首陈功还要用督促自己进步的幌子，得理不饶人地数落自己。

盼星星盼月亮，终于等到陈功高考结束，考到外省去上大学。送陈功上大学那几天，家里的气氛有些伤感，唯独陈仁，开心地在院子里上蹿下跳。

转眼间，三年时间过去了，陈仁十八了。老陈很早就答应过陈仁，在他十八岁生日这天，教他骑心心念念许久的摩托车。老陈带陈仁来到车库，用手拍落车座上的积灰，要示范给一旁的陈仁看。只见老陈将钥匙插进摩托，熟练地一脚勾起支架，左手离合收放自如，右手一拧油门，这辆看上去已经有了不少年头的摩托在他的操控下在胡同里穿梭自如。

陈仁一蹦一跳地吆喝着老陈停下，迫不及待要自己感受一下，骑了许多年自行车的陈仁在脑海里已经想象过无数次自己骑着摩托的身影了。没一会儿，本来平衡感很好的陈仁就已经可以熟练地骑着摩托穿梭在胡同里了。

老陈一脸宠溺地望着陈仁叮嘱道："你慢点儿，慢点儿，车子本来就上了年头，经不起突然熄火啥的。"

随着轰鸣声的戛然而止，陈仁显然遇到了麻烦。他在巷子口的陡坡半中央一把油没加上，车子直接熄火了。陈仁紧张地捏紧刹车，停在半坡上，上不去也下不来。老陈赶忙过去抓住车把，示意陈仁往后坐，然后熟练地从半坡重新起步，骑上了坡。这突然的变故让陈仁非常郁闷，可不论老陈如何细心教他，"要先捏着刹车防止后溜，离合挂挡配合好，慢送油门……"陈仁一次次的尝试都会被卡在半坡进退不得。

老陈望着沮丧的陈仁叹了口气说："这摩托太老了，你哥以前也学不会这坡道起步，老抱怨车子不灵光，花了很长时间才真正熟练，没什么事情是可以一蹴而就的，不然你打个电话问问你哥？"

陈仁低着头思考了一会儿，又盯着停在半坡的摩托，极不情愿地拨通了陈功的电话。陈仁把脸扭过一边，心里做足了被陈功数落的准备，开口问："喂，你当时怎么练的坡道起步啊？"

电话那头陷入了很久的沉默之后，陈功有些沙哑的声音传来："唉，哥有些忘了，已经很久没有在半坡起步的机会了。"

又是一阵沉默，电话被挂掉了。陈功没能听到陈仁挂了电话后的抽泣声，正如三年前他也没能看到离开家门后，把自己关在房门里偷偷哭泣的陈仁。

傍晚，陈功收到了老陈发来的视频，视频里是陈仁骑着那辆老旧摩托，熟练地在半坡完成了坡道起步。望着视频里熟悉的人和熟悉的山坡，陈功这次会心地笑了。

列车驶过林原

赵明威

　　齐整的雪林呈 45 度角倾斜，列车像是在贴地飞行，我坐在车尾，紧握手中的咖啡杯，乘务员来回走动的声音回荡在耳朵里，窗外白得刺眼。

　　我正穿越这中部的林原，无山，偶尔见到的平房也隐进了雪里。手机屏幕亮起，是马里发来消息，问我何时能到。我回他说，还有几百里。我和他一年没见了，忙于学业，交流也少，如今西安落下第一片雪，我收拾物件，踏上了回乡的班列。上车前，我打电话给马里，说，回县里了，到了就去找你吃饭。他说，我去站里等你。

　　玻璃感应门又开了，一个小伙儿跟在乘务员后面走进来，端着泡面，眼神紧盯着它，步子细碎，正绕过一只只行李箱。他落座在一个女孩身边，两人依偎在一起，泡面一打开，小伙儿眼镜被热气蒸白，两人笑得像脆铃。

　　车厢里响起播报声，下一站快要到了。不少人起身收拾行李，小情侣没动，在用手机看电视。一对母女过来，母亲拖着行李箱，头发紧扎着，见离靠站还有些时间，便在靠门的空座坐下，要把女孩抱腿上，小女孩却不愿坐，站在一边抠指甲，她戴着口罩和帽子，只留一条长辫子在外面甩着，八九岁的样子。

　　坐我旁边的男孩一上车就来回跑动，这会儿，他从另一车厢跑回来，穿着红色卫衣，他妈妈拉过他，拍了他屁股一下。小男孩见了女孩，盯了几眼，伸手比作手枪的形状，低着身子说，咱们打枪吧。女孩倚在玻璃门上，不挪步子，摇了摇头，没说话。男孩站回妈妈怀里，揪他妈妈的毛衣。乘务员从众人缝隙里挤进去，站到了车门口。播报再次响起，距离下车还有五分钟。小男孩再次上前，扭着身子，朝女孩扮鬼脸，女孩终于笑了，摇了摇辫子。男孩扮作警察，用手比画出枪的形状，说，不许动，举起手来。女孩还是不说话，用手戳了一下男孩，立马缩回去，眼角打了一道弯。男孩往前跨一步，一甩手，碰了女孩一下，见到女孩妈妈看他，又站好，扭着胯，摸自己头发。两位妈妈对视一眼，互相看了看自己的孩子，没说话。

列车刹车声还没响起，只是缓慢滑行，像家乡端午的一叶龙舟，刚比赛完，人们大喘一口气，迎接休息的时日。这次是男孩没动，女孩先走了上来，递给男孩一块糖。她指了指隔壁的情侣，说，那个哥哥给了我两块，有一块是你的。小伙儿朝他们打了个招呼，示意他们剥开糖纸。

又过来一名乘务员，提醒还在睡觉的乘客，马上就要停车了。男孩拆开糖纸，手指翻动，一会儿便叠出了个小飞机，很简易，在小孩子间也是最基础的款型。他将飞机甩出去，飞了不到半米。女孩捡起来，往另一个方向飞，晃晃悠悠。我看着那飞机，真想它能落在我脚下。可事不遂愿，小飞机撞到了小伙儿腿上，坠落。他知道小女孩要下车了，便立马俯身捡起小飞机，加以改造，哈了一口气，对准女孩飞了回去。男孩对着小飞机打枪，跟女孩说，你看，飞机马上就要被我击落了！发动机已经冒火了！

女孩终于说话了，嗯，我看见了。她抬起手，比了个打枪的手势。

我脑子里响起庆祝声，一松劲儿，感叹两人的小世界相触了。周围很多人站立，像窗外无边的林原，落着雪，可只有他俩人忘掉了时间和场合，自顾自玩着。我站起身走向车头的厕所，视野一下变得开阔了，方圆百里的平原在我眼前展开。到站后，人群开始涌动，我立马转过身，向车尾疾走，想再最后看一眼小女孩。

小女孩已经下车了，男孩趴在窗边跟她摆手，女孩挥了挥手里的小飞机，眨了一下眼，转身走了。

再到下一站，男孩也下车了，车里彻底安静下来。我看着玻璃门，马里再次打来电话，他冻得嗖嗖的，说话有点儿抖，问我是否下车。我说，二十分钟。

挂掉电话，我记起来，我和马里是在县里的公交车上认识的，那也是一个冬天。

那对情侣和我一起下了车，外面积雪很厚，我们走得摇摇晃晃。马里站在雪里，朝我招手，和一群司机一起。

纸飞机

李伴锋

我时常在想，如果那天我拆了那架纸飞机，会是怎样的结果呢？

那是一个春日的下午，院子里的郁金香尽数盛开，荡着一股令人心醉的幽香，天边泛着黄、橙、红三种霞光。

黑色轿车驶进隔壁院子，车上下来一名少年，身形清瘦修长，穿着黑裤子、白衬衫，气质淡得出尘。

他瞧见我，冲我微微一笑。我慌忙颔首，慌忙低头。笔在纸上游走，心思已游离至窗外的盎然春意里。

天色暗了又明。临上课前，班主任介绍一名转学生。我抬头看去——是他！他向我走来。"我叫李剑。能坐你旁边吗？"

是的，我们就这样相识了。

李剑的母亲为人温雅，常来串门，久了便与我母亲无话不谈。我无意中听到一些秘密：李剑与我同病相怜，属单亲家庭的孩子；李阿姨工作调动频繁，这是她第七次搬家。

相识月余，我仿佛在李剑身上看到我的影子，嘴拙、内敛、忧郁，享受宁静。李阿姨找我，请我帮李剑适应环境。我向来不善拒绝。然而过程并不轻松。李剑孤僻，我试图接近他，他总视而不见。我鼓足勇气："李剑，你不想出去走走吗？"他默不作声。我有些气馁："我们是同桌吧？"李剑抬头，眼里含光："是。"那一刻，我似乎明白了他的痛苦与纠结。日渐熟悉后，李剑总算敞开心扉，与我接触。

距学校八百米，有座人民公园，满园小贩。放学后我习惯在那儿待上一会儿，倒不是那儿的小食有多香甜，而是我贪图此地的安逸。这是我的秘密。

这次不一样，我带着李剑来了。

"阿姨，两份糖水。"

端着糖水，我们寻了处石椅坐下，吃着聊着，喜欢的音乐、彼此的趣事……李剑问起我的理想。我说："考上大学。"李剑诧异："就这么简单？"我反问他："你的理想呢？"李剑说："希望不要再搬家了。""喜欢这里对吧？"李剑摇头："不，是因为我喜欢的人在这里。"

后来，我们一起参加折纸社，学习的首课——折纸飞机。李剑不会，捧着不成型的纸飞机来我跟前："能教我折纸飞机吗？"我笑着点头。空闲时，我就教他，拿到人民公园去试飞。纸飞机横跨夕阳，飞越树顶。我指着飞机说："看，按我说的来，就能飞了。"偏偏李剑的手工出奇差劲。无奈，我只好周而复始地拆解、重组、讲解、拆解……

那段时间，人民公园里总有一架飞机无数次坠落，又无数次起飞。

某天，我患上容貌焦虑，头次在意自己的容貌。我取出鲜少使用的镜子，对着自己照了又照——果然是一张平平无奇的脸。我彻底泄气了，趴在桌上生着闷气。近些日子，李剑与班里的陈萍走得极近。我心里一阵酸涩，好似被抢走了什么。

有东西忽然扎我头上。我捡起一看，是一架纸飞机。"你看，我的飞机也能飞了。"窗子对面的李剑说。我吐槽："这也太丑了！"分明是砸过来的，算哪门子起飞？我叹了一声，熟练地"肢解"并重组纸飞机。两个月来，这种"手术"已然得心应手。

我将纸飞机掷回去。李剑接住，扁着嘴说："为什么我的飞机总是没你的好看？"我笑了下："因为你笨呗。"

而那天，天黑压压的，鲜少降雨的城市竟下了一场滂沱大雨。李剑没来上课。我经过办公室，听到老师交谈，大抵是李剑将要转学。我瞬时僵住，心若雷雨，静不下来。

大雨连着下了两天。我浑浑噩噩，正懊恼着，一架纸飞机闯入我视线，就听李剑说："想什么呢，这么入神？"我抬头去看，雨竟停了。我问李剑："听说你要转走了？"李剑"嗯"了一声。我低声问："什么时候走？"李剑说："后天。"他没有解释，我也没有追问，好似彼此的默契。

我盯着桌上的纸飞机，没有再拆。我默默存了起来。我想，兴许是最后一架了，给友谊留个纪念吧。

不久，李剑搬走了。我升了高三，紧张的学业让我短暂地忘记了这段酸涩。直到陈萍来找我。"你和李剑还有联系吗？"我摇头。陈萍瞪大双眼："啊，他没和你表白吗？还是说……你拒绝他了？"我看她："什么意思？"陈萍说，李剑喜欢我，班里属他与我走得最近；有段时间李剑常去找她，向她讨教告白方法；她建议李剑写情书。

我怔住了，李剑怎会喜欢我这么普通的人呢？我苦笑着说："不可能，你骗我的吧。李剑并没有给我写情书啊！"

是啊，李剑并没有给我写情书啊。

高中毕业，我如愿考上大学。母亲提起搬家。收拾行李时，我翻出了抽屉底下的纸飞机。我想起来，是李剑临走前给我的，我一直存着，如今却黄了皱了。

我娴熟地拆开纸飞机，想着重新折好。我却傻住了——满是折痕的纸张上竟压满修正带涂改的痕迹，几行字迹沉甸甸地压出纸张的形状：

"我有话想和你说。"

"明天下午四点，我在人民公园等你。"

"你会来的吧？"

2024 年选系列封面绘图画家介绍

　　段正渠 1958 年生于河南偃师，1983 年毕业于广州美术学院油画系。现为首都师范大学美术学院教授与博士研究生导师，中国国家画院油画所研究员，中国美术家协会油画艺委会委员和中国油画学会理事。

《铁路》 段正渠　32cm×40.8cm　皮纸综合材料　2018 年

段正渠画作短评

在段正渠建立他的个人语言和风格之初，表现性绘画承载了艺术自由的时代意义，他所选择的对象——陕北的风土人情，则与民族和文化主体的意识有关。现在，复杂多元的画面内容代替了这些具体的文化符码，也使题材的选择上具有了极大的包容度，日常的场景，任何人、动物、植物，没有意义指向的内容，都可以入画。画面的复杂度支撑了一种具有说服力的完整性，也破解了在题材上和精神上对整一性和宏大叙事的某种依赖。借此，创作获得了自主和独立，脱离了借由题材或风格的选取来获得意义的束缚。

——卢迎华《右卫——段正渠的新作》

图书在版编目（CIP）数据

纸飞机：2024 我们都爱短故事 / 秦俑主编 .
桂林：漓江出版社，2025.1. —— ISBN 978-7-5801
-0137-2

Ⅰ . I247.81

中国国家版本馆 CIP 数据核字第 2024YK1255 号

ZHI FEIJI：2024 WOMEN DOU AI DUAN GUSHI

纸飞机：2024 我们都爱短故事

秦俑　主编

出版人：梁志
责任编辑：叶露棋
书籍设计：石绍康
责任监印：张璐

出版发行：漓江出版社有限公司
社址：广西桂林市南环路 22 号　邮编：541002
发行电话：010-85891290　0773-2582200
邮购热线：0773-2582200
网址：www.lijiangbooks.com
微信公众号：lijiangpress
印制：北京中科印刷有限公司
[北京市通州区宋庄工业区 1 号楼 101 号　邮编：101118]
开本：690mm×1000mm　1/16
印张：19.25　字数：273 千字
版次：2025 年 1 月第 1 版
印次：2025 年 1 月第 1 次印刷
书号：ISBN 978-7-5801-0137-2
定价：48.00 元